রক্তমাখা নীল ভিডিও

এই গল্পের প্রতিটি চরিত্র, ঘটনা এবং সংলাপ লেখকের নিজস্ব কল্পনাপ্রসূত। কাহিনীর প্রয়োজনে কিছু বাস্তব স্থান বা প্রতিষ্ঠানের নাম উল্লেখ করা হয়ে থাকলেও, তাদের পারিপার্শ্বিকতা সম্পূর্ণ কাল্পনিক। বাস্তবের কোনো ব্যক্তি, জীবিত বা মৃত, অথবা কোনো প্রশাসনিক বা আইনি ঘটনার সাথে এই গল্পের কোনো চরিত্রের সাদৃশ্য থাকলে তা সম্পূর্ণ অনিচ্ছাকৃত ও কাকতালীয় মাত্র।

RAKTA MAKHA NIL VIDEO
(Adult Crime Thriller)
BY
Sanjib Sinha

Published by
Chika Book
https://chikabook.in/

প্রথম মুদ্রণ
এপ্রিল, ২০২৬

প্রচ্ছদ, অলঙ্করণ ও বিন্যাস
অমিতাক্ষর দেব

মূল্য: ৩০০ টাকা মাত্র

রক্তমাখা নীল ভিডিও

সঞ্জীব সিনহা

Chika Book

কৌশিক সেনগুপ্ত

অনিমেষ ভট্টাচার্য

হরিৎ কর

করকমলেষু

আগের কথা - প্রোলোগ

ফোনটা ফের নিঃশব্দে কেঁপে উঠল। ওটা সাইলেন্ট মোডে রয়েছে। কোনও শব্দই আর ওর ভাল লাগছে না। সামান্য শব্দেই কেন ও এখন ভয়ে চমকে উঠছে?

মেয়েটি ভয়ার্ত চোখে ফোনের দিকে তাকিয়ে থাকে।

ফোনটা আবার কাঁপতে থাকে ও তার আলো ছিটকে পড়ে অন্ধকার ঘরে। সেই আলো ওকে ভেতর থেকে হঠাৎ কাঁপিয়ে দিয়ে যায়।

মৃত্যুভয়?

এত কাছ থেকে আগে তো কখনও মৃত্যুকে দেখেনি। এতটা নগ্নভাবে। এত তাড়াতাড়ি সবকিছু এমন এলোমেলো হয়ে গেল। কী করে হল?

ফিনফিনে, হাঁটু অবধি ঝুলে থাকা ওর রাতপোশাকের ওপর ফের ফোনের আলো এসে পড়ে। ফের ফোনটা বাজছে।

দেওয়ালের ছায়া বলে দিয়ে যায়, মেয়েটির শারীরিক গঠন ছিপছিপে, লম্বা, সুগঠিত। অন্ধকারে ওর মুখ দেখা যায় না।

কম পুরুষের মাথা তো খারাপ হয়ে যেতে দেখেনি ও, এই তেইশ বছরের জীবনে। এখনও অনেকটা জীবন পড়ে থাকার কথা। কিন্তু তা আর থাকবে কি?

আপাতত ও পালিয়ে এসে লুকিয়ে রয়েছে একটি গোপন আস্তানায়।

কিন্তু কতদিন?

মেয়েটি ঠিক করেই রেখেছিল, কোনও কাস্টমারের ফোন এলে ও ধরবে না। সে যত বড় পয়সাওলা বান্দাই হোক।

কিন্তু এই ফোনটা তো কোনও কাস্টমারের নয়।

একটা অদ্ভুতুড়ে ফোন, যেখানে স্ক্রিনের ওপর লেখা রয়েছে - নাথিং, সেটা ধরা কি ঠিক হবে?

বিশেষ করে এমন একটা দিনে, যখন কিনা ওর যমজ বোন, দেড় মিনিটের ছোট, রাহি খুন হয়ে গেছে আজকেই ভোরবেলায়, নিউ টাউনে, ওদের সদ্য কেনা ফ্ল্যাটে। এতক্ষণে ওখানে সবাই নিশ্চয়ই জেনে গেছে।

অথচ আজ, সেই ভোরবেলায়, যখন সবে আলো ফুটছে, ও তখন ছিল দিল্লিতে। ৬৩-তলার ওপর একটি বিশাল ফ্ল্যাটের মাস্টার বেডরুমে দেওয়াল জোড়া জানলার ধারে দাঁড়িয়ে বাইরের ছড়িয়ে থাকা পুরোন দিল্লি শহরটাকে দেখছিল খুব অন্যমনস্কভাবে। চোদ্দজন শুতে পারে, এমন একটি মস্ত বিছানার

এককোণে লটকে, গুটিশুটি মেরে শুয়ে আছে মনোজ টিক্কা। ওর বাবা এম পি, কোন একটি দপ্তরের মন্ত্রীও।
ওর অজস্র গুণমুগ্ধের ভেতর একজন এই মনোজ। একেবারেই ক্যাবলা ছেলে। প্রথমদিন দেখেই বুঝতে পেরেছিল ও বধ হয়ে গেছে।
মনোজের জন্য অন্তত মাসে একবার ওকে দিল্লি ঘুরে যেতে হয়। বিজনেস ক্লাসের টিকিট মনোজই পাঠায়। ভাল মুর্গী।
এখন মনোজ বায়না ধরেছে এবার দিল্লিতেই থেকে যেতে হবে। দুবাইতে ও ফ্ল্যাট পর্যন্ত কিনে ফেলেছে। বিয়ের পর ওখানেই ও থাকবে। ব্যবসা চালাবে ওখান থেকে।
কাল ওর পা পর্যন্ত ধরেছিল মনোজ। মাল খেয়ে চুর হয়ে যখন মনোজ কাঁদতে শুরু করল, ও তখন ঠিক মা যেমন সন্তানকে ঘুম পাড়ায়, ঠিক সেভাবে মনোজের মাথাটাকে কোলে টেনে নিয়ে হাত বুলিয়ে দিয়েছিল। কিছুক্ষণের মধ্যেই মনোজ তলিয়ে গেছিল ঘুমের অতলে।

সেই সময়েও, সেই কাকডাকা ভোরে একইভাবে এই ফোনটা বেজেছিল। নিঃশব্দে। চেনা ফোন। পিটার ফোন করছে কলকাতা থেকে।
ও ফিসফিস করে বলেছিল, বলো। কী হয়েছে?
পিটারের গলা ছিল ভয়ার্ত। খুব তাড়াতাড়ি ও বলেছিল, দিদি, আমাদের খুব বিপদ। রাহিকে কেউ খুন করে দিয়ে গেছে। আমি এইমাত্র ফ্ল্যাটে ঢুকে দেখলাম। তুমি, তুমি, দাঁড়াও একটা পায়ের আওয়াজ পাচ্ছি।
কয়েক সেকেন্ড পরেই পিটার খুব তাড়াহুড়ো করে বলেছিল, তুমি কোথাও পালিয়ে যাও। নইলে গ্রাস তোমাকেও মেরে দেবে।
আর কিছু জিজ্ঞেস করার আগেই পিটার ফোন কেটে দিয়েছিল।
ওর মনে হয়েছিল, বিপদের মধ্যে রয়েছে পিটারও। তারপর ও যতবার পিটারের ফোনে ট্রাই করেছে, তা ভয়েস মেলে ঢুকে গেছে। তারপর একটা সময় আর তাও কাজ করেনি।
খুব স্বাভাবিকভাবে রাহির ফোনও কাজ করছিল না।

এক ঝটকায় রাহেলা বুঝে গিয়েছিল এসবের জন্য দায়ী গতকালের ভিডিও। সিক্রেট ভিডিও, যেটা করার ব্যাপারে আগাগোড়া আপত্তি জানিয়েছিল ও। কিন্তু ওর বোন রাহি আর পিটার এত পীড়াপিড়ি করল যে ও আর না বলতে পারেনি। টাকাটা সত্যি মাথা ঘুরিয়ে দেওয়ার মতই ছিল। কারণ ও যা চেয়েছিল তা যে পাওয়া যাবে, তা ও নিজেও ভাবতে পারেনি।

কিন্তু রাহি আর নেই?
ওর শিরদাঁড়া বেয়ে হিমস্রোত নেমে আসে।
ঠিক সেই মুহূর্তে রাহেলা বুঝতে পারে ঠিক কতটা একা ও। একটা মানুষের নামও মনে পড়ছে না যাকে ও সবকথা বলতে পারে।
মনোজকে বলবে?
নাঃ।
ওই হাফ মাতাল ওকে দিল্লি থেকে আর বেরতেই দেবে না। তাছাড়া গ্রাসকে ও এভাবে ছেড়ে দিতে পারে না। কলকাতায় ওকে ফিরতেই হবে।
এখনই।
সবার আগে মাথাটাকে ঠাণ্ডা রাখা দরকার।

পিটারের ফোনের কথা মনোজকে ও কিচ্ছু বলেনি। বলেছিল, বোন হঠাৎ অসুস্থ হয়ে পড়েছে। হাসপাতালে ভর্তি হয়েছে, ওকে এখনই কলকাতায় ফিরতে হবে।
এসব শুনে মনোজের মুখ ভার হয়ে গেলেও প্রভাব খাটিয়ে ভিআইপি কোটায় প্লেনের টিকিট বুক করে দিয়েছিল। বলেছিল, টাকার দরকার হলে বলো।
টাকা? টাকা ছাড়া এরা কি আর কিছু বোঝে না?

কলকাতা ফিরে ঢুকে পড়েছিল ওর গোপন ডেরায়। তিলজলায় এই ডেরার কথা কেউ জানে না, রাহি আর পিটার ছাড়া। কিন্তু এখানে আসার পর মনে হল, একটা ভুল বোধহয় করে ফেলেছে ও। যারা রাহিকে মেরেছে, তারা যদি টর্চার করে এই ডেরার কথাও জেনে নেয়? আর পিটার? পিটারের কী হল? ও কেন ফোন ধরছে না আর?

ফের ফোনটা কাঁপতে শুরু করল। স্ক্রিনে লেখা - নাথিং।
খুব পয়সাওলা ক্লায়েন্টদের যখন ফোন আসে, তখন ও দেখেছে তাতে নাম থাকে না। লেখা থাকে - প্রাইভেট।
কিন্তু - নাথিং?

মনে মনে নিজের সঙ্গে অনেক যুদ্ধের পর, কাঁপা কাঁপা হাতে ও ফোনটা ধরল অবশেষে। ঠিক যেভাবে বানের জলে ভেসে যাওয়ার আগে মানুষ খড়কুটো আঁকড়ে ধরে।
হ্যালো বলতে গিয়ে ওর গলা ফের কেঁপে গেল।

উল্টোদিক থেকে ভেসে এল একটি যান্ত্রিক গলা, কাইন্ডলি ফোনটা কাটবেন না। যা বলছি, মন দিয়ে শুনুন। এখনই এই জায়গা ছেড়ে আপনাকে পালাতে হবে। ওরা আপনার লোকেশন ট্র্যাক করে ফেলেছে। ওরা এখন আছে রবীন্দ্রসদন এক্সাইডের কাছে। আপনার হাতে আছে ঠিক মিনিট দশেক। ওরা আপনার বোনকে, পিটারকে আর গ্রাসকে মেরে দিয়েছে। এখন আপনি ওদের একমাত্র লেজিটিমেট টার্গেট। মন দিয়ে শুনুন, এখনই বেরিয়ে একটা ট্যাক্সি ধরুন। চলে আসুন চায়না টাউনের হোটেল ডে-নাইটে। আমি সেখানে থাকব। রাহেলা কিছু একটা বলতে চেয়েছিল, কিন্তু উল্টোদিকের যান্ত্রিক পুরুষ কণ্ঠ ওকে থামিয়ে দিল, কথা বলার জন্যই আপনাকে ডাকছি। তখন যা বলার বলবেন। এখন আর কথা নয়। বেরিয়ে পড়ুন। ফোনটাকে এখানেই ছেড়ে যান। আবার বলছি, ফোন এখানে ফেলে যান। ফোন থাকলেই ওরা আপনাকে রিয়েল টাইমে ট্র্যাক করে ওই হোটেলেও চলে আসবে। কুইক। আর দেরি নয়। এরপর আপনাকে আর আমি বাঁচাতে পারব না। এটাই লাস্ট চান্স।

ফোন কেটে গেল।

অবাক বিস্ময়ে নিজের ফোনটার দিকে কয়েক সেকেন্ড তাকিয়ে থাকল রাহেলা। এতগুলো খুন। পরপর হয়েছে আজ? কে করাচ্ছে? জ্যাকি সেন? এমনকী গ্রাসকেও? কিন্তু ও তো জ্যাকিরই ডানহাত। তাহলে? সব গুলিয়ে গেছিল ওর।

লাফিয়ে বিছানা ছেড়ে উঠল রাহেলা। একটানে রাতপোশাক খুলে ফেলল। নগ্ন অবস্থায় দৌড়ে গেল আলমারির দিকে। পোশাক নিয়ে ভাবার সময় নেই।
হোটেল ডে-নাইট।
হাতে আছে দশ মিনিট।
একটু থমকাল। এটা আবার নতুন কোনও ট্র্যাপ নয়তো?
এক মুহূর্ত ভেবে আলমারির কোণ থেকে ছুরিটা বের করে ব্যাগে ঢোকাতে গিয়ে দেখল ফের ফোনটা কাঁপছে।
সেই - নাথিং - লেখাটা ভাসছে স্ক্রিনের ওপর।
ফোনটা ধরতেই উল্টোদিকের গলা ঠাণ্ডা গলায় বলল, ছুরি রেখে দিন। ওটা আপনাকে বাঁচাতে পারবে না। বেরিয়ে পড়ুন। কুইক।
ফোন কেটে গেল।

এক সেকেণ্ডের জন্য ফোনটার দিকে একরাশ অবিশ্বাস নিয়ে তাকাল রাহেলা।

মনে হল, কেউ একটা ভেতরে বসে আছে। তাকিয়ে রয়েছে ওর দিকে। রাহেলা দামী আই-ফোনটা ছুঁড়ে ফেলল বিছানার ওপর। জীবনে যে অনুভূতির কথা ও বিলকুল ভুলে গেছে, সেই লজ্জা এক নিমেষের জন্য ওকে মনে করিয়ে দিল ও একটা মেয়ে। উল্টোদিকের লোকটা কি জাদুকর? ম্যাজিক জানে? এই প্রথম ওর মনে হল, লোকটা ওকে সত্যি বোধহয় হেল্প করতে চাইছে। কিন্তু কেন?

চ্যাপ্টার ওয়ান

রবিবার, সকাল ৫.৪২, কলকাতা

খুব জোরে ব্রেক কষে বাইকটা থামাল পিটার। মাথা ঝাঁকিয়ে যতগুলো খিস্তি জানে সেগুলো সব এক-এক করে যার উদ্দেশ্যে প্রয়োগ করল, সে ততক্ষণে রাস্তা পেরিয়ে উল্টোদিকে গিয়ে ঘাড় ঘুরিয়ে পিটারের দিকে তাকিয়ে করুণ কণ্ঠে ডেকে উঠেছে, মিয়াও।
পিটার হাঁকল হেঁড়ে গলায়, ভাগ শালা, রাস্তা কাটার আর সময় পেলি না। হারামজাদা, শুয়ার।
বেড়ালটা পিটারের রাগকে একটুও ভ্রূক্ষেপ না করে লেজটাকে ওপরে সোজা তুলে পতাকার মত করে তুলে, নাড়িয়ে, একলাফে উঠে গেল কাছের একটি পাঁচিলে। ওখানে বসে বসে থাবা চাটতে থাকল।
পিটার সংস্কারবশত শূন্যে একবার আঙুল দিয়ে ক্রসচিহ্ন আঁকল, থুতু ফেলল, এবং নিঃশব্দে অপেক্ষা করতে লাগল অন্তত একটি গাড়ি আসার জন্য যে কিনা সব আসন্ন অমঙ্গলকে প্রতিহত করে দিয়ে যাবে।
একটা ট্যাক্সি এল উল্টোদিক থেকে। ঝড়ের বেগে চলেও গেল।
পিটারের মধ্যে নড়ার লক্ষণ দেখা গেল না। ও তখন পকেট থাবড়াতে ব্যস্ত। মোবাইলটা কোথায় গেল?
হঠাৎ মনে হল, মোবাইলটা তো পিঠের ব্যাগে আছে। টাকার বাণ্ডিলের তলায়। প্রথমে টাকায় হাত দিতে পেরে ও বেশ সুখ পেল। একসঙ্গে ৩০ লাখ টাকা, একটা রাতের জন্য। আগে পাঁচ পেয়েছে। এখন পঁচিশ। সব হাজারের বাণ্ডিল। তবে কাজটায় রিস্ক ছিল বিরাট। মোবাইল বের করে পিটার রাহির নাম্বার টিপল।
রাহি ফোনটা এর আগের বারেও ধরেনি। কিন্তু রাহির ঘুম তো খুব পাতলা।

কোনও কাস্টমারের সঙ্গে থাকলেও রাহি সবসময় পিটারের ফোন ধরে। এই ব্যাপারে পিটারের মধ্যে একটা প্রচ্ছন্ন গর্ব কাজ করে। সত্যি তো, রাহি না থাকলে আজ ও কোথায় পড়ে থাকত।

নাঃ, ফোনটা বেজেই যাচ্ছে।

বাবা, এত ঘুমিয়ে পড়ল? নিজের মনেই বিড়বিড় করে পিটার ফের বাইক চালু করল। গ্রাসের ওখান থেকে মিনিট দশেক আগে বেরিয়ে ও প্রথম ফোনটা করেছিল রাহিকেই। ও ফোন ধরেনি।

পিটার খেয়াল করল না, মাথার ওপর আকাশে মেঘ জমছে। গতকালের সন্ধে বা রাতের খবর দেখা হয়নি। দেখলে পিটার জানত এখন দুদিন কলকাতায় হালকা থেকে মাঝারি বৃষ্টি হবে। আকাশ থাকবে মেঘলা।

গতরাতে পিটার পাহারায় ব্যস্ত ছিল হোটেল ট্যামারিন্ডের বাইরের রিসেপশনে। ভেতরের একটি দামী স্যুইটে তখন হাফ-বুড়ো জ্যাকি সেনের সঙ্গে ডাক্তার-নার্স খেলতে ব্যস্ত রাহি ও রাহেলা, দুই যমজ বোন। ওদের আসল কাজটা ছিল অবশ্য অন্য।

বাইকের স্পিড বাড়িয়ে দিল পিটার।

রাহি কেন ফোন ধরছে না? হঠাৎ ওর মনে কেমন কু ডাকল। রাহির শরীর খারাপ হয়নি তো?

গতরাতে ট্যামারিন্ডে যখন জ্যাকি পুরো বেহেড মাতাল হয়ে গেছে, তখন রাহিকে সেখানে রেখে রাহেলা চলে গেছিল এয়ারপোর্টে। ও দিল্লির ফ্লাইট ধরবে। পিটারই ক্যাব বুক করে দিয়েছিল। যাওয়ার সময় রাহেলা বলেছিল, রাহিকে বাড়িতে পৌঁছে দিয়ে তবে যাবি। দ্যাখ, ভেতরে যা, বুড়োটাকে এবার বুঝিয়ে সুঝিয়ে বাড়ি পাঠা। চুলে কলপ করলেই তো আর কচি পাঁঠা হওয়া যায় না।

রাহেলার কথাবার্তা এমনই কাঠ কাঠ।

পিটার হাত তুলে বলেছিল, তুমি চিন্তা করো না দিদি, ম্যায় হুঁ না।

রাহেলা হেসে মাথা ঝাঁকিয়েছিল, ঠিক আছে। চললাম। ওর খেয়াল রাখিস। মানে, রাহির খেয়াল রাখিস। যমজ বোনের ব্যাপারে খুবই দুর্বল রাহেলা। সেটা পিটার জানে।

- কবে ফিরবে তুমি? পিটার জিজ্ঞেস করেছিল ঠিক বাড়ির লোকের মত।

রাহেলা ক্যাবের কাঁচ তুলতে তুলতে বলেছিল, দেখি ক্যাবলাটা আবার কী বলে।

রাহেলা চলে যাওয়ার পর হোটেলের রিসেপশনে সোফায় বসে কিছুক্ষণ মিনিস্টারের ছেলে মনোজ টিক্কার কথা ভেবেছিল পিটার। শাঁসালো খদ্দের।

হাত ঝাড়লেই টাকা ঝরে। বাবা মন্ত্রী। সরকারের টাকা চুরি করে ফাঁক করে দিচ্ছে, আর ছেলে ক্ষেপে উঠেছে রাহেলাকে বিয়ে করবে বলে। দুবাইতে ফ্ল্যাট কিনে ফেলেছে পর্যন্ত। কিন্তু রাহেলা রাজি হচ্ছে না কেন?
এই লাইনে কম মেয়ে নিয়ে তো কারবার করল না পিটার। কিন্তু রাহেলাকে একেবারেই ও চিনতে পারে না। পাগল করা রূপ আর অসম্ভব বুদ্ধি নিয়ে এই মেয়েটা যেন সব হিসেবনিকেষের বাইরে।
একমাত্র বোন রাহি ছাড়া পৃথিবীর আর কোনও কিছুর প্রতি ওর মায়া, দয়া, মোহ, ভালবাসা আছে বলে মনে হয় না।

এসব গতরাতের কিস্যা। এখন ভোরবেলায় অন্য নখড়া। রাহির দুটো ফোনই বেজে যাচ্ছে কেন?
নাঃ, চিন্তা হচ্ছে তো মেয়েটার জন্য।
পিটার ফের অ্যাকসিলারেটর ঘোরাল। খুব বিপজ্জনকভাবে একটা চার মাথার মোড় পেরলো। তারপর কী ভেবে স্পিড কমাল পিটার।
বলা যায় না, রাস্তার মোড়ে অন্ধকারে মামারা ঘাপটি মেরে থাকে। ফট করে ওকে যদি ধরে ফেলে, এতগুলো টাকা সব যাবে। এছাড়া কোমরের পেছনে মেসিন রয়েছে। ওটা পিটার কখনও কাছছাড়া করে না। ওর অনেক শত্রু। যদিও সোনাগাছির লোকাল পুলিশের সঙ্গে ওর ভাল দোস্তি আছে, কিন্তু সে তো আর নিউ টাউনে চলবে না।
রাহি আর রাহেলা বহুদিন হল সোনাগাছি ছেড়ে দিয়েছে। দুই বোনই দামী ইংলিশ মিডিয়াম স্কুলে পড়েছে। ফরফরিয়ে ইংরেজি বলে। মাঝেমাঝেই ক্লায়েন্টের সঙ্গে বিদেশে চলে যায়। দুই বোন যেসব বিষয়ে কথা বলে, সেসবও পিটারের মাথার ওপর দিয়ে বেরিয়ে যায়। ওদের কাছেই শুনেছে, সুইঙ্গার ক্লাব নাকি বিদেশের লেটেস্ট ক্রেজ। সেখানে একসঙ্গে কুড়ি, তিরিশটা দম্পতি যে যার সঙ্গে পারে, যা তা করে।
পৃথিবীটা কি রসাতলে চলে যাচ্ছে?
যাক শালা, ওর কী?

নিউ টাউনের যে সোসাইটিতে ওরা ফ্ল্যাট কিনেছে, সেখানে কেউ কারও খোঁজ রাখে না।
পিটার শুনেছে ওখানে নাকি অনেক ফিল্ম স্টারও থাকে যাদের কেউ পেছন দিয়েও পোঁছেও না।
পিটার দুই বোনের বডিগার্ড কাম সেক্রেটারি। সে আজ অনেকদিন হয়ে গেল।

চ্যাপ্টার টু

রবিবার, সকাল ৬.০৫, কলকাতা

গ্রাস ওকে শুরুতেই মূল প্ল্যানটা বলেনি।

দুদিন আগে ওকে ডেকে পাঠিয়েছিল সোনাগাছিতে ওর ডেরায়।

বলেছিল, একরাতের জন্য ১৫ লাখ টাকা পেতে কেমন লাগবে রে তোর? তবে একসঙ্গে দুই বোনকেই চাই। হবে?

গ্রাসের ডেরায় মদ, মেয়ে আর মেসিন, এই তিনটে ম-এর অবাধ আনাগোনা। ফলে টেবিলের ওপর ফেলে রাখা বিদেশি গ্লক পিস্তলটা নিয়ে নাড়াচাড়া করতে করতে পিটার বলেছিল, কেন ফালতু ইয়ার্কি মারছ? এই সাত সকালে টাকার লোভ দেখাচ্ছ?

গ্রাস বলেছিল, ইয়ার্কি তুই মারছিস, আগে বন্দুকটা নামা। ওসব জিনিস নিয়ে ছেলেখেলা করতে নেই।

পিস্তল টেবিলের ওপর রেখে পিটার ওর চওড়া কাঁধ ঝাঁকিয়েছিল, বলো, কী করতে হবে?

গ্রাস বলেছিল, প্ল্যান তো বলা যাবে না। আগে ওদের কথা দিতে হবে যে ওরা আসবে, কাজ করবে একসঙ্গে, তবে বলব। ওদের আগে রাজি করা।

পিটার সঙ্গে সঙ্গে ফোনে ধরেছিল রাহিকে। টাকাটার কথা শুনে রাহি বলেছিল, আরবের শেখ নাকি গো? একরাতে অত টাকা দেবে। কিন্তু দুজনকে একসঙ্গে কেন? সেটা ভাল করে জানো আগে।

পিটার একই প্রশ্ন পাঠিয়ে দিয়েছিল গ্রাসের কোর্টে। দুজন একসঙ্গে কেন? রাহি জানতে চাইছে।

গ্রাস বলেছিল, আরে বাবা, বুঝতে পারছিস না? একটা বুড়ো পারভার্ট। যমজ বোন খুঁজছে। লোকটাকে তুইও চিনিস।

- কে লোকটা? খুব সাবধানে পিটার জিজ্ঞেস করেছিল।

গ্রাস কান খোঁচাতে খোঁচাতে বলেছিল, সব বলব। আমি কথা দিচ্ছি, দশ মিনিটের ভেতর মালটা মাল খেয়ে আউট হয়ে যাবে। ফলে ওদের কোনও খাটনিও নেই। ১৫ লাখ টাকা। এক রাতে। তবে একটা অন্য কাজ আছে, আর সেটাই আসল। তবে আগে ওদের রাজি হতে হবে। তবে বলব।

পিটার চোখ কুঁচকে বলল, খুন খারাপির কেস নয়তো। বিষ-টিষ খাওয়ানো বা ওইসব? ওসব ওরা পারবে না, করবেও না।

গ্রাস খ্যাঁকখ্যাঁক করে হাসল, তুই শালা শুধুটাই বডিটাই বানিয়েছিস, মাথাটার

দিকে একেবারেই নজর দিসনি। একটা বুড়োকে খুন করার জন্য দুটো মেয়েকে পাঠাব? আমরা কি মরে গেছি? চিতার আগুন দেখতে পাচ্ছিস?

- তাহলে?

- বলছি তো সব বলব। আগে ওরা রাজি হোক। তবে তো।

- কোনও ঝামেলা নেই বলছো?

গ্রাস মাথা নাড়ল, আমি গ্যারান্টার। হল? ওদের কাজ বড়জোর আধঘণ্টা থেকে চল্লিশ মিনিট। তারপর এখানে তুই একা আসবি, আমার হাতে একটা জিনিস হ্যান্ড ওভার করে টাকা নিয়ে চলে যাবি। ওদের সঙ্গে কথা বল, কথা বল। শোান, এমন চান্স আর জীবনে পাবি না।

পিটার উঠে গিয়ে ঘরের বাইরে চলে এসেছিল, রাহিকে ফোনে বলেছিল, মনে হয়, লোকটার ব্যাগ থেকে কিছু একটা বের করে নিয়ে আসতে হবে, বা ওই রকম কিছু একটা। রাজি হয়ে যাও, এমন চান্স কিন্তু সহজে আসবে না।

রাহি হেসে বলেছিল, চুরি করতে বলছো?

পিটার বলেছিল, না, মানে, আমার চিন্তা হচ্ছে রাহেলাকে নিয়ে। ও যদি বেঁকে বসে?

রাহি বলেছিল, সে ভার আমার। তুমি শুধু বলো, পাঁচ অ্যাডভান্স চাই। আর দেখো চাপ দিয়ে মালটা আরও বাড়ানো যায় কি না।

পিটার ঘরে ঢুকে চওড়া হেসে বলেছিল, নাও, রাজি করিয়েছি অনেক কষ্টে। শুধু একটাই শর্ত, পাঁচ অ্যাডভান্স চাইছে ওরা।

গ্রাস চোখ ঘুরিয়ে বলেছিল, কাজের আগেই অ্যাডভান্স? ভাল কারবার ফেঁদেছিস তোরা।

- এবার কাজটা বলো।

গ্রাস গলা নামিয়ে বলেছিল, ঠাণ্ডা মাথায় শোন। ওদের পোশাকে বডি ক্যাম লাগানো থাকবে। আমি সেসব দেব। লুকিয়ে লোকটার কিছু ভিডিও তুলতে হবে। ক্যামেরাগুলো আমাকে ফেরত দিয়ে সেদিন রাতেই বাকি টাকা নিয়ে যাবি। আজ তোকে পাঁচ দিয়ে দিচ্ছি। ঠিক আছে?

পিটার দীর্ঘশ্বাস ছেড়ে বলেছিল, বুঝেছি, ওদের দিয়ে আসল কাজটা করাবে, এদিকে ঠেকাবে ১৫ লাখ, আর ওদিকে মালটাকে ব্ল্যাকমেল করে তুলবে কোটি কোটি। কি, আমি ঠিক বলছি তো?

গ্রাস আড়মোড়া ভেঙে, হাই তুলে বলেছিল, কে বলে তোর বুদ্ধি নেই? এই তো বেশ মাথা খেলছে।

পিটার এমনিতেই রগচটা। উঠে দাঁড়িয়ে বলেছিল, ওসব দিল্লাগি চলবে না। মাল বাড়াও।

গ্রাস যেন জানত, এমন ভঙ্গিতে বলেছিল, ঠিক আছে, আরও পাঁচ পাবি। ওদের বলার দরকার নেই, ওটা আমি তোকে দেব। তুই সোনা ছেলে।

পিটার তেতো হাসি গিলে বলেছিল, আমি মীরজাফর নই। তুমি ৩০ দেবে। তার এক পয়সাও কমে ওরা যাবে না। এটা রিস্কি জব। লোকটা কে জানি না। ওদের তো চিনে নেবে, তাই না? তারপর? আমাকেই তো ওদের প্রোটেকশন দিতে হবে।

গ্রাস দীর্ঘশ্বাস ছেড়ে বলেছিল, এই জন্যই তোকে বলি মাথামোটা। নিজের ন্যাংটো ছবি দেখে ওই বুড়ো এমন তিড়িং বিড়িং লাফাবে, যে এসব ও ভাববেই না। তাছাড়া হোটেলের কামরাতেও কেউ ক্যামেরা লাগাতে পারে, তাই না? সেটা আমি বুঝে নেব। কারণ লোকটা হচ্ছে, জ্যাকি সেন।

- জ্যাকি সেন? পিটারের চোখ বড় বড় হয়ে গেছিল, কিন্তু ও তো তোমার বস।

গ্রাস নির্লিপ্ত গলায় বলেছিল, বস না হাতির মাথা। শালা আমার কাঁধে বন্দুক রেখে এখানে কারবার চালায়। ওই জন্যই তো বলছি, ব্যাপারটা তো আমিই সামলাব, তুই অত ভাবছিস কেন? হোটেলের মালিককে ফাঁসিয়ে দেব। তোরা সেফ থাকবি। তুই আমাকে বিশ্বাস কর। আমি দলের লোকেদের ফাঁসাই না।

পিটার বিশ্বাস করেছিল।

আর সেটাই ওর জীবনের সবথেকে বড় ভুল হয়ে গেছিল।

চ্যাপ্টার থ্রি

রবিবার, সকাল ৬.১০, কলকাতা

দিনের এটা খুব আশ্চর্য সময়। বাইরে আলো ফুটব ফুটব করেও ফোটেনি।

এতক্ষণে পিটারের চোখ গেল আকাশের দিকে।

ওরে ব্বাস, এত মেঘ। বৃষ্টি নামবে নাকি?

লিফটের জন্য ওয়েট করা পোষাল না পিটারের। ও লাফিয়ে লাফিয়ে সিঁড়ি দিয়ে উঠে যখন চার তলায় রাহিদের ফ্ল্যাটের সামনে এল, ততক্ষণে ও হাঁফিয়ে গেছে।

ফ্ল্যাটের দরজা আধ-খোলা।

দমবন্ধ হয়ে গেল পিটারের। এতজোরে বুকের ভেতর আওয়াজ হচ্ছে যে মনে হচ্ছে কেউ শুনতে পাবে।

দরজা খোলা কেন?

ও কি নীচে গিয়ে সিকিউরিটি গার্ড ডেকে নিয়ে আসবে?

কী ভেবে চিন্তাটা বাতিল করে দিল পিটার।

দরজার বাইরে থেকে একবার ডাকল, রাহি।
আরেকবার ডাকল।
সাড়া নেই।
পিটার ঘাড় ঘুরিয়ে এদিক ওদিক দেখল। লবি ফাঁকা। যারা সকালে হাঁটতে যায়, তারা আগেই বেরিয়ে গেছে।

দরজা আলতো করে ঠেলে ঢোকার আগে কোমরের পেছনে গোঁজা অটোমেটিক রিভলবারটা শক্ত মুঠোয় ধরল পিটার। রাহির যদি কেউ কোনও ক্ষতি করে, তাহলে পৃথিবী ওলোটপালোট করে দেবে ও।
রাহিকে নিয়ে ওর অনেক স্বপ্ন। সেগুলো যদি কেউ ব্যর্থ করে দেবে বলে ভেবে থাকে, তাহলে সে পিটারকে চেনে না।
আলতো ঠেলায় দরজা খুলে যেতেই গড়িয়ে আসা রক্তের দাগ চোখ টেনে নিল পিটারের। থমকে দাঁড়িয়ে গেল পিটার।
আধো অন্ধকারে চোখটাকে সেট করে নেওয়া দরকার। ওর মন বলছে কেউ যেন এখনও ভেতরে আছে।
দেওয়ালের দিকে পিঠ করে দাঁড়িয়ে চুপ করে যাবতীয় শব্দ নিজের শরীরে শুষে নিল পিটার।
অনেক দূরে একটা গাড়ি সমানে হর্ন দিচ্ছে। এছাড়া আর কোনও আওয়াজ নেই।
নিঃশব্দে দেওয়ালে পিঠ লাগিয়ে, পিঠ ঘষতে ঘষতে খুব ধীরে ধীরে রাহির বেডরুমের দিকে এগলো পিটার।
বেডরুমের দরজা খোলা।
রাহি যে মাটিতে পড়ে আছে, তা দূর থেকেই দেখতে পেল পিটার। ওখান থেকেই রক্ত গড়াচ্ছে। রাহির পড়ে থাকার ধরন বলে দিচ্ছে ওর শরীরে প্রাণ নেই।
কম লাশ দেখেনি পিটার। ও মৃতদেহ চেনে। দূর থেকে মৃত্যুর গন্ধ পায়।
দেওয়ালে পিঠ ঠেকিয়েই ভেতরে ঢুকে এল পিটার। ওর শরীর শক্ত হয়ে গেছে, মাথা কাজ করছে না।
এই ঘরটায় আলো বেশি। ফাঁকা ঘর। পিটার দেওয়াল ঘেঁষেই রাহির মাথার কাছাকাছি এল। কোঁকড়া চুল পিঠের ওপর ছড়ানো।
আর ঠিক তখনই ওর বুকের ভেতর হৃৎপিণ্ডটা যেন লাফিয়ে উঠল।

মেঝেতে এটা কী লিখেছে রাহি?

মেঝেতে যেন ও কিছু একটা লিখতে চেয়েছিল ও?
প্রাণ বেরিয়ে যাওয়ার আগে নিজের রক্ত দিয়ে মেঝেতে যে নামটা লিখেছে রাহি, তার কাছ থেকেই তো একটু আগে পঁচিশ লাখ ক্যাশ গুনে নিয়ে এসেছে পিটার।
তাহলে গ্রাসের মনে এই ছিল?
এদের দুই বোনকে ব্যবহার করে খতম করে দেওয়া? ভাগ্যিস রাহেলা গত রাতেই দিল্লি চলে গেছিল, নইলে তো দুই বোনের লাশ পাশাপাশি এখানে পড়ে থাকত।
এত জোরে দাঁতে দাঁত চাপল পিটার যে মনে হল ওর চোয়াল গুঁড়িয়ে যাবে। ওর স্বপ্ন ভেঙে দিয়েছে গ্রাস। ও আসার আগেই লোক পাঠিয়ে দিয়েছে দুজনকে মেরে দেওয়ার জন্য। ও কি ভেবেছে, পিটার টাকা পেয়ে সব ভুলে যাবে? খুব ভুল ভেবেছে গ্রাস। পিটার কি সোনাগাছিতে চুরি করে আনা বাচ্চা মেয়ে? যা খুশি করবে। পিটারের বুকের ভেতরটা ওলোটপালোট খেতে লাগল। রাহির সঙ্গে কাটানো সেইসব অন্তরঙ্গ মুহূর্তগুলো কেউ যেন প্রোজেক্টরে ওর চোখের সামনে চালিয়ে দিয়েছে।
রাহি বলত, আর কয়েকটা বছর। তারপর দুজন ঘর বাঁধব। এখান থেকে দূরে কোথাও চলে যাব। তবে তার আগে অনেক টাকা জমিয়ে ফেলতে হবে। আর নয়, এসব অনেক হয়েছে।
পিটার বলত, দিদিকে সঙ্গে নেবে না?
রাহি কাচের চুড়ি ভাঙার মত হাসত, তুই শালা রাহেলাকে আমার থেকেও বেশি ভালবাসিস।
পিটার বলত, না, না, দিদির ব্যাপারটা অন্যরকম। তুমি বুঝবে না।
রাহি হো হো করে হেসে উঠে ওর মাথার চুল এলোমেলো করে দিয়ে বলত, আমি জানি। তবে এই তুই এত সিরিয়াস হোস না। একদম যায় না তোর সঙ্গে। মজা করছিলাম। আমি জানি ও আমাদের ছেড়ে কোথাও যাবে না।
কে কোথায় যায়, কে খোঁজ রাখে?
রাহি যে এভাবে চলে যাবে, তা কি কেউ ভেবেছিল?

সবাই ওকে মাথামোটা বলে। কিন্তু জীবনের সবথেকে স্মার্ট সিদ্ধান্তটা ও গতসন্ধ্যাতেই নিয়েছিল। জ্যাকি সেন হোটেলে পা রাখা মাত্রই ও বলেছিল, স্যার আমার নম্বরটা রাখুন, যে কোনও দরকারে কল করবেন।
জ্যাকি তখন অল্প চড়িয়েই ছিল, মৌতাত জমে উঠছে। টুসকি মেরে সিগারের ছাই হোটেলের লবিতেই ফেলে ওর মোবাইলে একটা মিসড কল দিয়ে

বলেছিল, সেভ করে রাখো। নইলে তো বুঝবে না কে ফোন করছে।
পিটার জ্যাকিকে ফোন করল।
ফোনটা বাজছে। বাজতে বাজতে একবার কেটে গেল।
পিটার আবার রিং করল।
এবার জ্যাকির হেঁড়ে গলা ভেসে এল, ঘুমজড়ানো গলায় জ্যাকি বলল, কী হয়েছে?
পিটার কোনও ভণিতা না করে হেডলাইনটা পেশ করল, স্যার, গতরাতে লুকিয়ে আপনার ভিডিও তোলা হয়েছে। ওই দুটো মেয়ের পোশাকে বডি ক্যাম ছিল। ক্যামেরা এখনও রয়েছে গ্রাসের কাছে। ও আপনাকে ব্ল্যাকমেল করবে।
জ্যাকি হেঁকে জিজ্ঞেস করল, তুই এতসব জানলি কী করে?
পিটার বলল, আমাকে এই কাজের জন্য তিরিশ লাখ টাকা দেওয়া হয়েছে। কিন্তু মেয়ে দুটোর একটাকে গ্রাস লোক লাগিয়ে খুন করেছে। আমি স্পট থেকেই আপনাকে ফোন করছি। আপনি এখনই গ্রাসকে ধরুন। নইলে দেরি হয়ে যাবে।
জ্যাকি চিন্তিত গলায় বলল, বুঝব কী করে তুই যে মিথ্যা কথা বলছিস না।
পিটার চিবিয়ে চিবিয়ে বলল, গ্রাস আমার সঙ্গে বিট্রে করেছে। আমি যাকে ভালবাসতাম তার লাশ আমার পায়ের কাছে পড়ে আছে। আমি মিথ্যা কথা বলব এই সাত সকালে?
জ্যাকি বলল, এটা তোর নম্বর তো? ঠিক আছে, আমি দেখছি। তুই রাখ।
জ্যাকি ফোন কেটে দেওয়ার সঙ্গে সঙ্গে পিটার রাহেলাকে ধরল দিল্লিতে।
একবার রিং হতেই রাহেলার ঠাণ্ডা গলা ভেসে এল, বলো। কী হয়েছে?
পিটারের গলা ছিল ভয়ার্ত। খুব তাড়াতাড়ি ও বলেছিল, দিদি, আমাদের খুব বিপদ। রাহিকে কেউ খুন করে দিয়ে গেছে। আমি এইমাত্র ফ্ল্যাটে ঢুকে দেখলাম। তুমি, তুমি, দাঁড়াও একটা পায়ের আওয়াজ পাচ্ছি।
কয়েক সেকেন্ড পরেই পিটার খুব তাড়াহুড়ো করে বলেছিল, তুমি কোথাও পালিয়ে যাও। নইলে গ্রাস তোমাকেও মেরে দেবে।
আর কিছু জিজ্ঞেস করার আগেই পিটার ফোন কেটে দিয়েছিল। কারণ ও সত্যিই বাইরে একটা পায়ের আওয়াজ পেয়েছে।
দেওয়ালে পিঠ ঠেকিয়েই ও বেডরুমের দরজার দিকে এগল, দরজাটা বন্ধ করা দরকার সবার আগে।
দরজাট বন্ধ করার জন্য পিটার যখন ঘুরেছে, ঠিক তখনই বাথরুমের দরজা খুলে একটি ছায়ামূর্তি বেরিয়ে এসে সাইলেন্সার লাগানো লম্বা পিস্তলের নল তাক করল পিটারের পিঠের দিকে।

এসব ক্ষেত্রে মুহূর্তের ভুলচুকে অনেক হিসেব নিকেষ উল্টে যায়।
আততায়ী গুলি যখন চালাল, ততক্ষণে পিটার ঘুরে দাঁড়িয়েছে এবং ওকে দেখেই মাথা নামিয়েছে।
গুলিটা পিটারের ডানকাঁধ ঘেঁষে দরজায় লাগল।
পিটারের অটোমেটিক গর্জে উঠল। আততায়ী জানত না পিটার ঠিক কতটা ভাল বন্দুকবাজ।
ফলে তিনটে গুলি পেটে হজম করে ছেলেটা হাঁটুভেঙে পড়ে গেল মেঝেতে।
প্রায় সঙ্গে সঙ্গে বাথরুমের দরজা খুলে বেরিয়ে এল দ্বিতীয় আততায়ী। মাথামুখ গামছা দিয়ে মোড়া থাকলেও পিটারের চিনতে ভুল হল না গ্রাসের দলের ছেলেকে। এর নাম শ্যামল। শার্প শুটার।
পিটার তিন লাফে পৌঁছে গেল শ্যামলের কাছে। কিন্তু তার আগেই শ্যামলের তিনটে বুলেট পিটারকে ফুঁড়ে দিয়েছে।
সেই অবস্থাতেই পিটার ধরে ফেলল শ্যামলকে। ঠিক যেভাবে সিংহ কামড়ে ধরে শিকারের গলা, সেভাবেই ও কামড়ে ছিঁড়ে নিল শ্যামলের গলার নলি।
প্রায় একইসঙ্গে ওর শরীরের সমস্ত রাগ বেরিয়ে গেল ওর প্রাণের সঙ্গে।
পিটার আছড়ে পড়ল রাহির ওপর, জড়িয়ে ধরার চেষ্টা করল ওকে শেষবারের মত।
ঘরের চারদিকে ছড়িয়ে ছিটিয়ে পড়ে রইল চারটে লাশ। বাইরের লবিতে ততক্ষণে ছোটাছুটি শুরু হয়ে গেছে।
বারবার গুলির আওয়াজে কেঁপে কেঁপে উঠেছে সোসাইটির থার্ড ফ্লোর।
ঘনঘন ফোন যাচ্ছিল নীচের সিকিউরিটি ডেস্কে।
কলকাতায় এই ধরনের শুট আউট খুব নিয়মিত হয় না। ফলে ঠিক আধ ঘণ্টার মধ্যে জায়গাটা পুলিশ আর মিডিয়ার ক্যামেরায় ছয়লাপ হয়ে গেল।
ভোরবেলায় রক্তে রাঙা কলকাতা - শুরু হয়ে গেল লাইভ টেলিকাস্ট।
সারাদিনের ভূরিভোজ।

চ্যাপ্টার ফোর

রবিবার, সকাল ৬.২৫, কলকাতা

জ্যাকি সেন কাজপাগল লোক।
ওর ফেবারিট স্লোগান হল, হাত থাকতে মুখ কেন?
জ্যাকির চেহারায় একটা কলোনিয়াল হ্যাংওভার আছে। সেই ব্রিটিশ আমলের বাঙালি অ্যারিস্ট্রোক্র্যাটদের মতো দেখতে। লম্বা, ছিপছিপে গড়ন, নোয়াপাতি

ভুঁড়ি।
চুলে টকটকে লাল রঙের কলপ, কখনও সখনও সেটা কালো হয় ওর মুড বুঝে।
ঠোঁটের ওপর একজোড়া খোঁচা গোঁফ সমান করে ছাঁটা।
নিজের সার্কেলে ও ফেমাস একটা কারণেই, প্রয়োজনে যে কোনো ড্রাস্টিক স্টেপ নিতে ও দুবার ভাবে না। ওর একটাই মোটো, হোয়াটেভার ইট টেকস। যে কোনও মূল্যে কাজ হওয়া চাই।
পিটারের ফোনটা পাওয়ার পর জ্যাকি লাফ দিয়ে বিছানা ছেড়ে উঠল। যাক, আজকের মত একটা কাজ পাওয়া গেছে।
সারাটাদিন ব্যস্ত না থাকলে সন্ধ্যার মৌতাত ঠিক জমে না।
বেডরুমের জানলা দিয়ে জ্যাকি বাইরে তাকাল, টিপটিপ বৃষ্টি পড়ছে, মেঘলা আকাশ। বেশ রোম্যান্টিক ওয়েদার। বিছানায় শুয়ে শুয়ে কিছুক্ষণ কালকের যমজ মেয়েদুটোর কথা ভাবা যেত।
তা নয়, শালা, যত রুখু ঝঞ্ঝাট।
গতরাত থেকেই ওর সিক্সথ সেন্স জানান দিচ্ছিল, কোথাও একটা বড়সড় গোলমাল পেকেছে।
এই সিক্সথ সেন্সই ওকে ইন্ডাস্ট্রিয়ালিস্ট হিসেবে এত কম সময়ে এত ওপরে তুলেছে। ওর মেন ইন্ডাস্ট্রিটা অবশ্য ওপেন সিক্রেট - মেয়েমানুষ ও মাদক পাচার। বাইরে দেখানোর জন্য রয়েছে মিডিয়া, সফটওয়্যার, স্টিল - এই সমস্ত। শাসক দলের নেতা মন্ত্রীদের সঙ্গে ওঠাবসা করার খাতিরে ও বেশ কয়েকজনকে ওর পকেটে পুরে ফেলেছে।
জ্যাকি বিশ্বাস করে যে সবাই ঘুষ খায়। কেউ কেউ অবশ্য সতীপনা দেখায় শুরুতে। কিন্তু একটা অ্যামাউন্টের ওপরে উঠলেই তারাও তাসের ঘরের মত ভেঙে পড়ে বিক্রি হয়ে যায়।

গতরাতে মনের ভেতরটা কেমন খচখচ করছিল। সেটার অবশ্য কারণও ছিল। রুটিন অনুযায়ী, মেয়ে পাঠানোর আগে গ্রাস ওকে একটা কনফার্মেশন কল করে। কাল কিন্তু করেনি।
এমনকি ঘণ্টা খানেক পর সব মিটে গেলে যে ‘কার্টেসি কল’ করার কথা, সেটাও আসেনি।
ঘড়ির দিকে তাকাল জ্যাকি। প্রায় সাড়ে ছটা বাজে।
আজ আবার রবিবার। এই সময়টা ও গলফ ক্লাবে কাটায়। শহরের সব প্রভাবশালী লোক, মন্ত্রী-সান্ত্রীরা ওখানে আসে। নেটওয়ার্কিং করার এটাই সেরা

জায়গা। কিন্তু আজ গলফ, নেটওয়ার্কিং, সব মাথায় উঠল।
সামনেই ইলেকশন। এমপি হওয়ার দৌড়ে জ্যাকি বেশ এগিয়ে। টিকিট প্রায় কনফার্ম।
এই মুহূর্তে ওর পলিটিক্যাল ক্যারিয়ারের বারোটা বাজার উপক্রম। ওই মেয়েগুলোর বডিগার্ড ছেলেটা, পিটার, ও যা বলল তা যদি সত্যি হয়, তাহলে এমপি হওয়া তো দূর-অস্ত, এই দেশেই আর থাকা যাবে না।
হাতের মুঠো শক্ত হয়ে এল জ্যাকির। রাগ আর টেনশনে কপালে বিন্দু বিন্দু ঘাম জমছে। সবার আগে এই প্রবলেমটা ফিক্স করতে হবে। আর শুরুটা করতে হবে অবশ্যই গ্রাসকে দিয়ে।
এতবড় নেমকহারাম? গ্রাসের গরাস চিরকালই বড়। দৈত্যের গ্রাস।
কিন্তু ওকে তো কম টাকা দেয় না জ্যাকি। এখন তো আরও বেড়েছে।
আগে যেসব কচি মেয়েরা পাচার হয়ে আসত, তারা প্রথম ভোগে লাগত জ্যাকির। তারপর প্রসাদ পেত গ্রাস। তারও পর আছে। কিছু মেয়ে থাকে যারা এরপরেও লাইনে নামতে চায় না। এমনকী দশজনকে দিয়ে পরপর রেপ করালেও নয়।
এখন এনজিওগুলো খুব অ্যাকটিভ। তার ওপর চিফ ডিটেকটিভ হিসেবে দায়িত্ব নিয়েছে একটা গোঁয়ার আইপিএস - মতিলাল মিস্ত্রি। ট্রিগার হ্যাপি কপ।
জ্যাকির সঙ্গে ওর অলরেডি ঠোকাঠুকি লেগে গেছে। ওর অ্যাসিট্যান্ট রাকেশ চৌধুরিকে তবু বাবা-বাছা বলে ছাড় পাওয়া যায়। কিন্তু মতিলাল মারাত্মক টেঁটিয়া।
ফলে কোনওকিছুই আর আগের মত নেই। অনেক জায়গায় টাকা ছড়াতে হচ্ছে, যাতে যে কোনও রেডের আগেই খবরটা চলে আসে।
এমনিতেই দেখেশুনে পা ফেলতে হচ্ছে। তার মধ্যে এইসব রুখু ঝামেলা।

প্রাইভেট নম্বর থেকে ফোনটা লাগাল জ্যাকি। ওপার থেকে একটা ভরাট, ব্যারিটোন গলা ভেসে এল, ইয়েস স্যার।
জ্যাকি কোনো ভনিতা করল না, মুস্তাফা, কোথায় তুমি?
মুস্তাফা শান্ত গলায় বলল, কলকাতাতেই আছি বস। তবে আজ রাতে দুবাই বেরোব।
জ্যাকি সোফায় ধপ করে বসে পড়ল। একটা দীর্ঘশ্বাস বেরিয়ে এল বুক চিরে, প্ল্যান ক্যান্সেল করো। একটা সিচুয়েশন তৈরি হয়েছে। তোমার হেল্প দরকার।
- বলুন স্যার, কী করতে হবে?
জ্যাকি চিবিয়ে চিবিয়ে বলল, একটা আইটেম তুলতে হবে। ইমিডিয়েটলি।

- ডেড অর অ্যালাইভ?
মুস্তাফার গলায় কোনো আবেগ নেই, যেন পানের দোকানে জর্দা পানের অর্ডার দিচ্ছে।
জ্যাকির নিঃশ্বাস বন্ধ হয়ে এল রাগে, অ্যালাইভ। জ্যান্ত চাই হারামজাদাকে। ওর চামড়া আমি নিজের হাতে ছাড়াব।
জ্যাকির বলার ধরন দেখে এতদিনের বিশ্বস্ত সঙ্গী মুস্তাফা বুঝে গেল কেস খুবই কিচাইন হয়ে আছে।
ও শান্ত গলায় বলল, নাম, ছবি আর অ্যাড্রেসটা পাঠিয়ে দিন স্যার। আমার টেকনিক্যাল অ্যাসিস্ট্যান্ট এখুনি সব ডিটেলস পাঠাচ্ছে তোমাকে।
চিন্তা করবেন না স্যার। ও যেখানেই লুকিয়ে থাকুক, পাতাল থেকেও খুঁজে বের করব।
জ্যাকি বলল, রাগে কাঁপতে কাঁপতেই বলল, হারামজাদার নাম গ্রাস। সোনাগাছি এরিয়াতে থাকে।
- ওকে স্যার। চিন্তা করবেন না।
ফোনটা রেখে জ্যাকি উঠে দাঁড়াল। বিশ্বাস করতে কষ্ট হচ্ছে, গ্রাস শেষমেশ ওর সঙ্গেই বেইমানি করল?
উচ্চাকাঙ্ক্ষা ভালো, তাই বলে বসের পিঠে ছুরি? লুকিয়ে ভিডিও তুলে ও ভেবেছিল জ্যাকি সেনকে ব্ল্যাকমেল করবে? কতবড় সাহস?
এত বছরের সম্পর্ক। ক্রাইম সিন্ডিকেটের হিউম্যান ট্রাফিকিং সেল-এর পুরো দায়িত্বটাই গ্রাসের ওপর নিশ্চিন্ত হয়ে ছেড়ে দিয়েছে জ্যাকি। নেপাল, বিহার বর্ডার দিয়ে মেয়ে সাপ্লাই দেয় ও। এমনকী ইস্ট ইউরোপ থেকেও মাল আসছে আজকাল। এটা একটা ইন্টারন্যাশনাল র‍্যাকেট। আর গ্রাস ভেবেছে ওকে ব্ল্যাকমেল করে এক্সট্রা পয়সা কামাবে?
ঘরের ভেতর অস্থিরভাবে পায়চারি করতে শুরু করল ও। জ্যাকির মাথায় নানা ধরনের চিন্তা খেলে বেড়াচ্ছে।
শুধু টাকার জন্য গ্রাস এটা করেছে? নাকি এর পেছনে অন্য কোনো বড় খেলা আছে?
হয়ত জ্যাকি জানে না, ওর অজান্তে ওর রাজনৈতিক শত্রুরা গ্রাসকে কিনে নেয়নি তো?
এই চিন্তাটা মাথায় আসতেই শিরদাঁড়া দিয়ে একটা ঠান্ডা স্রোত নেমে গেল। এমপি হওয়ার স্বপ্নটা কি তাহলে চোখের সামনে চুরমার হয়ে যাবে?
দেরি না করে ফিলিপকে ফোন লাগাল জ্যাকি। ফিলিপ ওর টেকনিক্যাল অ্যাসিস্ট্যান্ট। বাধ্য ছেলে, কম্পিউটার সায়েন্সে মাস্টার্স করে এসেছে

আমেরিকার ক্যাল টেক থেকে।

বেশ কয়েক বছর হল, সিস্টেম ম্যানেজার হিসেবে কাজ করছে ফিলিপ। ওর একটা ভাল গুণ হল, যখনই ফোন করা হয়, ও ফোন ধরে চটপট একটা কথাই বলে, ইয়েস স্যার।

জ্যাকি বলল, ফিলিপ, কনফিডেন্সিয়াল ফাইলের কথা মনে আছে?

- ইয়েস স্যার। আমি ওটার জন্য একটা সেপারেট ডেটাবেস মেইনটেইন করছি। সব অ্যালফাবেটিকালি সর্ট করা আছে... উল্টোদিকে ফিলিপ যখন ওর কাজের ফিরিস্তি দিতে ব্যস্ত, জ্যাকি ধমকে উঠল, ডোন্ট ইউজ দোজ ব্লাডি টেকনিক্যাল ওয়ার্ডস! কতবার বলেছি ওসব আজেবাজে কথা আমাকে শোনাবে না। আমি ইম্প্রেসড নই। একটা নাম নোট করো, গ্রাস। ওর নাড়ি-নক্ষত্রের সব ডিটেলস এক্ষুনি মুস্তাফাকে পাঠাও। রাইট নাও।

- শিওর স্যার। উইদাউট এনি ডিলে।

ফিলিপ আর কোনো জ্ঞান দেওয়ার আগেই জ্যাকি ফোন কেটে দিল। মাথাটা দপদপ করছে। একটু ভোদকা খেলে হত।

হঠাৎ আবার মোবাইলটা বেজে উঠল। মুস্তাফা।

- গট ইট? জ্যাকি অধৈর্য হয়ে জিজ্ঞেস করল।

- স্যার, আমার লোকাল সোর্স কনফার্ম করেছে। ও এখন বাড়িতেই আছে। সাতটা নাগাদ অফিসের দিকে বেরোবে। আমরা তুলে নেব। এক ঘণ্টার মধ্যে আপনার কাছে পৌঁছে যাব। কিন্তু স্যার, আরেকটা খবর আছে - জানি না এই ঘটনাটার সঙ্গে কোনও কানেকশন আছে কি না।

জ্যাকির নিঃশ্বাস বন্ধ হয়ে এল, আবার নতুন কি ফ্যাকড়া বেরল?

দমবন্ধ করে জ্যাকি বলল, কী বলো তো?

মুস্তাফা বলল, নিউ টাউনের একটা ফ্ল্যাটে গুলি চলেছে। গ্রাসের ছেলেরাই ইনভলবড, যতদূর খবর পেলাম। ইনার ক্ল্যাশও হতে পারে। চারটে ডেডবডি রিকভার করেছে পুলিশ।

জ্যাকি উত্তেজনা চেপে বলল, খোঁজ নিয়ে দেখো তো, ওদের মধ্যে পিটার নামে কোনও ছেলে আছে কি না?

মুস্তাফা বলল, খোঁজ পেলেই আপনাকে জানাচ্ছি স্যার।

জ্যাকি একটু ভাবল। তারপর বলল, ভাল কথা, গ্রাসকে ধরার সঙ্গে সঙ্গে ওর মোবাইল, ল্যাপটপ সব চাই। ওর ল্যাপটপটা বিশেষ করে। ওটা সম্ভবত বাড়িতেই থাকবে।

মুস্তাফা সঙ্গে সঙ্গে বলল, ওকে স্যার। আমি সেকেন্ড টিম পাঠাচ্ছি। ওরা পুলিশ সেজে ওর বাড়ি রেড করবে। যা কিছু ডিজিটাল গ্যাজেট আছে, সব

কনফিসকেট করে নিয়ে আসবে।
- গুড মুস্তাফা। কাজটা হলে তোমার রিওয়ার্ড তুমি পেয়ে যাবে।
- থ্যাঙ্ক ইউ স্যার।
ফোনটা কাটার আগে শেষ নির্দেশ দিল জ্যাকি, শুয়োরটাকে সোজা আমার ক্যামাক স্ট্রিটের অফিসে নিয়ে এসো।
- ডোন্ট ওরি স্যার। এক ঘণ্টার মধ্যে পার্সেল পৌঁছে যাবে।
ফোনটা পকেটে রেখে জ্যাকি দ্রুত অঙ্ক কষতে শুরু করল। পিটারের কথা যদি সত্যি হয়, গতরাতের শেষে ও গ্রাসের হাতেই মেটেরিয়াল হ্যান্ড ওভার করেছে। তার মানে, ওই ভিডিও ফুটেজ এখনও গ্রাসের কাছেই থাকার কথা।
জ্যাকি জানলার দিকে তাকাল। বাইরে আকাশ মেঘলা। ওয়েদার আরও খারাপ হবে কিনা, জানা নেই।
ভিডিওটা জ্যাকিকে পেতেই হবে।
যে কোনও মূল্যে।

চ্যাপ্টার ফাইভ

রবিবার, সকাল ৬.৩০, ইয়েলাগিরি

সকাল থেকেই মেঘলা। শুরু হয়েছে ঝিরঝির বৃষ্টি।
চারদিকে পাহাড়। সবুজ গাছে ঢাকা। ওইসব গাছপালার ফাঁকেই বেশ কিছু সৌখিন বাড়িঘর রয়েছে। যেগুলো চট করে চোখে পড়ে না। বাড়িঘরের মালিকেরা এখানে ছুটি কাটাতে আসেন বটে তবে বেশিদিন থাকতে পারেন না। এখানকার অসহ্য নিস্তব্ধতা কি বুকের ওপর চাপ হয়ে বসে? হয়ত তাই।
শহর চেন্নাই থেকে প্রায় আড়াইশো কিলোমিটার দূরে এই ইয়েলাগিরি ঠিক ট্যুরিস্ট স্পট নয়। শোনা যায় এই জঙ্গলে ঢাকা পাহাড়ের বুকে লুকিয়ে আছে কিছু প্রাগৈতিহাসিক গুহা। সেখানে মাঝেমাঝে কারা আগুন জ্বলে? কেউ কি থাকে সেখানে?
ফলে জায়গাটা হিল স্টেশন হলেও ট্যুরিস্টরা সচরাচর এই দিকটায় পা মাড়ায় না। যদিও ট্যুরিস্টরা আসবে এমন ধরে নিয়েই উল্টোদিকেই নেচার পার্ক বানানো হয়েছিল, কাছেই রয়েছে একটা ঝর্না। ইয়েলাগিরি হিলস এখান থেকে আরও কুড়ি কিলোমিটার।
এরকম নির্জন জায়গাতেই গাছপালার আড়ালে ঢাকা পড়ে আছে এই পোড়ো গোডাউন বা ওয়ারহাউসটা। কোথায় যেন প্রাচীন গুহার সঙ্গে মিল আছে না?

বাইরে থেকে দেখলে বোঝা যায় না একতলার নীচেও রয়েছে একটি হলঘরের মত বিরাট বেসমেন্ট। সেখানে থরে থরে সাজানো রয়েছে কম্পিউটারের সার্ভার। মাঝেমাঝে আলোর ঝিলিক জানান দিয়ে যাচ্ছে যে সেগুলো চলছে। কিলবিলে সাপের মত জড়িয়ে পেঁচিয়ে রয়েছে অজস্র তার, যা কি না আসলে তৈরি করেছে ভারচুয়াল প্রাইভেট নেটওয়ার্কের একটি জটিল লেয়ার।
সাদা বাংলায় বলতে গেলে কেউ যদি এই জায়গাটার ডিজিটাল ফুটপ্রিন্ট পেতে চায়, তাহলে তাকে গোলকধাঁধার ভেতর পড়ে যেতে হবে।
এক কথায়, এই জায়গাটাকে ট্রেস করা কার্যত অসম্ভব। একেবারেই কি অসম্ভব? হয়ত নয়। তবে সারা পৃথিবীতে একটি বা দুটি লোক হয়ত তা করলেও করে উঠতে পারে। কিন্তু তাতেও হয়ত বেশ সময় লেগে যাবে।
ভেতরের একটি ঘরে ব্যাকগ্রাউন্ডে খুব নিচু স্কেলে একটা ইংরেজি গান বাজছে —ইটস রিডিউসড দ্য ডিসট্যান্স... ইন আ রিভার্স ওয়ে...
ঘরে বসে থাকা মোটা সোটা চেহারা যুবকটির অবশ্য বাইরের উদাসীন নিসর্গ বা গান নিয়ে বিন্দুমাত্র মাথাব্যথা নেই। তার চোখ সামনে সাজানো বেশ কয়েকটি মনিটরের দিকে। কি বোর্ডে তার আঙুল তখন ঝড় তুলেছে।
ঘরে পা রাখলেই বোঝা যায়, এটা একটা অন্য জগত।
কম্পিউটার, জটিল সব প্রোগ্রামিং কোড আর অদ্ভুত দর্শন সব ইলেকট্রনিক গ্যাজেট দিয়ে ঠাসা এই ডিজিটাল গুহা।
তারই মধ্যে ঘরভর্তি মনিটরের মাঝখানে যে বসে আছে, সে কি কোনও হাই-টেক যুদ্ধের চিফ কম্যান্ডার? দেখলে তেমনই মনে হতে পারে।
প্রতিটি স্ক্রিনের মুভমেন্ট তার নখদর্পণে।
যুবকটির চিবুকে একটা গভীর কাটা দাগ। সেই দাগটা ওর মুখে একধরনের নিষ্ঠুরতা যোগ করেছে বলেই নয়, এমনিতেও ওর থমথমে মুখ দেখলে মনে হয়, ও শেষ হেসেছে বোধহয় ওর মায়ের কোলে।
কোনও কমনীয়তা না থাকায় হঠাৎ দেখলে মুখটা মোটেই ভাল লাগে না। সেটার আরও একটা কারণ রয়েছে। ওর চোখের দৃষ্টিতে কোনও প্রাণ নেই। চোখের দৃষ্টিতে আবেগের ছাপ না থাকলে কি মানুষকে মানুষ বলে মনে হয়?
যুবকটির বয়স বোঝা খুব মুস্কিল।
পঁয়ত্রিশ থেকে চল্লিশের কোঠায় হতে পারে। অথবা একটু কমও হতে পারে? প্রথমে সে ব্যাকগ্রাইন্ডের মিউজিক বন্ধ করে হেডফোন লাগাল কানে। কিছু একটা শোনার পরেই হঠাৎ রেগে গিয়ে হেডফোনটা টেবিলে আছড়ে ফেলল। এই একটা আচরণে বোঝা গেল, এইসব দামী জিনিসপত্রের প্রতি ওর বিশেষ মায়াদয়া নেই।

এও বোঝা গেল যে এমন কিছু একটা তার কানে গেছে যা তাকে মোটেই খুশি করেনি।

কি-বোর্ডের ওপর তখন ঝড়ের বেগে চলছে তার মোটা মোটা আঙুলগুলো। দেখতে দেখতে চোখের পলকে একটা ট্রানজাকশন কমপ্লিট হয়ে গেল, কিন্তু একটা বিদেশি ব্যাংক অ্যাকাউন্টে টাকা ট্রান্সফার করতে করতে সে বিড়বিড় করে বলে উঠল - শিট। আয়্যাম এ ড্রাই চিকেনস শিট। ফালতু ফালতু এসব লোককে পোষার কোনও মানে হয় না। এরা কোনও কম্মের নয়।

তার নিজের ওপর এত রাগের আসল কারণটা কী?

একটু পরেই কারণটা বোঝা গেল।

এরপর সে কম্পিউটার থেকেই একটা এনক্রিপ্টেড লাইন ব্যবহার করে ডায়াল করল সোজা কলকাতা।

ওপার থেকে একটা খসখসে নির্লিপ্ত গলা ভেসে এল, ইয়েস।

যুবকটি হিসহিস করে উঠল, কেলেঙ্কারি হয়েছে। এখনই লোক পাঠাও। হাতে একেবারেই সময় নেই। গ্রাসকে এখনই খতম করতে হবে। ডোন্ট ডিলে। হাতে কিন্তু একদম সময় নেই।

কেন? কী হয়েছে বস? উল্টো দিকের গলা কিছুটা ভয়ার্ত শোনায়।

জ্যাকি সব জেনে গেছে। ও গ্রাসকে তোলার জন্য অলরেডি নিজের লোক নামিয়ে দিয়েছে। ওরা পৌঁছনোর আগেই আমাদের কাজ শেষ করতে হবে। তাড়াতাড়ি তোমার লোক পাঠাও।

ওকে স্যামি। পাঠিয়ে দিচ্ছি। এটাতো আমাদের প্ল্যান বি-তে ছিলই। লোক রেডি আছে।

- ডোন্ট টেক মাই নেম! অ্যাসহোল। ফোনে নিজের নামটা শুনে বিষধর সাপের মতো ফুঁসে উঠল স্যামি। ও কি ভয় পাচ্ছে, ওর ফোন ট্যাপ হতে পারে?

ফোনটা কেটেই স্যামি পাগলের মতো টাইপ করতে শুরু করল। ওর সামনের মনিটরগুলোতে একটার পর একটা উইন্ডো খুলতে লাগল, বন্ধ হতে লাগল। কেউ যদি কাছ থেকে দেখত, তাহলে ভয় পেত স্যামিকে দেখলে।

ওর মাংসল মুখের আড়ালে কুতকুতে দুটো চোখ এখন মনিটরগুলোর দিকে তাকিয়ে। অন্যদিকে ঝড়ের বেগে হাত চলছে কম্পিউটার কি-বোর্ডের ওপর। শেষপ্রযন্ত, গ্রাস, ওই অপদার্থটা এমন চমৎকার একটা প্ল্যান সম্পূর্ণ ঘেঁটে দিল। প্রথম থেকেই অবশ্য স্যামির একটা সন্দেহ ছিল। সেজন্য ওর প্ল্যান ছিল সবকিছু মিটে গেলে গ্রাসকে পৃথিবী থেকে সরিয়ে দেবে। কাউকে মারার জন্য লোক লাগালে, বা নিজেই হাত লাগানোর আগে স্যামির বিবেক সাফ থাকে। যাকে মারছি, সে কি কোনও পৃথিবীর কোনও উপকারে লাগবে? বেশিদিন বেঁচে

থেকে ও করবেটা কী?
গ্রাসের উচিত ছিল মেয়েদুটো আর ওদের দালালটাকে স্পটেই শেষ করে দেওয়া। ওই রাতেই কাজটা করা উচিত ছিল। ঠিক হোটেলের বাইরে।
গ্রাস সেটা পারেনি। তাই ওর বেঁচে থাকার কোনো অধিকার নেই। স্যামি টেলিকমিউনিকেশন অপারেটরের ডেটাবেস হ্যাক করে কল রেকর্ড চেক করছিল। সকালে কেউ একজন জ্যাকিকে ফোন করেছিল। দেওয়ালের বাঁ-দিকের মনিটরে সেই কলের ট্রান্সক্রিপ্ট ভেসে উঠল। চেয়ারটা স্লাইড করে সেদিকে গেল স্যামি। পিটার আর জ্যাকির কথোপকথন পড়তে পড়তে সে গ্রাসকে প্রাণভরে অজস্র গালিগালাজ দিল। গ্রাসের লোকেরা প্রথম টার্গেটটাকে মেরে ফেলেছে ঠিকই। কিন্তু দ্বিতীয় টার্গেট—পিটার—স্পটে পৌঁছে সব দেখে ফেলেছে।
তারপর সন্দেহ হওয়ায় পুরো ব্যাপারটা জ্যাকি সেনকে জানিয়ে দিয়েছে।
হোয়াট আ ফুল! ইউ অ্যাস-হোল! স্যামির রাগ কমছে না, যদি নিজের হাতে কুত্তাটাকে মারতে পারতাম, তাহলে শান্তি পেতাম। নিজের মনেই বিড়বিড় করলেও ও একটু অন্যমনস্ক হয়ে আছে সম্পূর্ণ অন্য একটি কারণে। এখন নিজের ওপরে একটু একটু রাগও হচ্ছে।
মুম্বাইয়ের কাজটা মিটিয়ে নেওয়ার পরেই কলকাতার কাজটায় হাত দেওয়া উচিত ছিল।
কিছুক্ষণ চুপ করে বসে রইল স্যামি। কলকাতায় একটা দারুণ প্ল্যান হাতের বাইরে বেরিয়ে যাচ্ছে। ওটাকে সামলাতে হবে। জ্যাকি সেনকে ফাঁসোনার এমন চমৎকার সুযোগ আর পাওয়া যাবে না। শুয়োরের বাচ্চাটা বহুত জ্বালিয়েছে। এবার ওকে বাগে পাওয়ার আগেই কি ব্যাপারটা ভেস্তে যাবে?
কিন্তু তার আগে মুম্বাইয়ের একটা এমার্জেন্সি সিচুয়েশন সামলাতে হবে। ওটা বেশি আরজেন্ট।
নাঃ, আমার স্বভাব আর বদলাতে পারব না। আমি একটা বেপরোয়া শুয়োর, বিড়বিড় করতে করতে স্যামি মুচকি হাসল ও আবার কি-বোর্ডে ঝড় তুলল। ওর ক্ষিপ্র টাইপিংয়ের সঙ্গে সঙ্গে তিনটে মনিটরের ডিসপ্লে পাল্টাচ্ছে। ফাস্ট অ্যান্ড ফিউরিয়াস। সে এখন কয়েকটা ইউজার নেম আর পাসওয়ার্ড ক্র্যাক করতে ব্যস্ত।
তারপরেই এল আসল মুহূর্ত।
মাঝখানের মনিটরে ভেসে উঠল ডায়ানা লামারের সোশ্যাল মিডিয়া প্রোফাইল। মুম্বাইয়ের হাই-সোসাইটি লেডি ডায়ানা।
অ্যান্টি-এজিং আর্টিস্ট হিসেবে ওর বেশ নামডাক, প্রস্থেটিক মেকআপে ডায়ানা

স্পেশালিস্ট।
স্যামি ডায়ানার অ্যাকাউন্টে লগ-ইন করে তার প্রাইভেট মেসেজগুলো পড়তে শুরু করল। বিকেলের আগেই এই ঝামেলাটা সলভ করতে হবে।
করতেই হবে।
নইলে বড্ড দেরি হয়ে যাবে। আর দেরি মানেই স্যামির ঘাড়ে জেনুইন বিপদ চেপে বসবে।
ও শিট! আজ বিকেলেই পুলিশ কমিশনারের সঙ্গে দেখা করতে যাচ্ছে মাগী। ওকে আটকাতেই হবে। অ্যাট এনি কস্ট। ফিসফিস করে বলল স্যামি।
এক মুহূর্তের জন্য থামল স্যামি। খতম করে দিলেই তো ল্যাঠা চুকে যায়। তারপর মুম্বাই পুলিশের ডেটাবেস হ্যাক করে ওর নিজের সব ছবি ও তথ্য মুছে দিলেই চলবে।
ওর ছবি মানে, স্যামির আসল ছবি নয়। ওটা এই পৃথিবীর কেউ এখনও দেখেনি।
কোনওদিন দেখবেও না। নিজের মনেই বিড়বিড় করল স্যামি।
মুম্বাইয়ের ঘটনাটা অবশ্য কিছুদিন আগেকার।
কিছুদিন আগে একটা ফেক অ্যাকাউন্টের মাধ্যমে মুম্বাইয়ের নামকরা এক শিল্পপতির মেয়ে সারিকার সঙ্গে ভাব জমিয়েছিল স্যামি।
উদ্দেশ্য একটাই ওর নগ্ন, ঘনিষ্ঠ মুহূর্তের ছবি ও ভিডিও হ্যাক করা, যাতে বাকি জীবন ব্ল্যাকমেল করা যায়।
এবার স্যামির কাজের প্যাটার্ন কিছুটা কি বোঝা যাচ্ছে?
না। পুরোটা নয়। এটা ওর সাইড হাসল।
আসল কাজটা অনেক ভয়ংকর। শিউরে ওঠার মত। সেটা ক্রমশঃ প্রকাশ্য।
সারিকাকে পটানোর আগে স্যামিকে সাহায্য নিতে হয়েছিল ডায়ানার।
কারণ মেয়েরা ওর এই ভয়ংকর সুন্দর মুখ দেখলে মোটেও পছন্দ করে না।
সেই কলেজ জীবন থেকে এই ট্রমা ওকে তাড়া করে বেড়িয়েছে। গুরুদেব না থাকলে কবেই ও সুইসাইড করত।
মানুষ কি আর এমনি এমনি সাইকোপ্যাথ বা সোসিওপ্যাথ হয়?
কারণতো কিছু একটা থাকে। নিজের মনেই স্যামি কথা বলে যাচ্ছে, সেই সঙ্গে হাতও চলছে কিবোর্ডের ওপর।
স্যামি সারিকার কাছে নিজের নাম বলেছিল 'সরাব মেহতা'।
নিজেকে এক ইয়াং অন্টপ্রেনিয়র হিসেবে পরিচয় দিয়েছিল।
কিন্তু তার আগে নিজের আসল চেহারাটা তো লুকোতে হবে?
সেই লুকানোর জন্যই ডায়ানার কাছে যাওয়া।

স্যামি বলেছিল, তার কুৎসিত মুখটার একটা মেকওভার চাই। প্রস্থেটিক মেকআপ। এমন মেকআপ যাতে কিনা তাকে ভদ্রস্থ দেখায়।

ডায়ানা প্রথমে অবাক হয়েছিল। সাধারণত কেউ এমন অদ্ভুত পার্সোনাল রিকোয়েস্ট নিয়ে আসে না। কিন্তু প্রফেশনাল লোক সে, টাকার জন্য কাজ করে। এটাই তার ট্রেড সিক্রেট। হার্ডকোর প্রফেশনাল।

তাছাড়া ডায়ানার মনে হয়েছিল এই ছেলেটা খুবই ডেসপারেট নিজেকে সুন্দর করে তোলার জন্য।

মানুষ ডেসপারেট না হলে তাকে শোষণ করা যায় কি?

এতদিন এত মানুষ ঘেঁটে মানুষের এই দুর্বলতা ভালই বুঝেছে ডায়ানা। শুধু যেটা বুঝতে পারেনি, সেটা হল স্যামির এই ডেসপারেশন পুরোটাই ডায়ানাকে রাজি করানোর জন্য।

স্যামির ভাবনাচিন্তা তার ভিকটিমদের থেকে অনেক আগে দৌড়ায়।

নইলে এই রেসগুলো ও জেতে কী করে?

সেই প্রস্থেটিক মেকআপ আর 'সরাব মেহতা' নামটা ব্যবহার করেই স্যামি সারিকার সঙ্গে দেখা করত।

অল্প বয়সেই স্যামি একটা জিনিস শিখে গেছে—প্রত্যেক মেয়েরই একটা দুর্বল জায়গা থাকে। ফ্যামিলির নেগ্লিজেন্স।

ভারতে অধিকাংশ দম্পতি ছেলে চায়, মেয়ে নয়। মেয়ে মানে বোঝা, বাড়তি বিয়ের খরচ। ছেলে মানে বাড়তি রোজগার, তাছাড়া বুড়ো বয়সে দেখভাল করার জন্য ছেলে কাছে থাকবে, ইত্যাদি।

বাস্তব যদিও অন্য কথা বলে, ফলে ধীরে ধীরে মানুষের ভুল ভাঙছে। কিন্তু তবুও অধিকাংশ এখনও এই কলোনিয়াল হ্যাংওভারের শিকার।

বাবা-মায়ের এই মানসিকতার ফলে মেয়েদের মনে একটা ক্ষোভ সুপ্ত আগ্নেয়গিরির মতো জমে থাকে। তখন যেটা দরকার, পিঠে একটু হাত রাখা, দুটো মিস্টি কথা বলা। ব্যাস, ম্যাজিক।

মেয়েরা সারেন্ডার করে দেয়। বাবা-মায়ের প্রতি জমানো ক্ষোভ তখন আগ্নয়গিরির লাভার মত উগরে দিতে থাকে।

স্যামি কথায় পটু।

এই প্ল্যান ছকে ফেলার আগে খুব সহজেই ও সারিকার ফ্যামিলি স্টোরি জেনে নিয়েছিল। এখন সবাই অনলাইনে নিজেকে মেলে ধরতে ব্যস্ত। বাড়ির কুকুর কখন বাচ্চা বিয়োচ্ছে, তার ছবি থেকে শুরু করে, কাজের লোকের সঙ্গে সেলফি তুলে নিজের মহত্ব জারি করা, মানুষ ভাবে তার এইসব কাজকর্ম দেখার জন্য সারা পৃথিবী উন্মুখ হয়ে অপেক্ষা করছে।

যত্তসব, ফের নিজের মনে বিড়বিড় করে বলে উঠল স্যামি, হু কেয়ারস? নো বডি। তোমার কুত্তা ছটা বাচ্চা দিয়েছে, তো? সো হোয়াট?

তুমি নোবেল পেয়োছো? তো? সো হোয়াট? হু কেয়ারস?

সারিকার বাবা জুয়েলারি বিজনেস নিয়ে চরম ব্যস্ত, মা কিটি পার্টি, বন্ধু বান্ধব। এখন মেয়েরা কীসে পিছিয়ে? সারিকার মায়ের এক বান্ধবী তার ফার্ম হাউসে সুইঙ্গার ক্লাব চালায়। ভাল দেখতে, কম বয়সী ছেলেদের ভাড়া করে এনে, স্ট্রিপ টিজ শো করে।

মাঝখানে বেচারা সারিকা একা। বাবা বি এম ডব্লু গাড়ি কিনে দিয়েছে, মা দিয়েছে লেটেস্ট সবথেকে দামী আই ফোন। কিন্তু সারিকা?

সে অনলাইনে অর্ডার করে মনস্টার ডিলডো। তার শরীরের খিদে মেটে না। কেন মেটে না? আসল তো অসুখটা মনের।

চরম একাকীত্ব। সারিকার কোনও বন্ধু নেই।

সারিকার এই অনলাইন অ্যাক্টিভিটি দেখে স্যামি বুঝতে পারে, মেয়েটি আসলে ভুগছে চরম নিঃসঙ্গতা থেকে। বাড়ির কেউ ওকে ছোটবেলা থেকে সময় দেয়নি। শি ইজ অ্যালোন অ্যান্ড অ্যাংগ্রি।

অ্যাংগ্রি বলেই ফিজিকালি এত হাংগ্রি।

সেই একাকিত্ব কাটাতে প্রথম দিকে সারিকা তার বিভিন্ন বয়ফ্রেন্ডদের সঙ্গে সেক্সুয়াল অ্যাডভেঞ্চারে মেতে থাকত। সেটাই ওর কিক ছিল। ওর চালিকা শক্তি।

হাই সোসাইটিতে এটা খুব কমন ট্রেট। বেসিক ইন্সটিঙ্কট যেন একটা খোলা নর্দমা। কিন্তু তারও তো একটা লিমিট থাকে? তাছাড়া এইসব ছেলেরাও একাকীত্বে ভোগে। কোনওদিন একটা মেয়েতে আটকে থাকে না। তারা নভলটি খোঁজে। নতুনত্ব মানেই নতুন কিক।

অতএব ড্রাগ। এইসব পার্টিতে দেদার বিক্রি হয় সব ধরনের মাদক।

খুব ভেবেচিন্তে প্রথমে স্যামি সারিকার বাবা-মায়ের বিরুদ্ধে একটা সাইকোলজিক্যাল ওয়ার শুরু করল।

সারিকার পক্ষ নিয়ে তার মন জিতে নিল। স্ট্র্যাটেজিটা কাজও করল। পঞ্চম মিটিংয়েই সারিকাকে বিছানায় নিয়ে গেল স্যামি।

আরও আগেই যেত, তবে স্যামি এসব কাজে তাড়াহুড়ো করতে চায় না। ফলে ধীরে সুস্থে ওকে বিছানায় তুলল স্যামি।

কিন্তু সেখানে তার জন্য যে সারপ্রাইজ অপেক্ষা করছিল, তা সে স্বপ্নেও ভাবেনি।

বিছানায় সারিকা এক্কেবারে এক্সপার্ট। সে নিজেই স্যামির জামাকাপড় খুলে

দিল। উত্তেজনায় তার চোখ চকচক করছে, যেন কোনো অদৃশ্য টর্চের আলোর উৎস থেকে তার মুখে আলো পড়ছে।

স্যামি মুচকি হেসে গোপন ক্যামেরাটা অ্যাডজাস্ট করে নিল ওর স্কাল ক্যাপের সঙ্গে, যাতে সারিকার মুখটা ফোকাসে থাকে। কথাবার্তাগুলো পরিস্কার শোনা যায়।
সারিকা জানে না, সবকিছুই রেকর্ড হচ্ছে ক্লাউড সার্ভারে এবং একইসঙ্গে ইয়েলাগিরির পাতালগুহায়।
সারিকা তখন আনন্দে উন্মাদ। সারিকার চোখের কোল ভিজে গেল কান্নায়। টপটপ করে জল পড়তে লাগল স্যামির পেটে, সুড়সুড়ি লাগতে শুরু করল। স্যামি তো তাজ্জব বনে গেল ওর এই আবেগ দেখে।
সারিকা কি কিছু সন্দেহ করেছে?
পরমুহূর্তেই বুঝল, না, ওটা আনন্দের কান্না।
তারপর অবশ্য যা ঘটল তার জন্য স্যামি একেবারেই রেডি ছিল না।
সারিকাই লিড নিল। মুহূর্তের মধ্যে।
কিন্তু বেশিক্ষণ ঘোড়ায় চড়াটা কপালে নেই বেচারীর, খুব দ্রুত স্যামি ওরফে সরবের রোমশ কালো বুকের ওপর ভেঙে পড়ল কান্নায়।
কাঁদতে কাঁদতে বলল, আমি আর পারছি না সরু?
সারিকার কাছে স্যামি তো সরব মেহতা, তাই সরবকে আদর করে সারিকা ডাকে সরু।

কিন্তু সেক্স নিয়ে না হয় স্যামির বিন্দুমাত্র ইন্টারেস্ট নেই, তার মাথায় এতক্ষণ ব্ল্যাকমেলের ছক ঘুরছে, সে শুধু ছবি তুলতে ব্যস্ত, যাতে পরে ঠিকঠাকভাবে ব্ল্যাকমেল করা যায়, কিন্তু সারিকা?
তার তো এটা মানসিক অসুখ। খিদে তাই মেটে না কিছুতেই।
অ্যাপেটাইট কামস উইথ ইটিং - ফরাসী প্রবাদে বলা রয়েছে।
এর পরের কাহিনী সংক্ষেপিত।
যথারীতি কয়েক দিন পর স্যামি সারিকার কাছে পঁচিশ লাখ ডিমান্ড করল। ফার্স্ট ইনস্টলমেন্ট। সঙ্গে কিছু ইন্টিমেট ছবিও পাঠিয়ে দিল স্যাম্পল হিসেবে। গণ্ডগোল পাকল তার পরেই।
মাত্র পঁচিশ লাখ তো সারিকার কাছে হাতের ময়লা? তাই না?
স্যামি এমন ভাবলে কী হবে, সারিকা কিন্তু গোটা ব্যাপারটাকে মোটেও স্যামির মত করে ভাবেনি।

স্যামির ... ছাড়া ওর তো হারানোর কিছু নেই।
সোজা বাবাকে সব জানিয়ে দিল সারিকা। স্যামির এই বিশ্বাসভঙ্গ ওকে ক্রুদ্ধ করে তুলেছিল।
তাছাড়া স্যামির ওই বিশাল পৌরুষের প্রতি তার একটা মোহ তৈরি হয়ে গিয়েছিল। এত তাড়াতাড়ি সেটা হারানোয় সে এতটাই ফ্রাস্ট্রেটেড হয়ে পড়েছিল যে রীতিমত ডিপ্রেশনে চলে যায় সে।
সারিকার বাবা প্রভাবশালী জুয়েলারি এক্সপোর্টার।
ফলে মুম্বাই পুলিশ জানপ্রাণ লড়িয়ে দিল সরাব মেহতাকে খোঁজার জন্য। কিন্তু সোশ্যাল মিডিয়া থেকে কোনো ক্লু মিলল না। সারিকাকে জেরা করেও লাভ হলো না। সে শুধু স্যামির ওই বিশাল গোপনাঙ্গের কথা ভাবতে ভাবতে কান্নায় ভেঙে পড়ে আর বলে, হোয়াই ডিড হি ডু দ্যাট টু মি? ও গড, আই ক্যান্ট লুজ ইট।
ওই হারানোর দুঃখ ছাড়া আর কিছুই বলতে পারছে না সারিকা।
যতই ওকে জিজ্ঞেস করা হয়, সরব মেহতা ওকে কী বলেছিল?
সারিকা কেঁদেকেটে একসা হয়ে শুরু করে একেবারে স্যামির দুটো পায়ের ফাঁক থেকে।
পুলিশ অবশ্য ব্যাপারটা ছাড়ল না।
লোকাল মিডিয়ায় সরাব মেহতার ছবি ছাপল পুলিশ। আশা, কেউ না কেউ চিনতে পারবে। কাজ হলো একেবারে ম্যাজিকের মত!
ডায়ানা ছবিটা দেখে চমকে উঠল।
আরে, এই ছেলেটাকে তো সে-ই প্রস্থেটিক মেকআপ দিয়ে তৈরি করেছে!
সোসাইটি লেডি হিসেবে ডায়ানাও কিছু কম যায় না।
সে বরাবরই ক্ষমতার কাছাকাছি থাকতে চায়। কিছুদিন আগেই এক পার্টিতে মুম্বইয়ের কমিশনারের সঙ্গে তার আলাপ হয়েছে।
সুতরাং ডায়ানা এই সুযোগে কমিশনারকে সরাসরি ফোন করে সরাব মেহতার ব্যাপারটা বিস্তারিত জানাল।
ডায়ানা বলল, একজন গুড সিটিজেন হিসেবে সে সাহায্য করতে চায়। আসলে সারিকা আর সরাব মেহতার বাহানায় সে কমিশনারের সঙ্গে পার্সোনালি দেখা করতে চাইছিল।

ফলে, শেষমেষ আজ বিকেলেই ডায়ানা দেখা করতে যাচ্ছে কমিশনারের সঙ্গে একটি রিসর্টে। দুজনের মধ্যে রুদ্ধদ্বার বৈঠক হবে।
আগে কমিশনার নিজে একা কথা বলবেন, তারপর ইনভেস্টিগেশন টিমের সঙ্গে

কথা হবে ডায়ানার।

ইয়েলাগিরিতে বসে স্যামি ডায়ানার প্রাইভেট চ্যাট পড়ছে আর মাথা নাড়ছে, মিস ডায়ানা, আমি তোমাকে এটা করতে দিতে পারি না। তুমি আর কথা বলবে না, না, কোনওদিনই নয়। অন্তত এই জন্মে তো নয়ই।

স্যামির মুখটা হিংস্র দেখায়।

ডায়ানাকে থামানো দরকার। চিরতরে।

সে ডায়ানার বেস্ট ফ্রেন্ডকে খোঁজার চেষ্টা করল। কেউ তো থাকবেই। এইসব মহিলা চতুর্দিকে জাল বিছিয়ে রাখে, মাকড়সার মত।

বিড়বিড় করে উঠল স্যামি, ইয়েস, পেয়েছি। রজত কাপুর। বিজনেসমান। ম্যারেড, গত দুবছর ধরে ডায়ানার সঙ্গে পরকীয়া চালাচ্ছে। ছি, ছি, ছি, কী নোংরা জীবন এদের! নাঃ, এসব আর চলতে দেওয়া যায় না, মিস ডায়ানা।

স্যামি নিচু গলায়, অনেকটা গান গাওয়ার সুরে বলল, আজ লেট মর্নিংয়েই রজত তোমার সঙ্গে দেখা করতে যাবে মিস ডায়ানা। কমিশনারের সঙ্গে মিটিংয়ের আগেই। তুমি দেখা করবে তো?

অবশ্য তার আগে অন্য একটা কাজ করা দরকার।

স্যামি রজতের সোশ্যাল মিডিয়া অ্যাকাউন্ট হ্যাক করল।

ও প্ল্যান ছকে ফেলেছে।

প্রথমে রজত মেসেঞ্জারে ডায়ানাকে প্রাইভেট মেসেজ পাঠাবে, তারপর ওই রিসর্টের বাইরে দেখা করবে দুপুরের দিকে।

তাহলে মেসেজটা দেখে মনে হওয়া চাই যেন মেসেঞ্জার থেকেই এসেছে।

স্যামি বিড়বিড় করে বলল, নো প্রবলেম মিস ডায়ানা। আমি করে দেব। আই ক্যান ডু দ্যাট। আমি এই দুনিয়ার বেস্ট সোশ্যাল ইঞ্জিনিয়ার!

ফিসফিস করে গান গাইতে গাইতে স্যামি একটা ছোট্ট কোড লিখে ফেলল। এটা সিক্রেট মেসেজের সঙ্গে অ্যাটাচ করা থাকবে। কোডটা মেসেঞ্জার টুলের ইন্টারফেস বা 'লুক' নকল করবে। ডায়ানা ভাববে রজত তাকে মেসেঞ্জারে নক করেছে।

স্যামি মনে মনে বলল, আশা করি মিস ডায়ানা অতটা চালাক নন যে ফাঁদটা ধরতে পারবেন।

চ্যাপ্টার সিক্স

রবিবার, সকাল ৭.০৯, কলকাতা

ঘণ্টাখানেক আগের কথা।

খারাপ খবরটা সবে গ্রাসের কানে এসে পৌঁছেছে।

ওর ছেলেরা কাজ হাসিল করেছে ঠিকই, কিন্তু পুরোটা নয়।

রাহি আর পিটার খতম। কিন্তু যমজ বোনদের অন্যজন, রাহেলা—সে বিলকুল হাওয়া।

মাঝরাতেই সে নাকি কলকাতা ছেড়েছে।

কাণাঘুষোয় গ্রাস শুনেছে, রাহেলার জন্য দিল্লির কোন মিনিস্টারের ছেলে পাগল।

তাহলে এখন সে কোথায়? দিল্লি?

দিল্লি কি হাতের মোয়া যে চাইলেই খুঁজে বের করা যাবে?

খুনখারাপি গ্রাসের খুব একটা পছন্দের বিষয় নয়। ও ব্যবসায়ী লোক। খুব প্রয়োজন না হলে ও ছেলেদের ফিল্ডে নামাতে চায় না।

ও সাপ্লাই আর ডিমান্ডের খেলায় বিশ্বাসী। কিন্তু কপাল খারাপ হলে যা হয়। কন্ট্রাক্ট অনুযায়ী তিন নম্বর টার্গেটকেও শেষ করতে হবে। কিন্তু পাখি তো উড়ে গেছে। দিল্লি গিয়ে গ্রাস ওই মাগীকে কোথায় খুঁজে বের করবে?

তবে একটা বিষয়ে গ্রাস বেশ খুশি।

মনটা ফুরফুরে করে দিয়েছে টাকা।

প্রচুর টাকা।

বাস্তবিকই টাকার অনেক গুণ। একটা প্রধান গুণ হল, মন ভালো করে দেয়। ভোররাতে পিটারকে যে পঁচিশ লাখ ক্যাশ বুঝিয়ে দিয়েছিল, পিটারের ডেডবডি থেকে সেটা আবার ওর পকেটে ফেরত এসেছে পুলিশ মারফত। যদিও হারামজাদারা হাফেরও বেশি মেরে দিয়েছে।

বলছে দশ লাখের বেশি পাওয়া যায়নি।

ওরা তো জানে না, পুরোটাই জালি নোট।

গ্রাস ফিকফিক করে হাসতে শুরু করল।

সাপও মরল, লাঠিও ভাঙল না। একেই বলে বিজনেস। তবে পুলিশকে কিছু মাল খাওয়াতে হবে হয়তো।

শুধু একটাই ভয়। কেসটা যদি মতিলাল মিস্ত্রি নিজে টেক আপ করে, তাহলে গ্রাস গেল। পুলিশের এই নতুন টিকটিকিটাকে সরানোর জন্য জ্যাকি সেন নাকি

জানপ্রাণ দিয়ে লড়ছে।

কিন্তু কাজ হচ্ছে কই?

আপাতত ওই সিক্রেট ভিডিওটা আননোন কলারের ইমেলে পাঠিয়ে দেওয়ার পর ওর ব্যাংক অ্যাকাউন্টের চেহারাটাই পাল্টে গেছে। যেন ভায়াগ্রা খেয়ে একলাফে দাঁড়িয়ে গেছে গ্রাফটা। একরাতেই গ্রাস সুপার রিচ!

কিন্তু গ্রাস তখনও পর্যন্ত জানে না, ওর মাথার ওপর দিয়ে এখন শকুনেরা চক্কর কাটছে। মাটির নীচে লাশ পোঁতা থাকলেই একমাত্র শকুনেরা চক্কর কাটে। গ্রাস তখনও পর্যন্ত এও জানে না যে ওর লাশ পোঁতার ব্যবস্থাও হয়ে গেছে। ও এখন স্যামির লেজিটিমেট টার্গেট। আর স্যামি কখনও টার্গেট মিস করে না। পিটার মরার আগে জ্যাকি সেনকে ফোন করে সব বলে দিয়ে গেছে সেটা ওর জানার কথা নয়।

ও এটাও জানে না যে মুস্তাফা যমদূতের মতো ওর দিকেই এগিয়ে আসছে দলবল নিয়ে।

আর ইয়েলাগিরি থেকে সেই মোটা কম্পিউটার-উইজার্ড স্যামি যে ওর ডেথ ওয়ারেন্টে সই করে দিয়েছে, সেটা তো ওর কল্পনারও বাইরে।

এটাই কি স্বাভাবিক নয়?

গ্রাসেরা অ্যানালগ যুগের মানুষ। টেপ রেকর্ডার, রেকর্ড প্লেয়ারে গান শুনে বড় হয়েছে। তখন আর কোথায় ইউ টিউব কোথায় ছিল?

অ্যানালগ থেকে ডিজিটাল, এই বিবর্তন অনেকটা মানুষের চাকা আবিষ্কারের মত।

হঠাৎ মারাত্মক গতি যোগ হয়ে গেছে জীবনে।

যে গ্রাস এখনও ঠিকমত স্মার্ট ফোনের স্ক্রিনই হ্যান্ডল করতে পারে না, সে কী করে বুঝবে যে স্যামি কলকাতার লোকাল এজেন্টকে অর্ডার দিয়ে দিয়েছে ওকে ওড়ানোর জন্য?

শুধু তাই নয়, একইসঙ্গে গ্রাসের ল্যাপটপের পুরো দখল নিয়ে নিয়েছে স্যামি। দুটো ছেলে অলরেডি লোডেড গান নিয়ে বেরিয়ে পড়েছে। অজ্ঞতা কি সবসময় আশীর্বাদ? কে জানে!

আকাশের দিকে তাকিয়ে মেজাজটা আরও খারাপ হয়ে গেল গ্রাসের। মেঘলা আকাশ। বৃষ্টির তোড়জোড় চলছে। সকাল থেকেই বেহালা বাজাতে শুরু করেছে আকাশ। সকালেই এই হাল, শালা, এখনও সারাদিন পড়ে আছে। বৃষ্টি নামলে সোনাগাছির ব্যবসায় মন্দা যায়। বৃষ্টি মাথায় করে খদ্দের আসতে চায় না।

কাদা, প্যাচপ্যাচে রাস্তা পেঁচিয়ে ধরে এশিয়ার বৃহত্তম রেড-লাইট এরিয়া সোনাগাছির গলা।

আর গ্রাস?

এখানকার লোকাল গার্জেন হিসেবে ফাঁকা রাস্তার দিকে তাকিয়ে গ্রাস তখন অভিশম্পাত দেয় আকাশকে।

এখানকার মেয়েগুলোর রোজগার না হলে ওর পেটও যে সেদিনের মত খালি থাকে। এটা কি ভাল?

এটা ঠিক, রোজগারের একটা বড় অংশ জ্যাকি সেনকে আর পুলিশকে হপ্তা হিসেবে দিতে হয়, কিন্তু বাকিটা তো ওরই থাকে।

সত্যি বলতে কি, জ্যাকি সেনের দাদাগিরি আর ওর সহ্য হচ্ছিল না। অনেকদিন ধরেই ভাবছিল কীভাবে কেটে পড়া যায়?

তবে ভাবলেই তো আর নিজের এম্পায়ার বানানো যায় না।

ঠিক এই সময় আশীর্বাদের মত ফোনটা এল।

অফারটা এমনই গ্রাস না করতে পারেনি। যদিও প্রথম ধাক্কায় ও বিশ্বাসই করতে পারেনি।

সেদিন গ্রাস সোনাগাছির এক ঠেকে বসে মদ গিলছিল। বেশ চড়ামাত্রায় ছিল নেশা।

হঠাৎ ফোনটা এল ওর মোবাইলে। কিছুক্ষণ ধস্তাধস্তির পর, এক চ্যালাকে বলল, এই গাণ্ডু দ্যাখ তো কোন বিসি ফোন করছে।

সেই চ্যালা আবার এক কাঠি সরেস।

সে বলল, বেল্যাঙ্ক কল গুরু। ধোরো না। সব টাকা চোট হয়ে যাবে।

গ্রাস একটি ছাপার অযোগ্য খিস্তি দিয়ে তাকে বলল, তুই কোন রাঁড়ের বাড়ির কার্তিক রে, আমার ফোন শালা আমি ধরবো কী পুরব, সেটা আমার ব্যাপার। তুই ধরে শুধু হ্যালো বল। না, বল যে, বস ব্যস্ত। মাল খেতে ব্যস্ত। ওহো, না, না, মাল খাওয়ার কথা বলিস না, বল, বস মিটিং করছে কমিশনারের সঙ্গে।

ছেলেটা গলাটা কাঁপিয়ে, কমল মিত্রকে নকল করে আননোন কলারকে খবরটা জানাল।

উল্টোদিক থেকে হিন্দিতে চোস্ত খিস্তি দিয়ে কেউ একটা বলল, দেখছি শুয়োরের বাচ্চাটা মদ খাচ্ছে সামনে বসে। দে, ফোনটা দে হারামজাদাকে।

দেখছে? ফোনের ভেতর দিয়ে আবার দেখা যায় নাকি? এটাতো ভিডিও কল নয়।

চ্যালা এদিক ওদিক টাল খেয়ে গ্রাসের হাতে তুলে দিয়ে বলল, ধরো, ধরো, কমিশনারই ফোন করেছে।

গ্রাস শশব্যস্ত হয়ে ফোন ধরে বলল, ইয়েস স্যার।
ওপার থেকে প্রশ্ন ভেসে এল, তুই-ই কি জ্যাকি সেনকে স্কুলগার্ল সাপ্লাই করিস?
গ্রাস তখন ফুল টাল। নেশার ঝোঁকে চেঁচিয়ে উঠল, তুই কে রে মাদার ... (ছাপার অযোগ্য)? আমাকে জেরা করছিস?
ওপার থেকে গলাটা শান্ত, কিন্তু বরফের মতো ঠান্ডা শোনাল, একবারে পঞ্চাশ লাখ কামাতে চাস? পঞ্চাশ লাখ? ভেবে দ্যাখ।
গ্রাস জড়িয়ে যাওয়া গলায় হেসে উঠল, পঞ্চাশ লাখ? হাঃ! কে রে তুই? বিল গেটস? তোর কি বাড়িতে টাকা ছাপানোর মেশিন আছে? আমাকে পঞ্চাশ লাখ দিবি?
উল্টোদিকের লোকটা শান্ত গলায় ভদ্রভাবে বলল, প্রথমত, তুই এখন মাতাল। দ্বিতীয়ত, কোনও কিছু বোঝার মতো অবস্থায় তুই এখন নেই। আমি রাতে আবার ফোন করব। তখন কথা হবে।
লাইনটা কেটে গেল। গ্রাস গ্লাসটা শূন্যে তুলে দুলতে দুলতে চেঁচাতে লাগল, শালা আমাকে পঞ্চাশ লাখ দেবে বলছে! পঞ্চাশ লাখ দেখেছিস কোনোদিন? অ্যাঁ? পঞ্চাশ লাখ! যত্তসব সিস্টার, মাদার, ব্রাদার, ফাদার, আর কী কী আছে রে, সব (ছাপার অযোগ্য)!
নেশা চড়লে গ্রাস খিস্তিগুলোর ইংরেজি সংস্করণ ঝাড়ে। এখানেও তার ব্যতিক্রম হলো না। শুধু ওর ভোকাবিউলারি ফুরিয়ে গেল।
সে রাতেই আবার এসেছিল ফোনটা।
নেশা কেটে যাওয়ার পর গ্রাস যখন প্ল্যানটা শুনল, না করতে পারল না। অফারটা সত্যিই লোভনীয়। শুধু কাজটা মিটে গেলে কয়েকজনকে পৃথিবী থেকে সরিয়ে দিতে হবে। পিটার-সহ। তারজন্য গ্রাসের পঞ্চাশ হাজার খরচ হবে কি না সন্দেহ।
কাজটা তো হয়েই গেছিল প্রায়। শুধু রাহেলাটা ফসকে গেল। ঠিক আছে, ফের যদি ফোন আসে, গ্রাস সত্যি কথাটাই বলবে। সত্যিতো ওর কী করার আছে? কলকাতায় রাহেলা এলে ও যদি খবর পায়, তখন না হয় ব্যবস্থা করবে।
সেন্ট্রাল এভিনিউয়ের যেখান থেকে পেট্রল পাম্পের দুদিক থেকে দুটো সরু গলি ঢুকছে সোনাগাছিতে, যেখানে রাস্তায় সার দিয়ে মুখে রঙ মেখে অল্পবয়সী মেয়েরা দাঁড়িয়ে থাকে পাথরের মত চোখ নিয়ে, তারই একপাশে গ্রাসের বিল্ডিং মেটেরিয়াল সাপ্লাই দেওয়ার অফিস। তার সামনে একটা চেয়ারে বসে সবে খবরের কাগজটা চোখের সামনে মেলে ধরেছে, এমন সময় হঠাৎ একটা বাইক এসে ক্যাঁচক্যাঁচ শব্দ করে ব্রেক কষল ঠিক ওর সামনে।
বাইকে দুটি কমবয়সী ছেলে। কলেজ স্টুডেন্ট বলেই মনে হয়।

কাগজ থেকে চোখ তুলে গ্রাস মনে মনে বলল, এসো বাবা, এসো, লক্ষী সোনারা, তোমরাই তো সোনাগাছিকে বাঁচিয়ে রেখেছো।
একজন বাইক থেকে নেমে খুব ইনোসেন্ট মুখে এগিয়ে এল গ্রাসের দিকে। হাতে একটা কাগজের টুকরো।
- আঙ্কল, এই রাস্তাটা কোনদিকে একটু বলে দেবেন?
- ধুস শালা, খদ্দের নয়? গ্রাস বিরক্তি নিয়ে ছেলেটার বাড়িয়ে দেওয়া কাগজের দিকে তাকাল। পড়ার চেষ্টা করল। কিন্তু একি! কাগজটা তো সাদা! ব্ল্যাঙ্ক! অবাক হয়ে মুখ তুলে কিছু জিজ্ঞেস করতে যাবে, দেখল ছেলেটার হাতে একটা কালো রিভলবার। সোজা ওর মাথা লক্ষ্য করে তাক করা। আঙ্কল ডাকার মধ্যে যে এতবড় ফাঁদ ছিল, সেটা বোঝার আগেই ট্রিগার টিপে দিল ছেলেটা। খুব কাছ থেকে। পয়েন্ট ব্ল্যাঙ্ক রেঞ্জ। মিস হওয়ার কোনও চান্সই নেই।
বুলেটটা সোজা এসে বিঁধল আঙ্কল গ্রাসের বাঁ চোখে। গ্রাসের বাঁ চোখটা ছিল মাইওপিক। দূরের জিনিস ঝাপসা দেখত। চশমা লাগত।
বুলেটটা এসে সেই ঝাপসা ভাবটা চিরকালের জন্য কাটিয়ে দিল। পাথরের মূর্তির মতো উল্টে পড়ল গ্রাস। দু-একটা মেয়ে রঙিন ছাতা নিয়ে রাস্তায় বেরনোর তোড়জোর করছিল, তারা - ও মা, এ কী কাণ্ড - বলে চোঁ চাঁ করে ঢুকে গেল নিজেদের গর্তে।
ছিটকে গেল গ্রাসের হাতের খবরের কাগজ। ছেলেটা কোনো চান্স নিল না। ম্যাগাজিন খালি করে দিল গ্রাসের নিথর শরীরের ওপর। পরপর গুলির আওয়াজ বৃষ্টির শব্দের সঙ্গে মিশে গেল।
সবকিছু নিখুঁতভাবে অ্যারেঞ্জ করার সময় গ্রাস একবারও ভাবেনি, যে ফাঁদ ও অন্যের জন্য পেতেছিল, বেনামী খুনিরা এসে সেই ফাঁদেই ওকে শুইয়ে দিয়ে যাবে। রাস্তার জমা জলে তখন গ্রাসের রক্ত মিশে একটা অদ্ভুত লাল নকশা তৈরি করছে।

চ্যাপ্টার সেভেন

রবিবার, সকাল ৭.৩২, কলকাতা

জায়গাটার চেহারাটা এখন সব মিলিয়ে বেশ সকরুণ। ভয়ার্ত।
অনেকটা ভ্যান গখের সেই চিৎকার করার ছবিটার মত।
ছেলেগুলো গুলি চালিয়ে সব ঘুলিয়ে দেওয়ার পর থেকেই গত পনেরো মিনিট ধরে সমানে বৃষ্টি চলছে। যেন আকাশ ফুটো হয়ে গেছে। রক্ত ধুয়ে যাচ্ছে। ধুয়ে

যাচ্ছে গ্রাসের এতদিনের রক্তাক্ত অত্যাচারের ইতিহাস।

কালো মেঘের দল এসে শহরের রোদ ঝলমলে সকালটাকে যেন ছোঁ মেরে নিয়ে গেছে আর তার বদলে দিয়ে গেছে দমবন্ধ করা, চারদিকে ছড়িয়ে পড়া এক গুমোট অন্ধকার, আর হাড়কাঁপানো ঠান্ডা হাওয়া।

বৃষ্টির ধরনধারণ দেখে মনে হচ্ছে, এই বদখত আবহাওয়া আপাতত কিছুদিন এই তিনশো বছরের বিবর্ণ শহরে আস্তানা গাড়তে এসেছে।

কিছুক্ষণ আগেই সোনাগাছিতে ঢোকার মুখের পেট্রল পাম্পে তেল ভরার ছলে গাড়ি থামিয়েছে মুস্তাফা।

মুস্তাফার মুখে দাড়ি, চোখেমুখে একটা সুপ্রিম কম্যান্ডারের ভাব। বয়সের ভারে এখন আর সে খুব একটা ফিল্ডে নামে না।

কিন্তু জ্যাকি সেনের রিকোয়েস্ট ফেলা মুশকিল, তাই আজ দলবল নিয়ে নিজেই এসেছে।

কুড়ি মিনিটের মধ্যেই ঠিক স্পটে পৌঁছে গেছে সে।

কিন্তু এসে বুঝল, তাও বড্ড দেরি হয়ে গেছে।

রাস্তার মাঝখানে পড়ে থাকা ডেডবডিটা ঘিরে রাস্তার লোকের ভিড়। অদ্ভুত ব্যাপার! ঝমঝমিয়ে বৃষ্টি পড়ছে, কারো মাথায় ছাতা নেই, রেইনকোট নেই, তবু লোকগুলোর দাঁড়িয়ে দাঁড়িয়ে ভিজতে কীসের এত আনন্দ?

একটা লোক মরে গেছে চোখে গুলি খেয়ে, একটা চোখ নষ্ট হয়ে গেল, কত লোকের চোখের দরকার। অথচ এই লোকগুলোর কোনও বিকার নেই?

ভিড় করে ঘিরে রেখেছে লাশটাকে।

যেন কোনও তামাশা দেখতে এসেছে তারা।

মুস্তাফা একবার উঁকি মেরে দেখেই বুঝে গেল পরিস্থিতি সুবিধের নয়। ওর আগেই কেউ পৌঁছে গেছে এবং মালটাকে সাবাড় করে দিয়ে চলে গেছে।

বৃষ্টির জলে গ্রাসের রক্ত ধুয়ে নর্দমায় মিশছে। গ্রাসের সাঙ্গপাঙ্গরা এদিক-ওদিক দৌড়াদৌড়ি করছে।

যেন এক-একটা মাথা কাটা মুরগি। হঠাৎ লিডার চলে গেলে দলের অবস্থা এমনই হয়।

একজন চেঁচিয়ে বলল, পুলিশে খবর দিয়েছিস?

আরেকজন উত্তর দিল, বড়বাবু আসছেন। কেউ বডিতে হাত দিবি না। শুনে মনে হলো যেন কোনো ধর্মগুরুর বাণী শোনাল ও।

পাবলিক যেন হুমড়ি খেয়ে পড়ে বুকে জড়িয়ে ধরতে চাইছে পচা গ্যাংস্টারটার লাশ ! এবার শুধু প্রার্থনা করার পালা।

অবশ্য পাড়ার ভদ্রলোকেরা, যাদের বাড়ির দেওয়ালে - এটি গৃহস্থ বাড়ি - লেখা

রয়েছে, তারা এখনও ঘুমোচ্ছে।
একে রবিবার, তায় এই অঝোর বৃষ্টি।
এমন ওয়েদারে ঘুমটাও জাঁকিয়ে বসে।
যে কোনও মুহূর্তে পুলিশের সাইরেন শোনা যাবে। এখানে বেশিক্ষণ থাকা সেফ নয়। মুস্তাফা ফিরে এসে ড্রাইভারকে ইশারা করল গাড়ি এগিয়ে নেওয়ার জন্য। গ্রাসের লাশ কাঁধে করে নিয়ে যাওয়ার কোনো অর্ডার তার ওপর নেই।
কিন্তু জ্যাকিকে কী জবাব দেবে? চিন্তাটা মুস্তফার মাথায় শকুনের মত চক্কর কাটতে লাগল।
আসার পথেই সে তার তিনজন স্পেশাল লোককে গ্রাসের বাড়িতে পাঠিয়েছিল।
তারা ফুল পুলিশ ইউনিফর্মে গেছে রেড করতে।
- আমরা ওর ল্যাপটপ, ফোন সব পেয়ে গেছি বস। একটু আগেই একজন ফোন করে জানাল।
যাক, অন্তত খালি হাতে ফিরতে হবে না।
খবরটা শুনে স্বস্তির নিঃশ্বাস ফেলেছিল মুস্তাফা।
জ্যাকির নম্বরে ডায়াল করল সে।
- ইয়েস, মুস্তাফা। ওপাশ থেকে জ্যাকির খিটখিটে গলা ভেসে এল।
- গ্রাস ইজ ডেড স্যার। খতম।
- হোয়াট? জ্যাকি তার বিরক্তি আর আতঙ্ক লুকোতে পারল না।
সে কিছুটা কনফিউজডও বটে।
- কে মারল? পুলিশ? জ্যাকির মাথায় সঙ্গে সঙ্গে নতুন টিকটিকি মতিলাল মিস্ত্রির মুখটা ভেসে উঠল। লোকটা কিন্তু এভাবেই হুটপাট মেরে দেয়। একটা ওয়ার্নিং পর্যন্ত দেয় না।
মুস্তাফা বলল, না স্যার। মনে হয় আমাদের আসার কয়েক মিনিট আগেই কাজটা হয়েছে। দুটো ছেলে এসেছিল। একজন বাইকে স্টার্ট দিয়ে বসেছিল। আরেকজন নেমে গুলি চালিয়েছে। কেউ একজন নিশ্চয়ই জানত আমরা আসছি।
- কিন্তু তারা কারা? কারা হতে পারে মুস্তাফা? এনি আইডিয়া? জ্যাকির গলায় স্পষ্ট টেনশন।
মুস্তাফার গলাতেও চিন্তার সুর ধরা পড়ল, কে কন্ট্রাক্টটা নিয়েছিল আমি খুঁজে বের করব স্যার। তবে আমার একটা ডাউট হচ্ছে।
- কী?
- আমার মনে হয় আপনার ফোন কেউ ট্যাপ করছে স্যার। প্লিজ চেক ইট ফার্স্ট।

জ্যাকি কোনও উত্তর দিল না। এই চিন্তাটা তার মাথাতেও আগে এসেছে।
মুস্তাফা বলল, আমরা ওকে না পেলেও ওর ল্যাপটপ, পেন ড্রাইভ, মোবাইল সবই পেয়েছি। ফিরে আসছি।
জ্যাকি শুধু বলল, ওকে।

ঠিক তখন কলকাতা থেকে প্রায় দুহাজার কিলোমিটার দূরে, ইয়েলাগিরির এক নির্জন পাহাড়ে, গুহার মত লুকোন ওয়্যারহাউসে বসে সেই মোটা যুবকটি ছোট ছোট পিটপিটে চোখ নিয়ে ওদের কথোপকথন মন দিয়ে শুনছিল।
ওদের কথা শুনে তার কুৎসিত মুখে একটা ক্রুড হাসি খেলে গেল। ওরা ল্যাপটপটা পেয়েছে। বেশ তো, ওটা নিয়েই এখন খেলাধুলো করুক। মারামারি করুক। খুললে দেখবে ওটা পুরো ব্ল্যাঙ্ক। আমার কোনো ট্রেস ওরা পাবে না। হ্যাঁ, ওই ব্ল্যাঙ্ক মেশিনে আমার গন্ধ পেতে পারে এই বিশ্বের দু-একজন, কিন্তু তারা কেউ এ দেশে থাকে না।
ডায়ানার ল্যাপটপে ঢোকার জন্য ইউজার নেম আর পাসওয়ার্ড টাইপ করতে করতে সে নিজের মনেই কথা বলছিল। এটা ওর পুরোন অভ্যাস। যারা চব্বিশ ঘণ্টার মধ্যে আঠারো, উনিশ ঘণ্টা কম্পিউটারে কাটায়, এটা তাদের অনেকেরই অভ্যাস।
স্যামি ভাবল, কলকাতার ব্যাপারটা পরে দেখা যাবে। আপাতত ওটা ভালই সামলানো গেছে।
আপাতত মুম্বাই পাজলটা সলভ করতে হবে। ওটা বেশি আরজেন্ট। আজ কমিশনারের সঙ্গে দেখা করাটা তোমার একদম উচিত হবে না, মিস ডায়ানা।
সে বিড়বিড় করে ক্যালকুলেট করছিল, ওকে মারতে ঠিক কতটা সময় লাগবে। ডায়ানাই একমাত্র সাক্ষী যে তার আসল মুখটা দেখেছে।
এত সুন্দর একটা মুখ! ও কি কখনও ভুলতে পারে? স্যামি নিজের মনেই হাসছে।
হাসিটা আরও ভয়ংকর করে তুলেছে তার মুখের কাটা দাগটাকে।
এমন নয় ও হাঁদার মত সরাসরি গিয়ে ঢুকে পড়েছে ডায়ানার চেম্বারে।
ঢোকার আগে সে চেক করে নিয়েছিল কোনো সিসিটিভি ক্যামেরা আছে কি না। ভাগ্যিস ছিল না। থাকলে আবার সেই ফুটেজ ডিলিট করার ঝক্কি পোহাতে হতো এখন। কিছুটা সময় বেঁচে গেছে এর ফলে।
কিন্তু স্যামি ঘুণাক্ষরেও টের পায়নি যে ওই প্রস্থেটিক মেকআপ আর্টিস্ট নিজেই স্বেচ্ছায় পুলিশের কাছে গিয়ে সব উগরে দিতে চাইবে।
এমনিতেও হয়ত ডায়ানাকে মারতেই হত। কিন্তু তার জন্য এত তাড়াহুড়োর

দরকার ছিল না।
মুম্বাইয়ের মর্নিং ফ্লাইটের টিকিট বুক করতে করতে স্যামি বলল, এটা তোমার জীবনের সবথেকে জঘন্য ভুল, মিস ডায়ানা। আরও কিছুদিন থাকতে পারতে এই বিশ্রী, স্বার্থপর প্ল্যানেটে, যেখানে কেউ কাউকে ভালবাসে না। তোমার নিজের দোষেই তোমাকে মরতে হচ্ছে।
সরব মেহতার নাম আর ব্যবহার করা যাবে না। সম্পূর্ণ অন্য একটা অন্য নামে মুম্বাইয়ের টিকিটটা বুক করল স্যামি।
তারপরেই লাফিয়ে উঠল। হাতে বিশেষ সময় নেই।
এয়ারপোর্টে যেতে হবে। তারপর, মুম্বাইয়ে গিয়েও কয়েকটা কাজ রয়েছে।
দেখা গেল, মোটাসোটা চেহারার তুলনায় স্যামি যথেষ্ট ফাস্ট অ্যান্ড ফিউরিয়াস।

চ্যাপ্টার এইট

রবিবার, সকাল ১১.১৯, মুম্বাই

নাঃ, ডায়ানা ঘুণাক্ষরেও কিছু সন্দেহ করেনি।
ওর নিজের জগতের বাইরে মাত্র দুটি ব্যাপারেই ওর আগ্রহ রয়েছে। একটা হল সোসাইটির গসিপ, আরেকটি হল একাকী বিবাহিত পুরুষ। বিভিন্ন পার্টিতে ডায়ানা ঘুরে বেড়ায় সরু চোখ করে। ও শিকার খোঁজে। কোনও টেবিলে মদ নিয়ে একাকী পুরুষ বসে থাকতে দেখলে ও আশেপাশে রাউন্ড মারতে শুরু করে, দৃষ্টি আকর্ষণের জন্য নানা চেষ্টা চালায়। সব সময় যে সফল হয়, তা নয়। তবে এভাবেই রজতের সঙ্গে ওর আলাপ জমে গিয়েছিল।
সেবার রজত তার এক পুরুষ বন্ধুকে বলছিল, কী বলব মাইরি, এই বয়সেই যে বউ এত ঠাণ্ডা মেরে যাবে, তা ভাবতেও পারিনি। ব্রথেলে যেতেও শালা ভয় করে। যে হারে এডস বাড়ছে। কী আর করব, হাত বউই ভরসা।
এটা ওভারহিয়ার করার পর ডায়ানা রজতকে চোখে চোখে রাখতে শুরু করে ও এক সময় বঁড়শিতে গেঁথে ফেলে শিকারকে।
অন্যদিকে গসিপ করার লোকেরও অভাব নেই। এ ওর আড়ালে সব সময়েই কিছু না কিছু বলে বেড়াচ্ছে। কে কার বউকে নিয়ে কোথায় গেল, কার মেয়ে কোথায় পেট বাঁধিয়েছে বা গর্ভপাত করিয়েছে, সবই দেখা যায় লোকে জানে। মানুষের জীবনে গোপন বলে কিছু রইল না। গাড়ি চালাতে চালাতে একটা দীর্ঘশ্বাস ফেলল ডায়ানা।
সাধারণত, রবিবারের দিনে রজত ওর সঙ্গে দেখা করতে চায় না। লুকিয়ে প্রেম

করার জন্য রবিবার দিনটা মোটেই সুবিধার নয়। একবারই মাত্র রবিবার দেখা হয়েছিল। রজতের মনে আছে সেটা?

এদিন সকালে ডায়ানার মোবাইলে যে মেসেজটা এসেছিল, তা ওকে সেই দিনটার কথা মনে করিয়ে দিয়েছিল।

এই স্মার্ট ফোনটাও রজতেরই প্রেজেন্ট করা। লেটেস্ট আই ফোন।

ডায়ানা দেখল, রজতের মেসেজ সেই কথাই বলছে, মনে আছে, প্রিন্সেস ডি? আমরা একবার লং ড্রাইভে গেছিলাম?

মেসেজটা পড়ে ডায়ানা হাসল।

হ্যাঁ, মনে থাকবে না আবার? ওই দিনই তো রজত ওকে এই রোলেক্স ঘড়িটা দিয়েছিল। ঘড়িটার দিকে তাকাল ডায়ানা। হীরে বসানো রোলেক্স।

ডায়ানা ফিসফিস করে বলল, লাভ ইউ রাজু। আজ কী গিফট আনবে তুমি?

গিফটের কথা ভাবতেই ডায়ানার শরীর চিড়বিড় করে উঠল। রজত বিছানায় দুর্দান্ত। ডায়ানা ওর লাইফে যত পুরুষের সঙ্গে শুয়েছে, তার মধ্যে রজতই সেরা।

ও জানে মেয়েদের শরীরটাকে কীভাবে বাজাতে হয়। ঠিক যেন কি বোর্ডের মত করে ও ডায়ানার শরীরকে হাই নোট থেকে লো নোটে ওঠায়, নামায়।

ডায়ানার মনে পড়ল রজতের বউয়ের কথা। হাড় জিরজিরে, খিটখিটে একটা মহিলা। সবসময় যেন ঝগড়া করার জন্য মুখিয়ে আছে। মুখে একরাশ বিরক্তি। একটা পায়ে জন্ম থেকে ডিফেক্ট থাকলে কী হবে, মহিলার টাকা আছে অফুরন্ত। বাবার নাকি তিনটে জাহাজ। এক মেয়ে। সুতরাং, রজতকে আর পায় কে?

গাড়ি চালাতে চালাতেই নিজের মনে বলল ডায়ানা, ওই বউয়ের পক্ষে কোনো স্বামীকে খুশি করা সম্ভব? বেচারা রজতই বা আর কী করবে?

ডায়ানা গিয়ার চেঞ্জ করল।

আজ ড্রাইভারকে ছুটি দিয়ে দিয়েছে ডায়ানা।

এসব সিক্রেট ডেটিংয়ে ও একাই গাড়ি চালিয়ে আসে। কারণ একটাই, ড্রাইভারদের থেকেই গসিপ ছড়ায়। ডায়ানা শুনেছে, অনেকে নাকি অন্যদের ড্রাইভারকে পয়সা দিয়ে এসব খবর কেনে।

সত্যি, এসব কীর্তিকলাপ মানুষের পক্ষেই সম্ভব। পরনিন্দা পরচর্চা ছাড়া মানুষ কি আর কিছু জানে না?

ডায়ানা গাড়ি চালাতে চালাতে মাথা নাড়ল। নিজের মনেই হাসল। এসব ক্ষেত্রে সাবধান থাকা ছাড়া উপায় কী? তাছাড়া রজতও পছন্দ করে না কেউ ওদের আশেপাশে থাকুক। ডায়ানার সঙ্গে দেখা করতে এলে রজতও তাই নিজের

গাড়ি নিজেই চালায়।
মুম্বাইয়ের এই হাই-সোসাইটি বড্ড ছোট জায়গা। সবাই সবার হাঁড়ির খবর রাখার জন্য কান বড় করে ঘুরে বেড়ায়। গসিপ মঙ্গারে ভর্তি চারপাশ। দেওয়ালেরও কান আছে এখানে।
আর আছে কিছু পারভার্ট নারী পুরুষ। তারা শিকার ধরার জন্য ঘুরে বেড়ায়। ঠিক ডায়ানার মতই দূর থেকে শিকার দেখলে তাদের চোখ সরু হয়ে যায়। মুখে ফুটে ওঠে একটি বিশেষ হাসি।
কার যে কীসে তৃপ্তি, তা অবশ্য বোঝা মুস্কিল।
খুব ছোটবেলায় ডায়ানার গোপন জায়গায় হাত দিয়েছিল ওর বাবারই এক বন্ধু। ওরা গোয়া বেড়াতে গিয়েছিল। সেখানে সেই আঙ্কল ওকে চ্যাংদোলা করে সমুদ্রে চান করাতে নিয়ে গিয়েছিল।
প্রবল আপত্তিতে ডায়ানা প্রথম দিকে হাত পা ছুঁড়লেও পরে মজাটা টের পেয়ে চুপ করে গেছিল। সেই থেকে বিবাহিত পুরুষ দেখলেই ডায়ানার ভেতর কে যেন ওকে প্রতিশোধ নেওয়ার কথাটা বারবার মনে করিয়ে দিতে থাকে।
গাড়ি চালাতে চালাতে ডায়ানা বিকেলের মিটিংটার কথা ভাবছিল। আজ বিকেলে ওর কমিশনারের সঙ্গে অ্যাপয়েন্টমেন্ট।
কয়েক মাস আগে এক চ্যারিটি শো-তে আলাপ হয়েছিল। ডায়ানাই যেচে আলাপ করেছিল।
ডায়ানা ফের মুচকি হাসল। ও পুরুষ মানুষ চেনে। এদের চোখের ভাষা পড়তে ওর ভুল হয় না।
সব বিবাহিত পুরুষই বউতে বিরক্ত হয়ে যায় একটা সময়ের পর। উল্টোটাও হয়।
ডায়ানা স্টিয়ারিংয়ে তাল ঠুকতে ঠুকতে গান ধরল। খুব নিচু গলায়। সারিকাকে সাহায্য করাটা ওর আসল উদ্দেশ্য নয়। ওটা তো জাস্ট একটা বাহানা।
ডায়ানা জানে সারিকা আসলে কী। একটা সেক্স-হাংগ্রি বিচ। যার তার সঙ্গে শুয়ে বেড়ায়। ওর বাবারও তো মাল্টিপল অ্যাফেয়ার্স। আর মা তো কিটি পার্টির নামে অরজি অর্গানাইজ করে। মেল মডেল এনে স্ট্রিপটিজ করায়। পুরো ফ্যামিলিটাই যেন একটা পর্নো ইন্ডাস্ট্রি।
অবশ্য কমিশনারের সঙ্গে দেখা করার পেছনে ডায়ানার একটা অন্য মতলব আছে।
ব্যান্দ্রাতে ও একটা নতুন বিউটি পার্লার খুলতে চাইছে। কিন্তু লোকাল থানা কিছুতেই পারমিশন দিচ্ছে না। নানা টালবাহানা করছে।
আজকের পর, ওই থানার ওসির বাপের সাধ্যি নেই পারমিশন আটকায়। উল্টে

ডায়ানার বাড়ি এসে চাকরির জন্য ভিক্ষে চাইতে হবে ওকে। হারামজাদা কোথাকার।

আমি জানি বলটা কীভাবে গড়াতে হয়, ডায়ানা গুনগুন করে গাইল।

হঠাৎ সেই মোটা কুৎসিত ছেলেটার কথা মনে পড়ল। যে ওর কাছে এসে বলেছিল, আমাকে হ্যান্ডসাম বানিয়ে দাও। প্রস্থেটিক মেকআপ দিয়ে একদম বদলে দাও বদখত থোবড়াখানা।

টাকা ভালোই দিয়েছিল ছেলেটা। না দেওয়ার কী আছে? নিশ্চয়ই কোনো বড়লোকের বখে যাওয়া ছেলে।

বাবা-মা সময় দেয় না, তাই টাকার গরমে যা খুশি করে বেড়ায়। মুম্বাইয়ে এমন ছেলের অভাব নেই। নাম-না-জানা পার্টিতে তারা ঘুরে বেড়ায়, মেয়েমানুষ আর ড্রাগসের পেছনে দেদার টাকা ওড়ায়।

ওই ছেলেটাই সারিকাকে ব্ল্যাকমেল করার চেষ্টা করেছিল, খবরটা জেনে ডায়ানা অবশ্য একটুও অবাক হয়নি। ওই মেয়েকে যে আগেই কেউ ব্ল্যাকমেল করেনি, সেটা ওর বাপের ভাগ্য ভাল।

যদিও ডায়ানা এসব সাপোর্ট করে না। দুজনেই অ্যাডাল্ট, মিউচুয়াল আন্ডারস্ট্যান্ডিংয়ে শুয়েছে, ব্যাস। ভুলে যাও। ফের শোও অন্য কারও সঙ্গে। মিঞা বিবি রাজি তো কেয়া করেগা কাজী?

কিন্তু ব্ল্যাকমেল কেন? এটা ঠিক নয়।

গাড়িটা পার্কিং লটে ঢোকাল ডায়ানা।

রিসর্টটা একটা কৃত্রিম জঙ্গলের মধ্যে তৈরি। বেশ নির্জন। লুকিয়ে দেখা করার জন্য আইডিয়াল।

পার্কিং লটটা প্রায় কানায় কানায় ভর্তি।

মুম্বাইতে কত সিক্রেট কাপল রে বাবা! বাড়িতে লুকিয়ে কত লোক যে প্রেম করে, তা এইসব জায়গায় না এলে জানা যায় না।

গাড়ি লক করতে করতে দীর্ঘশ্বাস ফেলল ডায়ানা। পৃথিবীটা যেন উচ্ছন্নে যেতে বসেছে।

গাড়ি লক করার অবশ্য দরকার ছিল না। এখানকার সিকিউরিটি গার্ডরা ওকে চেনে। ফ্যাশন ম্যাগাজিন আর পেজ থ্রিতে ওর ছবি তো হামেশাই বেরোয়। সিনেমার হিরোইনদের সঙ্গে। এখন কে আর অরিজিনাল? সবই তো সিনথেটিক।

রিসর্টের ভেতরে পা রাখতেই মেসেঞ্জারে বিপ শব্দ।

রজতের মেসেজ ভেসে উঠল স্ক্রিনে - তোমায় আজ খুব সুন্দর লাগছে, মন

আমুর।
ডায়ানা হাসল। রজত প্রায়ই এই ফ্রেঞ্চ শব্দগুলো ব্যবহার করে।
মন আমুর মানে মাই লাভ।
তার মানে রজত কি দূর থেকে ওকে দেখেছে?
ডায়ানার খুব ইচ্ছে হলো জানতে। কিন্তু ওদের নিয়ম হলো ওয়ান-ওয়ে কমিউনিকেশন।
ডায়ানা কখনো রিপ্লাই দেবে না। সম্পর্ক শুরুর সময় থেকেই এই নিয়ম। রজত বলেছিল, ওর বউ নাকি ওর ফোন চেক করে। সব সময় সন্দেহের চোখে দেখে।
কী সন্দেহবাতিক মহিলা রে বাবা! এইসব মহিলারাই স্বামীদের পেছনে প্রাইভেট গোয়েন্দা লাগায়। কে জানে রজতের পেছনেও লাগিয়ে রেখেছে কি না। তাতে অবশ্য ডায়ানার কিছু আসে যায় না। রজতের বিয়ে ভাঙলে ডায়ানার কী? এমন দু-চারটে বিয়ে ও আগেও ভেঙেছে।
ডায়ানা ভাবল, আজ কি রজত বউয়ের জন্য কোনো গিফট কিনবে? নাকি সব আমার জন্য?
উত্তেজনায় ডায়ানার বুক দপদপ করছে। গিফট পেতে ওর খুব ভাল লাগে। আগের সব দামী গিফটের কথা মনে পড়ছে।
আজ কী অপেক্ষা করছে ওর জন্য?
হীরের নেকলেস? নাকি সলিটায়ার?
আবার ফোনটা বেজে উঠল। ফের ভেসে উঠল মেসেজ - ফরেস্ট সাইডে এসো। আমি সেখানে ওয়েট করছি। কিস।
টিপিক্যাল রজত-মার্কা মেসেজ। শেষে ওই একটা শব্দ - কিস।
রজতের মেসেজ দেখলেই চেনা যায়।
রিসর্টের পেছনের দিকটায় ঘন জঙ্গল। লম্বা লম্বা গাছ। কেমন গা ছমছম করে। গুনগুন করে গান গাইতে গাইতে ডায়ানা সেই জঙ্গলে পা রাখল। কোথায় লুকিয়ে রয়েছো বাবা তুমি? উফ, লোকটা রহস্য জমাতেও জানে।
জায়গাটা একদম জনমানবহীন।
ডায়ানা হাসল, রজত কি আজ ওপেন-এয়ার সেক্স চাইছে নাকি? কিছু বিশ্বাস নেই। ওর মাথায় নিত্য নতুন সব আইডিয়া খেলে।
বাতাসে ভেজা মাটির গন্ধ। বুক ভরে শ্বাস নিল ডায়ানা। ফ্রেশ অক্সিজেন। রজত কোথায়?
হঠাৎ ডায়ানার মনে হলো গাছের আড়ালে, পেছনে কেউ দাঁড়িয়ে আছে।
এই নির্জনতাটা যেন একটু বেশিই থমথমে।

ও ঘাড় ঘোরাতে গেল। কিন্তু পারল না।
তার আগেই গ্লাভস পরা, দুটো শক্তিশালী, পেশীবহুল হাত ওর গলাটা এমনভাবে পেঁচিয়ে ধরল যে মুখ দিয়ে কোনো শব্দ বের হলো না। বেশি সময় লাগল না।
ডায়ানা বাঁচার জন্য আপ্রাণ হাত-পা ছুঁড়ল। কিন্তু বৃথা গেল সেই চেষ্টা।
আততায়ীর শক্তি ওর চেয়ে অনেক বেশি।
কিছুক্ষণের মধ্যেই ডায়ানার নিথর দেহটা একটা বিশাল বটগাছের নিচে লুটিয়ে পড়ল। রজতের দেওয়া সেই দামী রোলেক্স ঘড়িটা ধস্তাধস্তির সময় হাত থেকে ছিঁড়ে গেছিল। সেটা পাশে পড়ে রইল।
ঘড়ির কাঁটা তখন থমকে আছে এগারোটা বত্রিশে।
ডায়ানার জীবনের শেষ সময়টা যেন ফিক্স করে রেখে দিল ওটা। চিরকালের জন্য।

চ্যাপ্টার নাইন

রবিবার, সকাল ১১.৩২, কলকাতা

- আমি কি পিজির সঙ্গে কথা বলতে পারি? ওপাশ থেকে খুব মার্জিত, সুরেলা একটা নারী কণ্ঠ ভেসে এল।
- হ্যাঁ, বলছি।
আমার বস আপনার সঙ্গে কথা বলতে চান। প্লিজ একটু হোল্ড করবেন?
মেয়েটির গলার স্বরটা পিজির বেশ লাগল। মিষ্টি, একটা সুর আছে। এই মেঘলা, মনমরা সকালে এমন গলা শুনতে কার না ভালো লাগে?
বাইরে একনাগাড়ে ঝিরঝির বৃষ্টি চলছে। আকাশের মুখ ভার। পিজির মনের আকাশেও ঘন কালো মেঘ জমে আছে।
প্রকাশ গুপ্ত—ওরফে পিজি, হ্যাকারস সার্কেলে যাকে সবাই চেনে পারফেক্ট জেন্টলম্যান হিসেবে, আজ খুব একটা ভালো মুডে নেই সে।
কাল রাতে স্বপ্নে মা এসেছিল। মাথায় হাত বুলিয়ে দিতে দিতে মা বলল, চান করার সময় জলটা একটু গরম করে নিবি, কেমন? বাইরে বৃষ্টি হচ্ছে, তোর যা ঠাণ্ডা লাগার ধাত।
মাকে একটুও ছাড়তে ইচ্ছে করছিল না। কিন্তু স্বপ্ন তো। আমাদের কোনও নিয়ন্ত্রণ সেখানে খাটে না।
বেডরুমের জানলা দিয়ে পিজি দেখেছিল, সত্যিই বৃষ্টি পড়ছে বাইরে। আলো

ফুটতে চেয়েও পারছে না।
এমন দিনে কি আর কাজ করতে ইচ্ছে করে?
মাঝে মাঝে এমন একটা সময় আসে যখন সত্যি কোনও কাজ করতে ইচ্ছে করে না। অতীত স্মৃতিরা সব কালো মেঘের মতো মনের আকাশে ভিড় করে, হাড়ের ভেতর দিয়ে ঠান্ডা স্রোতের মতো বয়ে যায়, রক্তের সঙ্গে মিশে সারা শরীরে ছড়িয়ে পড়ে হালকা বিষণ্ণতা।
পিজি তার পাঁচ ফুট এগারো ইঞ্চির ছিপছিপে শরীরটাকে খুব কষ্ট করে বিছানা থেকে তুলল।
নাঃ, আজ কাজ করার একদম মুড নেই। বিক্রমকে একটা ফোন করে দেখা যেতে পারে, ও যদি ফ্রি থাকে, তাহলে একটু আড্ডা মারা যায়।
বাইরের বৃষ্টি, মনের ভেতর বিষন্ন মেঘের আনাগোনা, এমন সময়েই মেয়েটি ফোন করল তার সুরেলা গলায়। নিশ্চয়ই গান শেখে দক্ষিণীতে। যেভাবে বলল, তাতে তো মনে হল সুর লাগল পঞ্চমে।
কিন্তু আবার বস কেন? তোমার সঙ্গেই তো আরও কিছুক্ষণ কথা হতে পারত। এই রসভঙ্গে পিজি খানিকটা বিরক্ত হয়ে তেতো গলায় বলল, বেশ তো, আপনার বসকে দিন।
অমন রমণীয় নারী কণ্ঠের পরেই একটা কর্কশ পুরুষালি গলা ভেসে এল, আমার নাম জ্যাকি সেন। আমি এসিপি রাকেশ চৌধুরীর কাছ থেকে তোমার নম্বর পেলাম। আমি তোমার সঙ্গে পার্সোনালি কথা বলতে চাই। তুমি কি এখনই একবার আমার অফিসে আসতে পারবে? ইটস ভেরি আরজেন্ট।
পিজি থমকে গেল।
প্রথমত লোকটার গলাটা ওর একদম পছন্দ হয়নি।
একটা অচেনা ভদ্রলোককে একেবারে সরাসরি - তুমি - সম্বোধন? তাও আবার হুকুমের সুরে কথা?
এইসব লোকগুলো আসে কোত্থেকে? যেখান থেকে আসে, সেখানেই আবার ওদের পাঠিয়ে দেওয়া দরকার। রাকেশকে বলে দিতে হবে, যাকে-তাকে ফোন দেওয়ার আগে যেন একবার ওর সঙ্গে কথা বলে নেয়।
একটা জ্যাকি সেনের নাম পিজি শুনেছে।
ঢপের ইন্ডাস্ট্রিয়ালিস্ট, ফিল্ম প্রোডিউসার, আর মিডিয়া ব্যারন। বিনয় বস্তুটি এদের ডিকশনারিতে নেই। এরা ভাবে টাকা আর ক্ষমতা দিয়ে পুরো পৃথিবীটাকে নিজের ইশারায় নাচাবে।
আমার সঙ্গে এর কী পার্সোনাল কাজ থাকতে পারে? পিজির কৌতূহল হলো। কিন্তু একই সঙ্গে জ্যাকির কথা বলার ভঙ্গিটা ওর ভাল লাগেনি। তবে পিজি

জানে এমন লোকের ওপর রাগ করে লাভ নেই, কারণ তাতে লজিকের রাস্তা গুলিয়ে যায়।

তাই পিজি উত্তর দিতে একটু সময় নিল। জ্যাকি অধৈর্য হয়ে একটা ছোট্ট কাশি দিয়ে জানান দিল যে সে লাইনে আছে।

পিজি যতটা সম্ভব বিনয়ী হয়ে বলল, সরি, আজ আমি খুব ব্যস্ত। কাল তোর সঙ্গে দেখা করব, ঠিক আছে? তুই আমার থেকে বয়সে অনেক ছোট, তাই তুই বললাম, কিছু মনে করলি না তো?

জ্যাকির গোটা ব্যাপারটা হজম করতে বেশ খানিকটা সময় লাগল। সময় তো লাগবেই। ও বুঝে গেছে সব জায়গায় খাপ খোলা ঠিক নয়। ওতে তরোয়ালের ধার কমে যায়।

আসলে গ্রাসের ল্যাপটপ ও মোবাইল নিয়ে আসার পর থেকে জ্যাকির বিড়ম্বনা বেড়েছে বই কমেনি।

দুটোর কোনওটাই খোলা যাচ্ছে না। ওর টেকনিক্যাল ডিরেক্টর ফিলিপ এত কাজের ছেলে হয়েও ফেল করল। তারপর ও আরও দুজনকে ধরে আনল, তারাও খানিক ধস্তাধস্তির পর হাল ছেড়ে দিল।

তখন জ্যাকি বাধ্য হয়েই রাকেশকে ফোন করল। অ্যাসিট্যান্ট কমিশনার অফ পুলিশ, আপাতত ওই গুণধর টিকটিকি মতিলাল মিস্ত্রির সহকারী হলেও রাকেশ ছেলেটা খুব ভদ্র। একদমই ওর বস মতিলালের মত চোয়াড়ে নয়।

মতিলাল মিস্ত্রি দায়িত্ব নেওয়ার পর রাকেশের মারফত জ্যাকি মতিলালের সঙ্গে একটা লাইন তৈরি করার চেষ্টা করেছিল। হাবেভাবে বুঝিয়েছিল, ওর পে-রোলে এলে মাসে কয়েক লাখ নিশ্চিতভাবেই পাওয়া যাবে।

মতিলাল একটি কথা বলে ফোন কেটে দিয়েছিল, আরেকদিন ফোন করলে এখানে ধরে এনে জুতিয়ে লাল করে দেব।

জ্যাকির খুব প্রেস্টিজে লেগেছিল, রাকেশকে ফোন করতে গিয়ে দেখে ও আর ফোনই ধরছে না।

পরে রাকেশ ওকে বলেছিল, স্যারকে আর কক্ষণও ফোন করবেন না। ছি, ছি, আপনি ওঁকে টাকা পয়সার কথা বলতে গেছিলেন? জানেন না, সবকিছু টাকা দিয়ে হয় না?

সত্যি এই পৃথিবীর যে কত কিছুই জানার বাকি রয়েছে। নইলে গ্রাসের মত লোক বেইমানি করে?

এখন দেখা যাচ্ছে, এই পিজি লোকটাও ওই মতিলাল ক্যাটিগরির।

একটি হারামীর হাতবাক্স।

কিন্তু দরকারটা তো জ্যাকিরই। আর রাকেশ যা বলল, এই ভূ-ভারতে নাকি এই

মানুষটিই এমন কাজ করতে পারে। বয়স্ক মানুষ, খুব বেশি বাড়ি থেকে বেরায় না, চব্বিশ ঘণ্টা কম্পিউটারে পড়ে থাকে। লোকটার পুরো নাম কেউ জানেও না। ফিলিপও দেখা গেল কোনওদিন নাম শোনেনি।

অথচ রাকেশ যতটুকু বলল, এই কম্পিউটার উইজার্ড, জিনিয়াস হ্যাকারের সাহায্য নাকি আমেরিকার এফবিআই, এনএসএ-রা পর্যন্ত নেয়। ভারতের পুলিশ, মিলিটারিরা তো লিস্টে বহুদিন ধরেই রয়েছে। ইসরোর পুরো সিকিউরিটি দেখার দায়িত্ব নাকি এই লোকটির ওপর। অথচ প্রকাশ্যে লোকটাকে দেখা যায় না কখনও।

ও কি চলমান অশরীরি?

ফলে গলায় যথেষ্ট বিনয় ঢেলে, যা কিনা জ্যাকিকে খুবই কষ্ট করেই করতে হল, জ্যাকি বলল, এখনই কি আসা সম্ভব নয়? খুব দরকার স্যার। আমি আপনার জন্য গাড়ি পাঠিয়ে দিচ্ছি।

স্যার? অনেক কষ্টে হাসি চাপল পিজি।

জ্যাকির গলার সেই আগ্রাসী ভাবটা উধাও। এখন সে রীতিমতো মিনমিন করে অনুরোধ করছে।

পিজি মনে মনে বলল, ওষুধে কাজ দিয়েছে।

ও কিছুক্ষণ অকারণে খকখক করে কেশে বোঝানর চেষ্টা করল, ওর বয়স হয়েছে যথেষ্টই।

তার অবশ্য দরকার ছিল না।

রাকেশ বলে রেখেছিল জ্যাকিকে।

ফোনের উল্টোদিকে অখণ্ড নীরবতা। জ্যাকি ওয়েট করছে ওর রেসপন্সের জন্য।

পিজি ভাবল, লোকটার বড্ড তাড়া। কী হয়েছে? কেউ কি এই টাকার কুমিরের পেছনে বড়সড় বাঁশ দিয়েছে? আমার মতো কেউ হয়তো... পিজি শান্ত গলায় বলল, রাকেশ তোকে কী বলেছে আমার জানা নেই, খকখক, ওফ, এমন ঠাণ্ডা লেগেছে, যাকগে শোন, আমার কনসালটেশন ফি এক লাখ। মেসিনে হাত দেওয়ার আগেই আমি আগে পেমেন্ট নিই, তারপর কথা বলি। তাছাড়া এখন যেতে হলে আমাকে একটা কাজ ছেড়ে যেতে হবে, সেখানে আরও চার লাখের মত লস। ওটাও কম্পেনসেট করতে হবে। সব মিলিয়ে পাঁচ লাখ দিবি। এবার ভেবে দ্যাখ।

ফোনের দুই প্রান্তে কয়েক মুহূর্তের নীরবতা। পিজি এই নিস্তব্ধতাটা উপভোগ করল।

নির্ঘাত মালটার পেছনে বড়সড় কিছু ফেটেছে, নইলে জ্যাকি সেনের মতো

লোক এই অ্যামাউন্ট শুনে এত সহজে রাজি হবে না।
আর রাজি না হলেও পিজির কিছু হারানোর নেই। ও বরং ওর তৈরি করা আইআরসি চ্যাটরুমে গিয়ে হ্যাকার বন্ধুদের সঙ্গে গুলতানি করবে। অথবা যদি বিক্রম, মতিলাল, রাকেশদের মধ্যে কেউ ফ্রি থাকে, তাহলে ওদের কারও সঙ্গে আড্ডা দেবে।
আজ কেন একেবারে কাজের মুড নেই? কী হল পিজি তোমার? বৃষ্টিতে কি তোমার মন খারাপ হয়ে গেল কবিদের মত? নিজেই নিজের সঙ্গে মনে মনে কথা বলল পিজি।
কিছুক্ষণ পর জ্যাকি সেন দীর্ঘশ্বাস ফেলে বলল, আমার ড্রাইভার ক্যাশ নিয়ে যাবে। তাহলে পাঁচ লাখই ফাইনাল?
পিজি কড়া গলায় বলল, না, পুরো পাঁচ ক্যাশে নয়। তোর এই নম্বরে অ্যাকাউন্ট ডিটেল পাঠাচ্ছি, ওখানে দিবি সাড়ে চার লাখ। ড্রাইভারের হাতে পাঠাবি পঞ্চাশ হাজার। এবার অপারেটরকে দে। আমি টাইম আর লোকেশনটা বলে দিচ্ছি।
পিজি ঠিক করল, এইসব হাফ-শুয়োর-হাফ-মানুষ প্রকৃতির লোকেদের সঙ্গে এবার থেকে শুরু থেকেই তুই-তোকারি করবে।

সেই সুরেলা গলার মেয়েটি আবার লাইনে এল, ইয়েস স্যার, বলুন, কোথায় গাড়ি পাঠাব আর কখন?
পিজি ওকে এক মিনিট হোল্ড করতে বলল। পিজির মনে একটা খটকা ছিল যে জ্যাকি হয়তো অন্য এক্সটেনশন থেকে ওদের কথা শুনছে।
তার ওপর পিজি সব সময় যে কোনও লাইন চেক করে নেয়। এটা ওর চিরকালের অভ্যেস।
এর জন্য ও একটা স্পেশাল সফটওয়্যার নিজেই বানিয়েছে।
নিমেষের মধ্যে জ্যাকির লাইনটাকে ও নিজের একটা মেশিনের সঙ্গে কানেক্ট করে দিল। মনিটরে লাল আলোটা দপ করে জ্বলে উঠতেই পিজি সতর্ক হয়ে গেল। শুধু জ্যাকি নয়, আরও একজন কেউ ওদের কথোপকথন শুনছে।
তৃতীয় পক্ষ?
পিজি মুচকি হাসল। তারপর অন্য দুটো লাইন নির্মমভাবে ডিসকানেক্ট করে দিল।
হার্ভার্ডে ম্যাথমেটিক্সের প্রফেসর ছিলেন বাবা। তাঁর সুযোগ্য ছেলে হিসেবে পিজি আমেরিকায় থাকার সময় থেকেই 'ফোন ফ্রিক'। ওর তৈরি করা ১৪৮ জিবির পেনিট্রেশন টুল আর কাস্টমাইজড সফটওয়্যার দিয়ে যে কোনও সার্ভিস প্রোভাইডারের এনক্রিপশন ও জলভাত করে দিতে পারে সেই ছোটবেলা

থেকে।
যে কোনও ফায়ারওয়াল ওর কাছে মাকড়সার জালের মতো ঠুনকো।
আর এখানে? এখানকার সরকারি সার্ভিস প্রোভাইডারগুলোর সিকিউরিটিকে তো হাস্যকর বললে শব্দটার অপমান হবে।
ব্যাকডোর দিয়ে হাতি গলে যাবে, কেউ টেরও পাবে না।
- স্যরি, একটু দেরি হলো, পিজি মেয়েটিকে বলল।
- নো প্রবলেম স্যার। মেয়েটি খুবই ভদ্র।
পিজি একটু ফ্লার্ট করার মুডে বলল, আসলে আপনিই আমার ঘুমটা ভাঙালেন, তাই ভাবলাম আগে বিছানা থেকে নামি। তাছাড়া অনেক বয়স হল তো, এই গত জানুয়ারিতে সাড়ে চুয়াত্তর পেরোলাম।
খকখক করে খানিকটা কেশে পিজি বোঝানর চেষ্টা করল ওর বয়সটা চল্লিশের কোঠায় নয়, তার থেকে অন্তত তিরিশটা বছর বেশি।
- সরি স্যার। আমি জানতাম না আপনি ঘুমোচ্ছিলেন।
- দ্যাটস নো ইস্যু, সিস্টার। বাই দ্য ওয়ে, আপনার নামটা জানতে পারি? কারও নাম না জানলে কথা বলতে ভারি অসুবিধা হয়।
- আমি তনুজা।
- ওয়েল তনুজা, প্লিজ অ্যাড্রেস আর টাইমটা নোট করে নিন।
- ইয়েস স্যার।
বরাবরের মতো পিজি একটা সম্পূর্ণ ভুলভাল ঠিকানা দিল।
ওর আসল লোকেশন থেকে প্রায় দশ কিলোমিটার দূরের একটি ঠিকানা।
মেট্রো করে ওখানে পৌঁছতে কতক্ষণ লাগবে, মনে মনে সেই হিসেবটাও কষে নিল একইসঙ্গে।
তনুজার সঙ্গে কথা বলতে বলতেই ও ঝড়ের বেগে টাইপ করছিল।
জ্যাকির অফিসে কে আড়ি পেতেছে সেটা বের করা দরকার। ট্রেস-রুট ধরে কানেক্টেড পোর্টগুলো চেক করতেই পিজি অবাক হয়ে গেল। লাইনটা সোজা গিয়ে শেষ হয়েছে পুলিশের হেডকোয়ার্টারে।
ভারি অদ্ভুত তো?
এ তো দেখছি বাঘের ঘরে ঘোগের বাসা।
কিন্তু জ্যাকির ফোন যদি ট্যাপ করার নির্দেশ মতিলাল বা রাকেশ দিয়ে থাকে, তাহলে সেটা পিজি জানতে পারবে না, এমন হতেই পারে না।
পিজির আঙুল এত জোরে কিবোর্ডের ওপর ছুটল যে কিছুক্ষণের মধ্যেই কিবোর্ডের একটা কি উড়ে গেল।
ধুস।

কিবোর্ড খুলে ঘরের এককোণে ছুঁড়ে ফেলল পিজি। একপাশ থেকে টেনে নিল আনকোরা নতুন একটি কিবোর্ড। সেখানে ডাঁই করে রাখা রয়েছে অন্তত কুড়ি-বাইশটি নতুন কিবোর্ড।

পিজি হিসেব করে দেখেছে, ওর একটা কিবোর্ড চলে, দু থেকে তিন দিন। সমস্যা হয় আঙুলের নখ নিয়ে। কত ছোট করে আর নখ কাটা যায়। প্রতিদিন নখ কাটলেও নখ ভেঙে যায়।

আঙুলের জোর বাড়ানোর জন্য প্রতিদিন স্রেফ আঙুলের ওপর ভর দিয়ে পুশ আপ করতে হয় একশো বার।

কতবার পিজি ভেবেছে কাজের ভল্যুম কমিয়ে আনবে। কিন্তু এত ধরনের রিকোয়েস্ট আসে পৃথিবীর নানা প্রান্ত থেকে, মানুষ বিপদে পড়লে কি আর মুখ ফিরিয়ে থাকা যায়?

নাঃ, শরীর থেকে ম্যাজম্যাজে ভাবটা চলে গেছে। জ্যাকি সেন তো জানে না, কী বাঁশ ও যেচে নিচ্ছে। এবার থেকে জ্যাকির সমস্ত ডিজিটাল অ্যাক্টিভিটি রেকর্ড হবে পিজির তৈরি করা নিজস্ব ক্লাউড সার্ভারে।

কফির জল চড়াতে চড়াতে জানলা দিয়ে বাইরে তাকাল পিজি।

বৃষ্টিটা একটু ধরছে মনে হচ্ছে।

চ্যাপ্টার টেন

রবিবার, দুপুর ১২.১২, কলকাতা

জ্যাকির অফিসে পিজি পৌঁছেছে মিনিট দশেক আগে। অফিসটা বড্ড বেশি জমকালো।

দশ তলা নীলচে কাচে ঢাকা বিল্ডিংয়ের বাইরে বড় করে লেখা - জ্যাকিস টাওয়ার।

টাকার গরমটা ইন্টেরিয়রেও উপচে পড়ছে।

যদিও প্রয়োজনের তুলনায় মানুষ কম।

তার মধ্যেও পিজি যে কটি মানুষ দেখল, তাদের সবাই মেয়েমানুষ। জ্যাকি লোকটা দেখা যাচ্ছে, নারী পরিবৃত হয়ে থাকতেই বেশি ভালবাসে।

পিজি দীর্ঘশ্বাস ফেলে মনে মনে বলল, একেই বলে ওভারবেয়ারিং অপুলেন্স। আদতে কাজটা পাঁচ মিনিটের, কিন্তু এখানে বেশ কিছুক্ষণ কাটানোর ইচ্ছে

আছে পিজির। শুয়োরটার সব ঘাঁতঘোঁত না জানা অবধি এই জায়গা ছেড়ে নড়া যাবে না।

সাড়ে চার লাখ ওর বিদেশি ব্যাঙ্কের অ্যাকাউন্টে ঢুকে গেছে। ক্যাশ পঞ্চাশ হাজার একটি ব্যাগে ভরে ড্রাইভার তুলে দিয়েছে ওর হাতে।

জ্যাকি ওকে একটা সস্তা, সাধারণ দেখতে ল্যাপটপ থেকে একটা ভিডিও রিট্রিভ করতে বলেছে। কাজটা পিজির কাছে চাইল্ডস প্লে।

কিন্তু তার আগে পুরো ব্যাপারটা ভালো করে বুঝে নিতে হবে।

পিজি একজন বয়স্ক মানুষের মতো গলার ভেতর থেকে হালকা একটা ঢেঁকুর তুলল।

এখানে আসার আগে নিজের ভোল পাল্টাতে ওর পাক্কা কুড়ি মিনিট সময় লেগেছে। মুখে হালকা মেক-আপ। মাথায় ধপধপে সাদা পরচুলা, ঠোঁটের ওপর পুরু সাদা গোঁফ।

ছিপছিপে শরীরের ওপর জ্যাকেটের নিচে এক্সট্রা প্যাড গুঁজে নিজেকে বেশ হৃষ্টপুষ্ট, থলথলে বানিয়েছে পিজি।

দেখলে মনে হবে সাড়ে চুয়াত্তরের কোনও বৃদ্ধ, যে একটা পা একটু টেনে হাঁটে।

পিজি ঠিকই করে এসেছে, কিছুক্ষণ অন্তর অন্তর ও ঢেঁকুর তুলবে আর অদ্ভুত সব শব্দ করবে যাতে জ্যাকি সেনের মতো 'হাই-প্রোফাইল' লোক বিরক্ত হয়। শব্দ করে জ্যাকির মুখের ওপর বাতকর্ম করতে পারলে পিজি খুব খুশি হত। কিন্তু ওটাতো যখন তখন আসে না।

যাক, আপাতত ঢেঁকুর তুলেই লোকটাকে ব্যতিব্যস্ত করে মারা যাক।

কী করতে হবে বল্ তো? পিজি বেশ বিরক্তি নিয়ে জিজ্ঞেস করল। একদম খিটখিটে বুড়োদের মতো গলা।

জ্যাকি ভুরু কুঁচকে বলল, ডিলিট হয়ে যাওয়া ডেটা রিকভার করতে পারবেন? বোঝাই যাচ্ছে, জ্যাকি এমন একজন খিটখিটে বুড়ো হ্যাকারকে আশা করেনি। ও হয়তো ভেবেছিল কোনো কমবয়েসি স্মার্ট ছেলে আসবে।

ঢেঁউ ঢেঁউ করে দুটো ঢেঁকুর তুলে পিজি বলল, আশা তো করি। দেখা যাক। তবে কাজ হয়ে গেলে আরও পাঁচ চাই। ওটা আমার অ্যাকাউন্টে না ঢুকলে যা ডেটা রিট্রিভ হবে, সব ফের এনক্রিপটেড হয়ে যাবে। পিজি আবার একটা ঢেঁকুর তুলল। এবার একটু বেশি শব্দ করে।

জ্যাকির চোখে পরিস্কার খুন দেখল পিজি। যাক মালটাকে যথেষ্ট রাগিয়ে দেওয়া গেছে।

ঠিক আছে, তাই দেব। কাজটা কি এখনই করা সম্ভব? জ্যাকি রুক্ষভাবে জিজ্ঞেস

করল।
পিজি একজন পাড়ার প্লাম্বারের মতো ঠোঁট উল্টে বলল, পেমেন্ট নিয়ে চিন্তা নেই রে। আগে রোগটা ধরতে দে। হার্ড ড্রাইভ যদি ব্যাডলি ড্যামেজড হয়, তাহলে আমার টুলস লাগবে। যন্ত্রপাতি ছাড়া তো হবে না।
ঢেঁউ ঢেঁউ ঢেঁউ করে এবার তিনটে ঢেঁকুর তুলল পিজি।
জ্যাকি ইন্টারকমে ফিসফিস করে কিছু বলল। একটু পরেই একটি সুন্দরী মেয়ে ঘরে ঢুকল। তার হাতে ল্যাপটপটা এমনভাবে ধরা যেন সে এই মাত্র কোনও ট্রফি জিতে ফিরেছে।
জ্যাকি মেকি ভদ্রতা মাখানো সন্দেশের মত গলায় বলল, তনুজা, এঁর সঙ্গেই তুমি কথা বলেছিলে। উনি এসেছেন।
তনুজা হেসে বলল, হ্যালো স্যার।
পিজি উত্তরে একটি ঢেঁকুর তুলে বলল, হ্যালো সিস্টার।
তনুজা অবাক হয়ে পিজির দিকে তাকিয়ে রইল। ফোনে সে যার সঙ্গে কথা বলেছিল, তার গলার সঙ্গে এই লোকটার চেহারার তো কোনো মিল নেই। ফোনে গলাটা ছিল ইয়াং, আর এ তো রীতিমতো দাদু!
জ্যাকি তনুজার দিকে তাকিয়ে হেসে বলল, তনুজা, এই জেন্টলম্যানের জন্য একটু কফি আর স্ন্যাকসের ব্যবস্থা করো তো। জেন্টলম্যান? ইয়ার্কি হচ্ছে?
পিজি এবার ইচ্ছা করেই বিকট শব্দে একটা ঢেঁকুর তুলল।
ইস এর সঙ্গে যদি একটা বিকট শব্দে বাতকর্ম যোগ করা যেত?
পিজির পেছনটা নিশপিশ করতে লাগল।
তনুজা আরও ভ্যাবাচ্যাকা খেয়ে গেল। ওদের এই অসহায় চাউনিটা পিজি বেশ এনজয় করছে।
মেয়েটা আড়চোখে বারবার পিজির অগোছালো পোশাকের দিকে তাকাচ্ছিল।
পিজি সুযোগ বুঝে তনুজার দিকে তাকিয়ে একটা চোখ মারল।
তনুজা চমকে গেল। আর যাই হোক, একজন সত্তর বছরের বুড়োর কাছ থেকে সে এই দুষ্টুমি আশা করেনি।
সে দ্রুত ঘর থেকে বেরিয়ে গেল, হয়তো মনে মনে এখনও মেলাতে চেষ্টা করছে সকালের সেই অল্পবয়সী গলার সঙ্গে এই বুড়ো হাবড়াটাকে।
জ্যাকি সেন অধৈর্য হয়ে জিজ্ঞেস করল, সময় লাগবে?
স্পষ্টতই জ্যাকি লোকটাকে আর সহ্য করা যাচ্ছে না। পিজি ঠিক এটাই চেয়েছিল। সকালের ওই ফোনটার পর থেকে ওর নিজের জ্যাকিকে সত্যি সহ্য হচ্ছে না। বিরক্তিটা মিউচুয়াল হওয়া দরকার।
পিজি ঘোলাটে চোখে জ্যাকির দিকে তাকিয়ে বলল, ঘণ্টা দুয়েক তো লাগবেই

—যদি সব ঠিক থাকে। আর যদি ফেল করি, তাহলে বাড়ি গিয়ে যন্ত্রপাতি নিয়ে আসতে হবে। শোন্, এইসব কাজে তাড়াহুড়ো করলে হয় না। বলে সে আবার একটা লম্বা ঢেঁকুর তুলল।

একদম আনাড়ি প্লাম্বারের মতো অ্যাক্টিং করার চেষ্টা চালিয়ে যাচ্ছে ও। আসলে পিজির কিচ্ছু লাগবে না। ও যা চেয়েছিল, পেয়ে গেছে। ল্যাপটপটা ওর হাতে। ডেটা বের করা ওর কাছে বাঁয়ে হাত কা খেল। কিন্তু তার পরের কাজটাই তো আসল।

জ্যাকি এবার একটু নরম সুরে বলল, ওকে, ওকে, আপনি সময় নিন। আর কিছু লাগবে?

- একটা ভালো ইন্টারনেট কানেকশন চাই। তোর ডেস্কটপ পিসি থেকে লাইনটা নিতে পারি?

- শিওর, নিতে পারেন। বাট মিস্টার পিজি... জ্যাকি সেনের গলার স্বর হঠাৎ বদলে গেল। মুখে একটা শুকনো হাসি।

- বল্। আবার কী হল?

- একটা কথা মনে রাখবেন। জ্যাকি থামল। শব্দ চয়ন করছে। জ্যাকি চিবিয়ে চিবিয়ে বলল, পুরো ব্যাপারটা যেন সিক্রেট থাকে।

পিজি মাথা নাড়ল, ওটাই তো আমাদের রুল। আমরা ক্লায়েন্টের ডেটা দেখি না।

জ্যাকি বলল, ওর মধ্যে একটা ভিডিও থাকার কথা। আমি শুধু ভিডিওটা চাই। ওটা আমাকে হ্যান্ড ওভার করবেন আর সব ভুলে যাবেন। প্লিজ, এটা কিন্তু অ্যাসিওর করতে হবে।

পিজি হাসল, আমি পারফেক্ট জেন্টলম্যান। আমি টাকা পাব, আর পোঁ... ঘোরালেই সব ভুলে যাব।

মিথ্যা কথা বলল পিজি।

জ্যাকি সেনের মতো লোককে ধোঁকা দেওয়ায় কোনো মরাল অবলিগেশন বা নৈতিক দায়বদ্ধতা ওর নেই। কারও থাকার কথা নয়।

ও মনে মনে বলল, আমরা সব দেখিরে শুয়োর। সব ঝেড়ে দিই। আর এটা করি একটাই কারণে। আমরা রিস্ক নিতে পারি না। নিজের পশ্চাদ্দেশ বাঁচানোটাই আমার ফার্স্ট প্রায়োরিটি। কাল যদি কোনও গন্ডগোল হয়, তখন আমি কী করব? ব্যাকআপ তো রাখতেই হবে, বাছাধন। এটা কালোধন, মানে ব্ল্যাক মানির যুগ।

পিজি ল্যাপটপটা বুট করল।

হঠাৎ ওর শরীরের ভেতর দিয়ে একটা অদ্ভুত শিহরণ খেলে গেল। ঘোস্টলি

সেনসেশন। কেন?

ইন্টারনেটে কানেক্ট করতেই ল্যাপটপের স্ক্রিন কেঁপেছে কয়েক সেকেন্ডের জন্য। তারপরেই স্থির হয়ে গিয়ে কালো হয়ে যাচ্ছে।

ল্যাপটপটা কি কোনও গোপন কথা বলতে চাইছে ওর সঙ্গে?

ঠিক প্রেতাত্মার মত ল্যাপটপের ভেতরে যেন কেউ বসে আছে, যে কিনা ইন্টারনেটের কানেকশন পেলেই সক্রিয় হয়ে উঠছে। ল্যাপটপের মেন সিস্টেমকে আড়াল করে সামনে দাঁড়িয়ে পড়ছে।

পিজির মনে পড়ল ও অনেকক্ষণ টেঁকুর তুলতে ভুলে গেছে। ঢেঁউ ঢেঁউ করে দুটো টেঁকুর তুলে আপাতত ক্ষান্ত দিল পিজি।

মাথা নাড়তে নাড়তে বলল, গণ্ডগোল, বিরাট গণ্ডগোল।

জ্যাকি হতাশ গলায় বলল, হবে না তাহলে?

পিজি বলল চিবিয়ে চিবিয়ে, হবে। তবে এই ল্যানের কানেকশনে হবে না। একটা মোবাইল চাই, তার ডেটা ইউজ করতে হবে। একটা মোবাইল পাওয়া যাবে?

জ্যাকি নিজের মোবাইল বাড়িয়ে দিল, এটা নিন, স্যার। এতে হবে?

যেন এটা কোনও ইস্যু নয়, এভাবে পিজি ব্যাপারটাকে বিশেষ পাত্তা না দিয়ে জানাল, যা হোক একটা হলেই হল।

ঢেঁউ ঢেঁউ। দুটো খুশির টেঁকুর তুলল পিজি। জ্যাকির মোবাইলটা এত সহজে পাওয়া যাবে, তা ও ভাবতেই পারেনি।

এবার পিজি নিজের ল্যাপটপ বের করল ও জ্যাকির মোবাইল ডেটার সঙ্গে তা কানেক্ট করল।

এবার জমবে আসল খেলা। জ্যাকি সেন, এবার থেকে তোমার ওঠা, বসা, হাগা মোতা, সব রেকর্ড হবে অদৃশ্য একটি জায়গায়।

তখনও পর্যন্ত পিজি জানে না, দু-হাজার কিলোমিটার দূরে একটি জঙ্গল ঢাকা পাহাড়ের আড়ালে, একটি ওয়্যারহাউসে বসে আরও একজন ওই একই কাজ শুরু করে দিয়েছে কয়েকদিন আগে থাকতেই।

চ্যাপ্টার ইলেভেন

রবিবার, দুপুর ১২.১৪, মুম্বাই

সারিকা কনফিউজড। টোটাল কনফিউশন।

নিজের চোখকে বিশ্বাস করতে পারছে না সে।

কিন্তু এটাই সত্যি। এই সূর্য, চন্দ্র, গ্রহ-তারা, মার্স, জুপিটারের থেকেও সত্যি।

সত্যি কথা বলতে কী, এর থেকে বড় সত্যি আর কিছু হয় না।
সরব মেহতা তার কাছে ক্ষমা চেয়েছে।
তাও আবার যেনতেন ভাবে নয়, একেবারে ধুলোয় গড়াগড়ি খেয়ে, ওর পায়ে মাথা রেখে মাফ চাইছে বেচারা। বারবার লিখেছে, ডার্লিং, আমাকে ক্ষমা করো। ক্ষমা করো। ক্ষমা করো।
খানিকক্ষণ আগেই সারিকার মোবাইলে সেই অবিশ্বাস্য মেসেজটা এসেছে।
সরব লিখেছে, ও যা করেছে তার জন্য ও খুব, খুব, খুবই লজ্জিত।
লিখেছে, সরি, বেবি! ওটা সিরিয়াস কিছু ছিল না, ওটা আসলে একটা প্র্যাকটিক্যাল জোক ছিল। একটা প্র্যাঙ্ক! আমি দেখার চেষ্টা করেছিলাম তুমি আমাকে সত্যি কতটা ভালবাস।
প্র্যাঙ্ক? সত্যি! সরবটা পারেও বটে।
ওই একটা জোক-এর জন্য সারিকা সুইসাইড পর্যন্ত করতে যাচ্ছিল! ওর অবস্থা হয়ে গিয়েছিল জোঁকের মুখে নুন পড়ার মত।
সারিকা গুটিয়ে গিয়েছিল নিজের মধ্যে। চলে গিয়েছিল ডিপ্রেশনে।
আর সত্যিতো, হবে না? যে জিনিস ও পেয়েও হারাতে বসেছিল, তা হারানোর কষ্ট ও কাকে বোঝাবে?

সারিকার মনের অবস্থা এখন বেশ অদ্ভুত। খিচুড়ি মার্কা। একদিকে রাগ, অন্যদিকে অনুরাগ।
সরবের সঙ্গে কাটানো সেই সব গোল্ডেন মোমেন্টস-এর স্মৃতি চোখের সামনে নাচছে।
সারিকা ওর ভার্জিনিটি যখন হারায়, তখন ও ষোলো। আই অ্যাম সিক্সটিন, গোয়িং অন সেভেনটিন - দ্য সাউন্ড অফ মিউজিকের সেই বিখ্যাত গান গুনগুন করে উঠল সারিকা।
তারপর থেকে একটার পর একটা গাড়ির ডিকে সারিকা সওয়ার হয়েছে ও, নির্বিচারে।
কিন্তু সরব?
নট এ সিঙ্গল ম্যান ওয়াজ লাইক সরব।
ওই একটা ব্যাপারে সরব এক্সেপশনাল।
সারিকা ওকে আর হারাতে চায় না। সব পুলিশ কেস ও ফিরিয়ে নেবে। ফিরিয়ে আনবে উদ্দাম ভালবাসার সেইসব মুহূর্তগুলো।
এখন সরব যখন নিজে থেকেই ফিরে আসতে চাইছে, তখন কেন ও ফিরিয়ে দেবে? ওর প্রিয় খেলনাটা ও আবার ফেরত পাবে।

সারিকার চোখে জল চলে এল। কেন কাঁদছে, তা ও নিজেও কাউকে বোঝাতে পারবে না। হয়তো খুশিতে? নাকি বোকা মেয়েদের এটাই স্বভাব?

সরব একটা লম্বা মেসেজ লিখেছে। সেখানে সে বারবার ক্ষমা চেয়ে লিখেছে, ডার্লিং, আমি তোমার ওপর জাস্ট একটু রেগে গেছিলাম। পুলিশে কমপ্লেইন তুলে নেওয়ার জন্য হাতে অনেক সময় পাবে, কিন্তু তার আগে চলো আজ কোথাও দেখা করি। সবার আগে আমি তোমার হাসি মুখ দেখতে চাই।

সারিকা চোখের জল মুছতে মুছতে ফিসফিস করে বলল, আমিও তোমার ওটা দেখতে চাই সোনা। ওহ গড! আই অ্যাম সো হ্যাপি!

সারিকা বুঝল সরবের কথা ভাবলেই ওর শরীর অবশ হয়ে আসছে। ও খুশিতে বিছানায় লাফিয়ে উঠল, একইসঙ্গে একটু স্মার্ট সাজার চেষ্টা করল।

আগের মতো একটু টিজ করতে চাইল সরবকে। তাই লিখল, ডার্লিং, পুলিশ তো হন্যে হয়ে তোমাকে খুঁজছে। মুম্বাইয়ে পা দিলেই তোমাকে ধরে ফেলবে। আমরা কোথায় দেখা করব? সিক্রেটলি?

সারিকা লুকিয়ে দেখা করতে চায় একটা বিশেষ কারণেই। শুধু দেখা করে তো লাভ নেই, ওটা তো নিরামিষ ভোজ। ওর চাই ফুল কোর্স মিল। মেসেজটা পাঠানোর সময় সে একগাদা ইমোজি জুড়ে দিল। ওই সব হাসিমুখ কার্টুনের আড়ালে ওর প্যাশন তখন দপদপ করছে আগুনের মতো।

এদিকে, ডায়ানাকে খতম করে ততক্ষণে স্যামি তার হোটেল রুমে ফিরে এসেছে। ল্যাপটপ খুলে সারিকাকে মেসেজ পাঠাচ্ছে সে।

নিজের পরিচয় কীভাবে গোপন রাখতে হয়, তা ও জানে।

এই কাজ তো আর প্রথম করছে না। সবরকমের সতর্কতা নিয়েছে স্যামি। ওয়েব ফুটপ্রিন্ট লুকোতে সে ওস্তাদ।

সে জাস্ট একটু লাক ট্রাই করছিল। ভাবেনি মেয়েটা এত সহজে টোপ গিলবে। এত বড় হাঁদা হবে!

স্যামি চটজলদি তার সোশ্যাল ইঞ্জিনিয়ারিংয়ের গিয়ার শিফট করল। রজত কাপুর থেকে সে এখন আবার সরব মেহতা।

সে সারিকাকে লিখল, ডার্লিং, আন্ধেরি ইস্টে চলে এসো।

ওটাই ওদের ইউজুয়াল মিটিং পয়েন্ট। লিখল, আমি তোমাকে তুলে নেব। হয়ত আমার ড্রাইভার যেতে পারে।

স্যামি জানে এই মিশনটা খুব ক্রিটিকাল।

সরব মেহতার ছদ্মবেশ আর নেওয়া সম্ভব নয়। কয়েক ঘণ্টা আগেই সে ডায়ানাকে মেরে এসেছে। কে আর ওর সোনা মুখকে সাজিয়ে তুলবে নববধূর মত?

এতক্ষণে পুলিশ নিশ্চয়ই স্পটে পৌঁছে গেছে। তাই সে ঠিক করল, সরব মেহতার ড্রাইভার সেজে যাবে। মুম্বাই-পুনে হাইওয়েতে এমন অনেক নির্জন জায়গা আছে যেখানে সারিকার ডেডবডি আর এই চোরাই গাড়িটা—দুটোকেই একসঙ্গে ডাম্প করে দেওয়া যাবে।

সারিকার রিপ্লাই এল চোখের পলকে। লিখেছে, আই কান্ট ওয়েট ফর ইউ, ডার্লিং।

আসলে ও লিখতে চেয়েছিল, মাই কান্ট ক্যান্ট ওয়েট ফর ইউ।

স্যামি দীর্ঘশ্বাস ফেলল, মেয়েরা সত্যিই ক্রেজি। ওরা জীবন আর মৃত্যু—দুটোই ডেকে আনতে পারে। নিজের জন্য, অন্যর জন্য।

ফিসফিস করে স্যামি বলল, টাকাটা দিয়ে দিলে জীবনটা বেঁচে যেত বেবি। এখন তুমি নিজেই নিজের মৃত্যু ডেকে আনলে। যাকগে, তোমাদের মৃত্যুর জন্য তোমরাই দায়ী।

ডায়ানা তো ফালতু যেচে হাড়িকাঠে মাথা লাগাল।

এবার আসছে সারিকা। এই কাজটা সেরে স্যামি মুম্বাইয়ের চ্যাপ্টার ক্লোজ করে দিতে চায়।

কলকাতায় ওর অনেক কাজ পড়ে আছে। জ্যাকি সেনের পকেট যতক্ষণে না ও ফাঁকা করতে পারছে, ওর শান্তি নেই।

তবে তার আগে এবেলাতেই মুম্বাইকে টা টা বাই বাই করতে হবে।

সারিকার এমন সবকিছুই আছে যা একজন পুরুষের কাম্য—আকর্ষণীয় কোমর, লম্বা পা, ছিপছিপে শরীর। কিন্তু স্যামির নজর ওসবে নেই।

ওর নজর শুধু টাকার দিকে। ঠিক যেমন জ্যাকি সেনের ক্ষেত্রেও। টাকাটাই আসল।

স্যামি যখন ওর পরের শিকারের দিকে নিশানা স্থির করে ফেলেছে, ঠিক তখনই মুম্বাইয়ের সেই রিসর্টের জঙ্গলে একজন সাব-ইন্সপেক্টর ডায়ানার হ্যান্ডব্যাগ চেক করছিল।

এই আধঘণ্টা হল পুলিশ রিসর্টে পৌঁছেছে। জিজ্ঞাসাবাদ করতে গিয়ে তারা জানতে পারল একটি বিশেষ তথ্য।

গেটের সিকিউরিটি বলল, ম্যাডাম মোটামুটি রেগুলার আসতেন। ভাল টিপস দিতেন। গাড়ি পার্ক করে মাঝেমাঝেই জঙ্গলের দিকে হাঁটতে যেতেন। ওরা কিছু সন্দেহ করেনি, কাউকে দেখেওনি।

ডিটেকটিভ ডিপার্টমেন্টের অ্যাসিস্ট্যান্ট কমিশনার এবং সাইবার সেলের প্রধান উদিত কাশ্যপ যখন এইসব পুছতাজ চালাচ্ছে, ঠিক তখন হঠাৎ একজন সাব-

ইন্সপেক্টর দৌড়ে এল, স্যার, এটা দেখুন।
ভিজিটিং কার্ডটা হাতে নিয়ে চমকে উঠল উদিত।
ওটা তার বস, স্বয়ং মুম্বাই পুলিশ কমিশনারের কার্ড। তার ওপর ডায়ানা নিজেই অ্যাপয়েন্টমেন্টের সময় লিখে রেখেছে। আজ বিকেলে কমিশনারের সঙ্গে এই রিসর্টেই দেখা করার কথা ছিল মৃত মহিলার। কিন্তু তাহলে এত তাড়াতাড়ি চলে এসেছিলেন কেন মহিলা?
মিটিং-এর কারণ উদিত ভাল করেই জানে। এটা সেই সোশ্যাল ইঞ্জিনিয়ারিং-এর কেসটা, যেটা নিয়ে তোলপাড় চলছে।
এই কেসটা কদিন ধরে পুলিশকে নাজেহাল করছে।
উদিত দেখল তার হাতে আর কোনও উপায় নেই। ও সোজা ফোন লাগাল কমিশনারকে।
পুলিশ কমিশনার বাড়িতে লাঞ্চ করছিলেন।
তিনি বুঝতেই পারলেন, উদিত কোনও জরুরি দরকার ছাড়া এই সময় ফোন করবে না।
- ইয়েস, উদিত, মুরগীর ঠ্যাং-এ একটা কামড় বসিয়ে বললেন কমিশনার।
- স্যার, উই হ্যাভ আ সিচুয়েশন। উদিতের গলা উত্তেজনায় কাঁপছে।
কী হয়েছে?
ডায়ানা লামার নামে এক ভদ্রমহিলা... যিনি বিকেলে আপনার সঙ্গে দেখা করতে আসছিলেন সারিকা কেসের ব্যাপারে... আমরা ওঁর বডি পেয়েছি। কেউ ওঁকে খুন করেছে।
কমিশনারের হাত থেকে ঠ্যাংটা প্রায় পড়েই যাচ্ছিল।
তিনি দীর্ঘশ্বাস ফেললেন। দ্রুত বললেন, সে কী কথা? ডায়ানাই একমাত্র সাক্ষী ছিল। ওই ক্রিমিনালটার প্রস্থেটিক মেকআপ তো ডায়ানাই করেছিল। তোমরা সারিকার জন্য এক্সট্রা সিকিউরিটির ব্যবস্থা করেছ তো? মেয়েটার জীবন কিন্তু এখন ঘোর বিপদের মধ্যে রয়েছে।
- ইয়েস স্যার, এসিপি উদিত চেঁচিয়ে সাব-ইন্সপেক্টরকে অর্ডার দিলেন, এই, এক্ষুনি সারিকাকে ফোন লাগাও। বলো বাড়ি থেকে এক পা-ও যেন না বেরোয়। আমরা ফোর্স পাঠাচ্ছি। না, না, লাইনটা আমাকে দাও, আমি নিজে কথা বলব।

চ্যাপ্টার টুয়েলভ

রবিবার, দুপুর ১২.১৪, মুম্বাই

মেসেজ ঢোকার শব্দ। টিং!

আন্ধেরি সাবওয়ে স্টেশনের কাছে দাঁড়িয়ে ছিল সারিকা।

থাইয়ের কাছে মোবাইলে ভাইব্রেশন হতেই চমকে উঠল।

সরব? সরব পাঠাল?

মেসেজটা চেক করার মতো এনার্জিও যেন আর অবশিষ্ট নেই।

টেনশন আর এক্সাইটমেন্টে শরীরটা কেমন অবশ লাগছে। সারিকা ওর স্কিন-টাইট জিন্সের পকেট থেকে স্মার্টফোনটা বের করার চেষ্টা করল। জিন্সটা এতটাই টাইট যে ফোন বের করতে রীতিমতো কসরত করতে হয়।

কে জানে বাবা, ফ্যাশনের নামে মেয়েরা আর কত কষ্ট করবে! ঠিক সেই সময়ই একটা গাড়ি এসে দাঁড়াল ওর গা ঘেঁষে।

জায়গাটা আন্ধেরি ইস্ট।

সামনেই মাথুরাদাস ভাসানজি রোড। লম্বা রাস্তা।

সরব লাস্ট মেসেজে এখানেই ওয়েট করতে বলেছিল।

একটু আগে এখানে পৌঁছে সারিকা নিজের গাড়ি ছেড়ে দিয়েছে। ড্রাইভারকে বলেছে তিন ঘণ্টা পরে পিক-আপ করতে। এই তিনটে ঘণ্টার কথা আগাম ও ভাবতে চায় না। তাহলে আর কিছুতেই শরীরকে বশে রাখতে পারবে না ও।

সরব আসবে। সরব ওকে পিক-আপ করবে। এটা ওদের পুরনো প্রথা। পুরনো কাসুন্দি।

সারিকা চেষ্টা করল ওদের শেষ শারীরিক ঘনিষ্ঠতার মুহূর্তটা মনে না করতে। কিন্তু শরীর কি আর মন বা ব্রেনের কথা শোনে?

ওই স্পর্শের কথা মনে পড়লেই ভেতরটা শিরশির করে ওঠে। একটা অদ্ভুত রেস্টলেসনেস কাজ করে যখনই মিসাইলের ছবিটা মনের ভেতর ভেসে ওঠে। ভাবতে চায় না সারিকা। কিছুতেই না।

সারিকা জোর করে চিন্তাটা মাথা থেকে ঝেড়ে ফেলার চেষ্টা করল। কিন্তু চিন্তাটা যেন স্প্রিং দেওয়া পুতুল, বারবার লাফিয়ে লাফিয়ে ফিরে আসছে।

একটা কুচকুচে কালো বিএমডব্লিউ নিঃশব্দে এসে দাঁড়িয়েছে ওর সামনে।

ড্রাইভার ইঞ্জিন বন্ধ করল না। ইঞ্জিনের একটা চাপা গর্জন শোনা যাচ্ছে।

জানলার কাচ কালো ফিল্ম দিয়ে ঢাকা। টিন্টেড গ্লাস। ভেতরটা দেখা যায় না।

গাড়িটার মধ্যেই কেমন যেন একটা অশুভ ব্যাপার আছে। দেখলেই গা ছমছম

করে।
এটাই কি সরব?
সারিকা এক পা এগলো। বুকের ভেতরটা ধড়ফড় করছে।
একদিকে ভয়, অন্যদিকে তীব্র আকাঙ্ক্ষা।
আস্তে আস্তে জানলার কালো কাচটা নামল। ভেতরে যে বসে আছে, তার মুখটা একবার দেখলে ভোলা মুশকিল। চিবুকে গভীর একটা কাটা দাগ। বীভৎস দেখতে। লোকটা হাসল। হাসিটা আরও ভয়ংকর।
লোকটা বলল, ম্যাডাম, আমি শোফার। স্যার গাড়ি পাঠালেন আপনাকে পিক-আপ করার জন্য।
সারিকা জিজ্ঞেস করতে যাচ্ছিল, তোমার স্যার কোথায়?
কিন্তু তার আগেই জিন্সের পকেটে ফোনটা আবার ভাইব্রেশন দিয়ে উঠল।
হঠাৎ এই ভাইব্রেশনে সারিকা ইলেকট্রিক শকের মতো কেঁপে উঠল।
কে ফোন করছে এই অসময়ে? স্ক্রিনে নামটা দেখে অবাক হলো।
এসিপি উদিত কাশ্যপ। ডিটেকটিভ ডিপার্টমেন্ট। এই পুলিশ কাকু তো সাইবার সেলেরও চার্জে। হঠাৎ কী দরকার পড়ল?
সারিকা ফোনটা ধরল, ইয়েস, মিস্টার কাশ্যপ।
ওপার থেকে উদিতের গলাটা কামানের গোলার মতো আছড়ে পড়ল ওর কানের ওপর, ম্যাডাম! আপনি কোথায়?
উদিতের গলায় স্পষ্ট উত্তেজনা অবাক করে দিল সারিকাকে, কেন মিস্টার কাশ্যপ? আমি আন্ধেরিতে। একটা বন্ধুর সঙ্গে দেখা করতে এসেছি।
- না ম্যাডাম! খবরদার নড়বেন না। ইউ হ্যাভ টু স্টে অ্যাট হোম। ইওর লাইফ ইজ অ্যাট রিস্ক।
উদিত থামল না, একনাগাড়ে বলে গেল, হ্যাঁ ম্যাডাম। আপনার ওই ব্ল্যাকমেলার বন্ধুটি ডায়ানা লামারকে খুন করেছে। খুনির পরের টার্গেট আপনি। আপনি আন্ধেরিতে আছেন তো? ওখানেই দাঁড়ান। নড়বেন না। এক্স্যাক্ট লোকেশনটা দিন। আশেপাশে কোনো ট্র্যাফিক পুলিশকে দেখতে পাচ্ছেন? থাকলে তাকে ফোনটা দিন—আমি ইনস্ট্রাকশন দিচ্ছি। প্লিজ কোথাও যাবেন না। আই রিপিট, স্টে দেয়ার! প্লিজ, ডোন্ট মুভ। আই এগেইন রিপিট, ইওর লাইফ ইজ অ্যাট রিস্ক ম্যাম।
উদিতের কথাগুলো শুনতে শুনতে সারিকার চোখ গেল গাড়ির ড্রাইভারের দিকে। ওই বীভৎস মুখ! ওই চিবুকের কাটা দাগ!
এর পরে যা ঘটল, তা প্রত্যাশিত।
গাড়ির দিকে এগনর বদলে পিছিয়ে যেতে থাকল সারিকা।

সারিকার ভয়ার্ত চিৎকারেই স্যামি বুঝতে পারল, ওর গেম ওভার।
পুলিশ শুধু জেনেই যায়নি, সারিকাকে সতর্ক করেও দিয়েছে। সারিকাকে ভিড়ের মধ্যে দৌড়তে দেখে, স্যামি আর এক মুহূর্তও সময় নষ্ট করল না। কালো বিএমডব্লিউটা দানবের মতো গর্জন করে, ট্রাফিকের তোয়াক্কা না করে, নিমেষের মধ্যে হারিয়ে গেল গাড়ির ভিড়ে।
গাড়িটাকে মিলিয়ে যেতে দেখে দাঁড়িয়ে পড়ল সারিকা।
দাঁড়িয়ে রইল মূর্তির মতো।
ওর হাত-পা ঠান্ডা হয়ে গেছে। পুলিশ না আসা পর্যন্ত ও ওখানেই দাঁড়িয়ে রইল।
পথচলতি বেশ কিছু মানুষ ওকে ঘিরে ধরে জানতে চাইছে, কী হয়েছে?
ওই মুখটা সারিকা জীবনে ভুলবে না। চিবুকে কাটা দাগওয়ালা লোকটাই কি ডায়ানাকে মেরেছে? খুনি কি গাড়ির ভেতরেই বসে ছিল?
উদিত কাশ্যপ লোকাল পুলিশকে ইনস্ট্রাকশন দিল সারিকাকে দ্রুত থানায় নিয়ে যাওয়ার জন্য।
ততক্ষণে মুম্বাইয়ের সব ট্রাফিক পোস্টে অ্যালার্ট চলে গেছে। একটা কালো বিএমডব্লিউকে খুঁজছে পুলিশ। গাড়িটা মাথুরাদাস ভাসানজি রোড দিয়ে নিউ নাগরদাস রোডের দিকে গেছিল।
কিন্তু তারপর? তারপর যেন জাদুর মতো হাওয়া হয়ে গেল। ভ্যানিশড ইনটু দ্য ব্লু! কোথাও কোনো চিহ্ন নেই। এমন কী হতে পারে?

চ্যাপ্টার থার্টিন

রবিবার, দুপুর ১২.৪৪, কলকাতা

বাইরে তখনও এক নাগাড়ে বৃষ্টি পড়ছে।
জ্যাকির দেওয়া ল্যাপটপটা বুট করে নিজের ছোট্ট চৌষট্টি জিবির পেনিট্রেশন ড্রাইভটা ইউএসবি পোর্টে গুঁজে দিল পিজি।
কেসটা নিয়ে ওর কৌতূহল বাড়ছে। প্রথমত, পুলিশ কেন জ্যাকি সেনের ওপর গোপনে নজরদারি চালাচ্ছে? কে চালাচ্ছে? মতিলাল মিস্ত্রি বা রাকেশ তো হতেই পারে না। তাহলে কি জ্যাকির ভাড়া করা অন্য লোক রয়েছে পুলিশের মধ্যে? সেটাও খুঁজে বের করা দরকার।
দ্বিতীয়ত, এই ল্যাপটপটা আসলে কার?
আর তৃতীয়ত, জ্যাকি কেন এত ডেসপারেট এই ল্যাপটপ থেকে একটা ভিডিও উদ্ধার করার জন্য? কী আছে সেই ভিডিওতে? কার ভিডিও ওটা? এটা বোঝা

যাচ্ছে, নিশ্চয়ই ওতে কেউ হারমোনিয়াম বাজিয়ে গান গায়নি। অত নিরামিষ নয় ব্যাপারটা।

পেনিট্রেশন ড্রাইভটা লাগাতে লাগাতে পিজি বিড়বিড় করল, যেন ও ডিভাইসটার সঙ্গে কথা বলছে, নিজের ডিউটি ভুলিস না কিন্তু। নতুন কাজের সঙ্গে মানিয়ে নে। এই ল্যাপটপের সব ইনপুট আর আউটপুট সোজা আমার বাড়ি পাঠিয়ে দে। এই বাচ্চাটাকে নিজের ফ্যামিলিতে অ্যাডপ্ট করে নে।

ল্যাপটপটা অন করতেই পিজির একটু খটকা লাগল।

মনে হলো, কেউ একজন আগেই এই বাচ্চাটাকে অন্য ফ্যামিলিতে দত্তক নিয়ে ফেলেছে! সোজা কথায়, এই ল্যাপটপটা আগেই হ্যাক হয়েছে! ল্যাপটপটা সিগন্যাল পাঠাচ্ছে অন্য কোথাও, অন্য কোনও মেশিনে। কোনো এক অদৃশ্য ভূত বা ঘোস্ট হ্যাকার প্রতিটি মুভমেন্ট মনিটর করছে, প্রতিটি কি-স্ট্রোক রিড করছে।

পিজি আগে ওটা চেক করল। সিস্টেম সফটওয়্যারের মধ্যে একটা অদ্ভুত প্রোগ্রাম বা ম্যালওয়্যার ঘাপটি মেরে বসে আছে।

কেউ একজন এটাকে ইনজেক্ট করেছে যাতে ল্যাপটপটার ওপর নজর রাখা যায়। পিজি যখনই ওটাকে কোয়ারেন্টাইন করতে গেল, প্রোগ্রামটা বিদ্রোহ করে বসল। অদ্ভুত আচরণ শুরু করল।

পিজি সোর্স কোডটা কপি করে নিল। ওটা পরে চেক করবে।

ল্যাপটপটা নিয়ে পিজির কৌতূহল আরও বাড়ল। কে এটার আসল মালিক? কোনো এক ঘোস্ট হ্যাকার এটা হ্যাক করে ভিডিওটা ডিলিট করে দিয়েছে, আর এখন জ্যাকি সেটাই ফেরত পেতে চাইছে।

কম্পিউটারে দু-ধরনের সফটওয়্যার থাকে—ইউজার সফটওয়্যার আর সিস্টেম সফটওয়্যার। সিস্টেম সফটওয়্যার জোনে প্রোগ্রাম ঢোকাতে গেলে সুপার-ইউজার হতে হয়।

কেউ একজন দূর থেকে সেই সুপার-ইউজার হয়ে বসে আছে। কে সে? আর কীভাবে করল?

পিজির মাথা দ্রুত কাজ করছে। ও অনেকক্ষণ ঢেঁকুর তুলতেই ভুলে গেছে। এটা ঠিক নয়। ঢেঁউ, ঢেঁউ করে দুটো ঢেঁকুর তুলে, ওয়্যাক করে গলা খাঁকরানি দিল পিজি। আড়চোখে একবার দেখে নিল জ্যাকি সেনের রিঅ্যাকশন।

নাঃ, মজা জমে গেছে।

আপাতত এই রোগ (Rogue) প্রোগ্রামটাকে ব্লক করতে হবে।

কিন্তু ব্লক করলেই ওই ক্র্যাকার বা হ্যাকার সতর্ক হয়ে যাবে। বুঝে যাবে, কেউ তার ডেরায় হানা দিয়েছে।

সে তখন পালানোর পথ খুঁজবে। তাই পিজিকে নতুন কিছু ভাবতে হবে। ব্লক করা যাবে না। তাহলে ভবিষ্যতে ট্রেস করা কঠিন হবে। পিজি ভাবল।
ও চটজলদি একটা ছোট শেল স্ক্রিপ্ট লিখল এবং সেটাকে ওই রোগ প্রোগ্রামের ফোল্ডারের ভেতর ঢুকিয়ে দিল। এটা পুরো সিস্টেম অ্যাক্টিভিটি মনিটর করবে আর রিপোর্ট পাঠাবে।
পাশাপাশি, পিজি আরেকটা কুইক প্রোগ্রাম লিখল যেটা ওই শয়তান প্রোগ্রামটাকে ব্যস্ত করে রাখবে, যাতে সে তার নির্ধারিত কাজ ঠিকমতো করতে না পারে।
সহজ কথায়: ও রোগ প্রোগ্রামটার সঙ্গে বন্ধুত্ব পাতিয়ে তাকে অন্য একটা ভুয়ো কাজে লাগিয়ে দিল। অনেকটা বাচ্চাকে খেলনা দিয়ে ভুলিয়ে রাখার মতো। নইলে ওই প্রোগ্রামটা পিজির কার্যকলাপ ধরে ফেলত।
এবার ও মেশিনটাকে নিজের হোম মেশিনের সঙ্গে কানেক্ট করতে পারে। ল্যাপটপটা পিজির বাড়ির 'পাওয়ার স্টেশন'-এ সিগন্যাল পাঠাতে শুরু করল। রিটার্ন সিগন্যালও এল।
ম্যাজিকের মতো সব কাজ করছে! সব ডেটা রিট্রিভ হচ্ছে এবং একই সঙ্গে পিজির বাড়ির সিস্টেমে ট্রান্সফার হয়ে যাচ্ছে।
খুব বেশি ডেটা নেই। কিছু ছবি আর একটা ভিডিও। কুড়ি মিনিটের বেশি লাগল না। আধঘণ্টার মধ্যে সব শেষ।
নতুন কিছু করার উত্তেজনাটা চলে যেতেই পিজি আবার ক্লান্তি অনুভব করল। বুড়ো মানুষের মতো একটা আলসেমি ভাব ফিরে এল তার শরীরে। ঢেঁউ ঢেঁউ করে তিনটে ঢেঁকুর তুলে আবার বিকট শব্দে গলা খাঁকরানি দিল পিজি।
তবে কৌতূহলটা গেল না। এই সুপার-রিচ লোকটার গোপন রহস্যটা কী? এদের জীবনে তো অনেক না-বলা গল্প থাকে। কাজের চাপে ও কিছুক্ষণ ঢেঁকুর তুলতে ভুলে গেছিল। এবার বেশ তৃপ্তি করে এবং যথেষ্ট শব্দ করে পরপর ঢেঁকুর তুলতে লাগল, যাতে যে কোনও ভদ্রস্থ লোক যথেষ্ট বিরক্ত হয়।
কাজ শেষ করে ও জ্যাকিকে বলল, অল ডান। আমরা সব ডেটা সাকসেসফুলি রিট্রিভ করেছি। তুই এখন ভিডিওটা দেখতে পারিস। এখনই দেখবি কি?
পিজি ঠিকই করে রেখেছে, তুই-তোকারি থেকে কিছুতেই ওপরে উঠবে না। ভিডিওটা দেখার জন্য ওর ভেতরটা ছুঁকছুঁক করছে। কিন্তু ওটা বাড়িতে না গেলে দেখা যাবে না।
প্রস্তাবটা শুনে জ্যাকি প্রায় আঁতকে উঠল, না, না! ইটস ওকে।
পিজি সাজেস্ট করল, আমি ওটা তোর মোবাইলে ট্রান্সফার করে দিতে পারি কিন্তু। বেটার ভিউয়িংয়ের জন্য। দেব?

হ্যাকারদের কমিউনিটিতে এটাকে বলে 'বুবি ট্র্যাপ'।
লোকটা সোজা ফাঁদে পা দিল। সে মাথা নেড়ে সম্মতি দিল এবং নিজের দামী স্মার্টফোনটা পিজির দিকে বাড়িয়ে দিল আরও একবার।
পিজি ফোনের ওয়াই-ফাই অন করল এবং একটা ছোট টেক্সট কোডের সাহায্যে একটা সেপারেট চ্যানেল তৈরি করল। এই কোডটা এখন থেকে ফিডব্যাক পাঠাবে পিজির সিস্টেমে। এখন থেকে জ্যাকির প্রতিটি কথোপকথন রেকর্ড হবে। সিক্রেট এজেন্ট আর স্পাইরা এই টেকনোলজি দেদার ব্যবহার করে। পিজি এই প্রোগ্রামটাকে আরও বেশি এজাইল আর ফাংশনাল বানিয়েছে। এখন পিজি চাইলে এই ফোনটা দিয়ে ছবিও তুলতে পারে। মোদ্দা কথা, জ্যাকির ফোন এখন পুরোপুরি পিজির কন্ট্রোলে।
সারা বিশ্বজুড়ে পিজির এমন অনেক 'অ্যাডপ্টেড চাইল্ড' বা হ্যাক করা ডিভাইস ছড়িয়ে আছে।
এগুলোকে বেনামে মেইনটেইন করার জন্য ওকে অনেক টাকা খরচ করে দেশের বাইরে ভিপিএন ব্যবহার করে ডেডিকেটেড ক্লাউড সার্ভার ভাড়া করতে হয়।
হ্যাকাররা এটাকে বলে 'এক্সপ্লয়ট'। টেকনোলজিকালি অ্যাডভান্সড দেশের স্পাইরা এখন এনক্রিপ্টেড টেক্সট মেসেজ পাঠিয়ে মোবাইলের অ্যাক্সিস নিয়ে নেয়, আর মালিক কিচ্ছু টের পায় না।
পিজি এই ব্যাকডোর সার্ভেল্যান্স টুলটাকে আরও সফিস্টিকেটেড আর পাওয়ারফুল করেছে। এতে আরও আর্টিফিশিয়াল ইন্টেলিজেন্স যোগ করেছে, যাতে ওর অটোমেটেড সিস্টেম সব সময় নম্বরগুলোর ওপর কড়া নজর রাখতে পারে।
পিজি নিজের ফোনটাকে জ্যাকির ফোনের সঙ্গে কানেক্ট করল। এখন থেকে জ্যাকির লোকেশন পিজির লোকেশন হিসেবে দেখাবে।
এতক্ষণ চুপ করে থাকার পর, পিজি প্রথমে একটা ঢেঁকুর তুলল, তারপর জ্যাকিকে ডাহা মিথ্যে কথা বলল, একটু সময় লাগছে কারণ ওটা ভিডিও ফাইল তো। জানিস তো, ভিডিও ফাইল অন্য ফাইলের চেয়ে একটু ভারী হয়।
জ্যাকি তার বিশাল চেয়ারে আড়ষ্ট হয়ে বসে আঙুল দিয়ে পেনসিল ঘোরাচ্ছিল।

পিজির কথা শুনে সে স্বস্তির নিঃশ্বাস ফেলল, যেন সে এমনটাই আশা করছিল। বলল, নো প্রবলেম। টেক ইওর টাইম।
জ্যাকি যদি ঘুণাক্ষরেও টের পেত যে পিজি ভিডিওটা কপি করে নিয়েছে এবং তার ফোনে আড়ি পাতার ব্যবস্থা করে ফেলেছে, তাহলে সে এতক্ষণে লাফিয়ে

উঠে ছুটত।
হয়তো হাতের কাছে যা পেত তাই দিয়ে পিজিকে মারতে আসত। তবে পিজি একটু সময় নিল কারণ আরও একটা 'বিটার ট্রুথ' বা তেতো-সত্যি জ্যাকির জন্য অপেক্ষা করছে। খবরটা দেওয়ার সময় এসেছে।
পিজি খুব উদাসীনভাবে ঘোষণা করল, বাট দেয়ার ইজ এ প্রবলেম। ভিডিওটা কেউ আগেই অন্য কাউকে ইমেল করে দিয়েছে।
পিজির এই ঘোষণায় মুহূর্তের মধ্যে যেন নরক ভেঙে পড়ল জ্যাকির মাথায়! অল হেল ব্রোক লুজ!

চ্যাপ্টার ফোরটিন

রবিবার, দুপুর ১.০৫, কলকাতা

হোয়াট?
জ্যাকির মনে হলো কেউ যেন তার ডেথ ওয়ারেন্ট পড়ে শোনাল। তার লম্বাটে, ধূর্ত শেয়ালের মতো মুখটা নিমেষের মধ্যে রক্তশূন্য, কালো, কুচকুচে চোখ দুটো আতঙ্কে স্থির।
জ্যাকি কোমরে হাত দিয়ে দাঁড়িয়ে রইল। নড়ার ক্ষমতা নেই।
বিশ্বাস করতে পারছে না যেন, তার মানে... আপনি বলতে চাইছেন থার্ড পার্টি কেউ ওটা পেয়েছে?
বিরক্তি আর উত্তেজনায় তার মুখটা এখন দেখার মতো।
পিজি দৃশ্যটা তারিয়ে তারিয়ে উপভোগ করল। সে আবার একটা বিকট শব্দে ঢেঁকুর তুলল এবং আড়চোখে জ্যাকির দিকে তাকাল, হ্যাঁ, আমি জাস্ট রেকর্ড চেক করে দেখলাম। এই ল্যাপটপ থেকে কেউ একজন ভিডিওটা একটা ইমেল অ্যাড্রেসে সেন্ড করেছে।
- আপনি কি সেই কপিটা রিট্রিভ করতে পারবেন? জ্যাকির গলায় অসহায়তা। মনে হচ্ছে কেউ যেন তার হাত বেঁধে প্যান্ট খুলে দিয়েছে ভরা বাজারে। পিজি খকখক করে খানিকটা কেশে, গলা খাঁকরি দিয়ে বলল, দ্যাখ ভাই, ইমেল তো ক্র্যাক করা যায়। মেশিন আর আইপি অ্যাড্রেসও ট্রেস করা সম্ভব। কিন্তু তারপর ওই সিস্টেমগুলো ফিজিক্যালি ডেস্ট্রয় করতে হবে... কিন্তু বাবা, ... পিজি ইচ্ছে করেই বাক্যটা অসমাপ্ত রাখল।
জ্যাকিকে আরও চাপে ফেলার জন্য। চুপ করে থাকার শেষে সে আবার একটা হাই-পিচ ঢেঁকুর তুলল এবং কৃত্রিম বিষণ্ণ গলায় বলল, তুই তো ভাল করেই

জানিস, আমাদের দেশে এটা হাইলি ইলিগাল এবং পানিশেবল অফেন্স।
- আমি জানি মিস্টার পিজি। কিন্তু আমার রেপুটেশন স্টেক-এ। প্লিজ, প্লিজ, হেল্প মি! আই উইল গিভ ইউ হোয়াটএভার অ্যামাউন্ট ইউ ওয়ান্ট।
জ্যাকি রীতিমতো অনুনয়-বিনয় করছে দেখে পিজি বেশ মজা পেল।
একটু সময় নিয়ে বলল, কিন্তু ইমেল হ্যাক করা সব সময়ই রিস্কি। সাইবার ক্রাইম ডিপার্টমেন্ট ধরে ফেলতে পারে। আইপিসিতে এটা কিন্তু বড়সড় অফেন্স।
পিজি লম্বা লেকচার দিতে শুরু করল। আসল উদ্দেশ্য টাকার অঙ্কটা যথাসম্ভব বাড়ানো।
কত চাওয়া যায়? দেখা যাক।
জ্যাকি হাত কচলে বলল, আমি জানি আপনি ম্যানেজ করে নিতে পারবেন। প্লিজ করুন, টাকা নিয়ে ভাববেন না। আমি আপনাকে ব্ল্যাঙ্ক চেক দেব।
জ্যাকির ঠোঁট শুকিয়ে আসছে। সে জিভ দিয়ে ঠোঁট ভেজাল।
পিজি মূর্তির মতো হাত তুলল, কিছুক্ষণ পজ নিল, তারপর আবার একটা ঢেঁকুর তুলে হাত নামাল, আমি কি একটু তোর টয়লেটটা ব্যবহার করতে পারি? বয়স হচ্ছে তো, বারবার সুসু পায়।
অফিসের এই ফ্লোরে একটাই প্রাইভেট টয়লেট, যেটা শুধু জ্যাকি নয়, তনুজার মত মহিলা কর্মীরাও ব্যবহার করে। সে সঙ্গে সঙ্গে বলল, ওহ, শিওর। এই দিকে।
পিজি জ্যাকির প্রাইভেট লু-তে ঢুকল। ছোট্ট একটা ডিভাইস দিয়ে চেক করল কমোডের ভেতর কোনও লুকনো ওয়েবক্যাম আছে কি না।
আছে! পিজি ঠিকই আন্দাজ করেছিল।
প্যান বা কমোডের ঠিক ভেতরে ফিট করা। যাতে তনুজাদের অ্যাসেট দেখা যায়!
ছি, ছি। কী অসভ্য লোকরে বাবা।
তোমার মতো পারভার্ট আমি জীবনে দেখিনি, পিজি বিড়বিড় করল। সে ক্যামেরাটা ডিঅ্যাক্টিভেট করে দিল নিজের ডিভাইস দিয়ে। এমন অন্যায় চলতে দেওয়া যায় না।
তারপর দেওয়ালের গায়ে যত্রতত্র মূত্রত্যাগ করতে শুরু করল। একটা দেওয়ালে নয়, ঘুরে ঘুরে চারটে দেওয়ালে ছড়িয়ে ছিটিয়ে মাইনাস করল পিজি।
কাজ শেষ করার পর পিজি তৃপ্তির হাসি হাসল, আমার অফিশিয়াল প্রোটেস্ট রেজিস্টার করলাম।

বেরিয়ে আসার সময় সে আবার একটা ঢেঁকুর তুলল এবং জ্যাকিকে বলল, নাইস টয়লেট, মিস্টার সেন।
জ্যাকি শুকনো হাসল, আশা করি আপনি ইমেলটা ডিলিট করবেন।
পিজি বলল, দ্যাখ এমনভাবে কাজটা করতে হবে, যাতে কেউ তোর অ্যাড্রেস ট্রেস করতে না পারে। কিন্তু তোকে সতর্ক করা আমার কাজ। তাছাড়া এটা বেশ কস্টলি অ্যাফেয়ার। আমি ক্যাশ প্রেফার করি না। তুই কি এত টাকা ইনস্ট্যান্টলি আমার অ্যাকাউন্টে ট্রান্সফার করতে পারবি?
পিজি এমনভাবে বলল যেন টাকার প্রতি তার কোনো লোভই নেই।
- কত লাগবে? বলুন, আমি ব্যবস্থা করছি। জ্যাকি এখন যা বলবে তাই করতে রাজি।
- এই সব ইলিগাল কাজের জন্য আমি কুড়ি লাখ নিই। ক্লায়েন্টের খাতিরে মাঝেমধ্যে করতেই হয় আর কী।
ঢেঁউ, ঢেঁউ। পিজি আবার ঢেঁকুর তুলল।
কুড়ি লাখ! জ্যাকি আবার জিভ দিয়ে ঠোঁট চাটল। ওকে, আমি অ্যারেঞ্জ করছি। প্লিজ করুন। কিন্তু আমি শিওর হবো কী করে?
জ্যাকি দ্বিধায় আছে। ভয় পাচ্ছে পিজি যদি মত বদলে ফেলে।
পিজি বলল, তুই নিজের কম্পিউটারে বসেই ওই ইমেল অ্যাকাউন্টটা দেখতে পাবি। সব ইমেল পড়তে পারবি, যা খুশি ডাউনলোড করতে পারবি। ওটা এখন থেকে পুরোপুরি তোর কন্ট্রোলে চলে আসবে।
পিজি হাসল।
- তাহলে আপনি কি সব মেটেরিয়াল ডাউনলোড করে দেবেন?
জ্যাকির প্রশ্নে পিজি একটু চিন্তিত ভাব দেখাল, ডেটার ভল্যুমের ওপর ডিপেন্ড করে। সময় লাগবে। তবে হ্যাঁ, করা যাবে।
- তাহলে প্লিজ ওটাও করে দিন। জ্যাকি চাপাচাপি করল।
- তার জন্য কিন্তু আরও দশ লাখ লাগবে। কারণ ওটা সেকেন্ড অফেন্স। এবার জ্যাকি একটু ভাবনায় পড়ল। দুবার ভেবে বলল, ঠিক আছে, আপনি শুধু ওই ভিডিওটাই ডিলিট করে দিন।
পিজি কাঁধ ঝাঁকাল, নো প্রবলেম, অ্যাজ ইউ সে। আমি তোর কম্পিউটারটাই ইউজ করব। ইন্টারনেটের স্পিডটা ফাস্ট হবে।
- ওহ ইয়েস। প্লিজ এখানে বসুন। জ্যাকি উঠে দাঁড়িয়ে পিজিকে নিজের চেয়ার ছেড়ে দিল।
পিজি জ্যাকির কম্পিউটারের দখল নিল। প্রথমেই সে টয়লেটের ওয়েবক্যাম কানেকশনটা খুঁজে বের করে পারমানেন্টলি ডিঅ্যাক্টিভেট করে দিল।

অ্যাসেম্বলি ল্যাঙ্গুয়েজে একটা কোড লিখে হার্ডওয়্যার কন্ট্রোলটা এমনভাবে সেট করল যে পরের বার জ্যাকি সফটওয়্যারটা রান করাতে চাইলে যাতে টয়লেটের প্যানের ভেতর থেকে বিকট আওয়াজ হয়!

এরপর কোনও লেডি গেস্ট টয়লেট ব্যবহার করতে গেলেই জ্যাকি যেই ওয়েবক্যাম চালু করবে, বিকট শব্দে ওয়েবক্যাম ফেটে যাবে শর্ট-সার্কিট হয়ে। যদিও এটা মজার ব্যাপার নয়। এই পারভার্টটার খবর মতিলালকে দিতে হবে। ওই হচ্ছে উপযুক্ত লোক একে শাস্তি দেওয়ার জন্য।

উল্টো করে ঝুলিয়ে চাবকাবে জ্যাকিকে। দৃশ্যটা কল্পনা করেই বেশ তৃপ্তি পেল পিজি।

এরপর সে ইমেলটা হ্যাক করল এবং জ্যাকির কম্পিউটারে ক্লোন করে নিল। সে আগেই ঠিক করে রেখেছে, ভিডিওটা যেমন আছে তেমনই থাকবে এবং সার্কুলেট হবে।

কিন্তু জ্যাকি বুঝতেই পারবে না আসলে কী ঘটছে। ক্লোন করা ইমেল অ্যাকাউন্টটা ততক্ষণই থাকবে যতক্ষণ পিজি চাইবে।

প্রথমত, জ্যাকির কৌতূহল মেটানো, দ্বিতীয়ত, ইমেল অ্যাকাউন্টটা আসলে কার সেটা জানা, আর তৃতীয়ত, টাকা।

ইমেল অ্যাকাউন্টটা সাইন আপ করা হয়েছিল 'তারা সেন' নামে। কে এই মহিলা? সে কি জ্যাকিকে ব্ল্যাকমেল করার প্ল্যান করছে?

নাকি তার হয়ে অন্য কেউ কাজ করছে? যাই হোক, জ্যাকি সেনের ভবিষ্যৎ যে এখন বড়সড় প্রশ্নচিহ্নের মুখে, তাতে কোনো সন্দেহ নেই।

ভিডিওটাতে নিশ্চয়ই এমন কিছু আছে যা জ্যাকিকে এতটা ডেসপারেট করে তুলেছে।

বাড়িতে গিয়ে যতক্ষণ না ভিডিওটা দেখতে পাচ্ছে, পিজির ঠিক শান্তি হচ্ছে না।

চ্যাপ্টার ফিফটিন

রবিবার, দুপুর ১.১৫, কলকাতা

পিজি এখন বাড়ি ফেরার জন্য ছটফট করছে।

এটা ঠিকই যে ভিডিওটা দেখার জন্য ওর তর সইছে না।

কী আছে ওই ভিডিওতে? কে এই তারা সেন? তার নাম শুনে জ্যাকি এত রেগে গেল কেন? জ্যাকির সঙ্গে এই মহিলার সম্পর্কটাই বা কী? আর এই গ্রাস

লোকটাই বা কে? কে তার ল্যাপটপ হ্যাক করে সব ডেটা মুছে দিল? আর মুছে দেওয়ার আগে ভিডিওটা তারা সেনের ইমেলে পাঠিয়ে দিল কেন?

পুরো ব্যাপারটা একটা গোলকধাঁধার মতো।

জ্যাকি সেনের মনটা যে পারভার্টেড বা বিকৃত, তাতে কোনো সন্দেহ নেই। আর সেই সুযোগটাই কেউ নিয়েছে।

জ্যাকি সেন ফাঁদে পা দিয়েছে। তাও এক-দু পায়ে নয়, পাঁচ-পায়ে।

এখন সে মরিয়া হয়ে চেষ্টা করছে নিজের রেপুটেশন বাঁচাতে। যদিও পিজির ধারণা, জ্যাকির রেপুটেশন বলে বাজারে খুব একটা কিছু আর অবশিষ্ট নেই। যেটুকু আছে, সেটুকুও যাতে ধুলোয় না মিশে যায়, তার জন্যই এত লম্ফঝম্ফ। যে কোনও মূল্যে সমাধান খুঁজতে গিয়ে এই তাড়াহুড়োয় জ্যাকি একটা আসল পয়েন্ট মিস করে যাচ্ছে।

তার এই অসুস্থ, বিকৃত মনের কোনো সমাধান নেই।

টয়লেটের প্যানের ভেতর স্পাই ক্যামেরা বসিয়ে মেয়েদের প্রাকৃতিক কর্ম দেখা—এটা কোনও সুস্থ মানুষের কাজ হতে পারে না।

অথচ এই বাজে কাজের জন্য সে ব্যবহার করছে একটা হাই-এন্ড দামী ডেল কম্পিউটার! কী আয়রনি!

জ্যাকি এমন একটা ল্যাপটপ রিকভার করতে দিয়েছিল, পিজি তা ভাল করে পরীক্ষা করে দেখেছে, ওই ল্যাপটপটা শুধু পর্নোগ্রাফি দেখার জন্যই ব্যবহার করা হতো।

যে কোনও ভাল আবিষ্কার কখনও খারাপ মানুষের হাতে পড়া উচিত নয়। কিন্তু কে এটা ঠিক করবে?

এই ভিডিওটা, এর ভেতরে যা-ই থাকুক না কেন, সেটা এই অদ্ভুত সাইকোলজিক্যাল ডিজঅর্ডারেরই একটা বাই-প্রোডাক্ট।

পিজির এতে কোনও সন্দেহ নেই যে কোনও এক ক্র্যাকার জ্যাকিকে ব্ল্যাকমেল করতে চায়। ফাঁদ পেতে জ্যাকিকে সে মাটিতে পেড়ে ফেলেছে। যে ভিডিওর জন্য জ্যাকি এত হাঁকপাঁক করছে, সেই ভিডিওটাও এখন তার কাছে।

সম্ভবত জ্যাকির মোবাইলেও তার ফাঁদ পেতে রেখেছে। তবে এসবে পিজির কিছু যায় আসে না, কারণ, ও আর জ্যাকি সেনের মুখ দর্শন করতে চায় না।

একদিনে মোট চল্লিশ লাখ টাকা রোজগার হয়েছে। সেটাই বড় কথা। এবং সেটাও জ্যাকির মত একটা পারভার্টকে এক্সপ্লয়েট করে।

অনেক পূণ্য অর্জন হয়েছে একদিনের পক্ষে। এবার বাড়ি ফিরে বাকি কাজ সারা যেতে পারে।

পিজি এখন বাজি ধরে বলতে পারে, ওই ক্র্যাকার মাসের পর মাস ধরে জ্যাকির

ওপর নজর রেখেছে।
তার প্রতিটি গতিবিধি, প্রতিটি বিকৃত অভ্যেস সম্পর্কে তথ্য জোগাড় করেছে। তারপর গ্রাসের সঙ্গে একটা ডিল করেছে, জ্যাকিকে জড়িয়ে কোনো সিক্রেট ভিডিও বানিয়েছে এবং শেষে নিজের সব পায়ের ছাপ মুছে ফেলার চেষ্টা করেছে।
সন্দেহ নেই, হ্যাকার তার কাজটা ভালোই জানে। সে এই ল্যাপটপের ভেতর নিজের ডিম পেড়ে রেখেছিল, একটা ফাঁদ পেতে রেখেছিল যাতে যে কেউ মেশিনটা অন করলেই ধরা পড়ে যায়।
পিজি মনে মনে সেই ক্র্যাকারকে তারিফ না করে পারল না। লোকটা যেখানেই বসে এইসব অরগানাইজ করে থাকুক না কেন, লোকটা নিজের কাজ জানে।
দুঃখ একটাই - এমন প্রতিভা খারাপ কাজে লাগাচ্ছে।
তবে খেলাটা কিন্তু জমে উঠেছে।
এরকম বিপজ্জনক খেলা না খেলতে পারলে আর জীবনের মজাটা কী রইল?

চ্যাপ্টার সিক্সটিন

রবিবার, দুপুর ১.১৫, মুম্বাই

চিবুকে কাটা দাগ, কুতকুতে দুটো চোখ, কেমন হিংস্র চাউনি, সবই এবার একে একে মনে পড়ে যাচ্ছে সারিকার।
কুৎসিত লোকটা তাকে প্রায় মেরেই ফেলেছিল! আর একটু দেরি হলেই ও লোকটার গাড়িতে উঠে বসত। তারপর?
ভাবলেই শিরদাঁড়া বেয়ে হাড় হিম করা ঠাণ্ডা স্রোত নেমে যাচ্ছে সারিকার। পুলিশ বলছে, এই লোকটাই নাকি কয়েক ঘণ্টা আগে ডায়ানাকে খুন করেছে। এই সেই ব্ল্যাকমেলার। সরব মেহতা নামটা একটা ভাঁওতা ছাড়া আর কিছু নয়। ওপরে ছিল প্রস্থেটিক মেকআপের আড়াল, যার সুযোগ নিয়ে লোকটা এতদিন ধোঁকা দিয়ে এসেছে। কিন্তু ওই মিসাইল? যেটা কিনা সারিকার দু-পায়ের ফাঁকে বিস্ফোরণ ঘটাত? সেটা তো আর নকল নয়।
কতবার ওটাকে চোখের জলে ধুইয়ে দিয়েছে সারিকা। স্রেফ আনন্দে পাগল হয়েই ও কেঁদে ভাসাত।
ডায়ানা লোকটার আসল মুখ দেখে ফেলেছিল, তাই ওকে মরতে হলো।
সারিকাও একঝলক দেখেছে। কিন্তু ওর মন জুড়ে চলছে এক অন্য ধরনের অস্থিরতা। সেটা ও কীভাবে বোঝাবে? এই লোকটা তো ওকে কতবার হোটেলে

নিয়ে গেছে, আর সেখানে নিশ্চিন্তে সারিকা ঘোড়ায় চড়েছে। মনের সুখে টগবগিয়ে ঘোড়া ছুটিয়েছে।
সারিকাকে এখন ঘিরে আছে একগাদা পুলিশ অফিসার। ওরা ঠিক সময়ে পৌঁছেছিল বলেই রক্ষে। একেই বলে নিছক লাক।
ইনভেস্টিগেটিং টিমের লিডার মিস্টার উদিত কাশ্যপ নিজেই দাঁড়িয়ে আছেন ওর পাশে। সারিকা বারবার তাঁকে ধন্যবাদ দিল। কিন্তু মনের ভেতর অন্যমনস্ক ভাবটা কাটছে কই?
পুলিশ যতবার লোকটার মুখের ডিটেল জানতে চাইছে, এমনকী একজন শিল্পীকেও ডেকে আনার তোড়জোর চলছে যাতে খুনীর মুখের স্কেচ করা যেতে পারে।
কিন্তু সারিকার মনে বারবার সেই মুখ ছাপিয়ে ভেসে আসছে একটা মিসাইল। কী ভয়ঙ্কর সুন্দর সেই অনুভূতি। এত পুলিশ না থাকলে সারিকা তার মোবাইলের ভাইব্রেটরটাই ব্যবহার করে দ্রুত কাজ সেরে নিত।
উদিত ওর বাবাকে ফোন করেছেন। কিন্তু সারিকার মনের ভেতর চলছে অন্য তোলপাড়। ও কি আর ওই মুখটা মনে করতে পারবে? চান্সটা কি চিরকালের জন্য মিস হয়ে গেল? সারিকা দীর্ঘশ্বাস ফেলল।
পুলিশ ভাবছে মেয়েটা ভয়ে বোধহয় কাঁটা হয়ে আছে। মৃত্যুর ভয় তো আছেই। কিন্তু বান্দ্রায় পৌঁছনোর পর, যখন ও সরব মেহতার জন্য অপেক্ষা করছিল, তখন ওর শরীরের ভেতর যে অদ্ভুত হাহাকার তৈরি হয়েছিল তা কে মেটাবে? মৃত্যুর ভয় এখন সেই হাহাকারকে আরও ডেসপারেট করে তুলেছে। ও ভীষণ 'হর্নি' ফিল করছে। বারবার ও পায়ের ওপর পা তুলে বসছে, আবার নামিয়ে নিচ্ছে। পুলিশ সামনে না থাকলে ও হয়তো অন্য কিছু করত। পুলিশ ওর মোবাইল সিজ করে নিয়েছে। কী বলছে নাকি ফরেনসিক টেস্ট হবে।
সারিকা বলল, প্লিজ, এখন আমাকে একটু বাড়ি যেতে দিন। ভীষন টায়ার্ড লাগছে। আমি না হয় পরে একদিন আসব।
উদিত বললেন, ওকে ম্যাম, আমরা আপনাকে ছেড়ে দেব। ডোন্ট ওরি। টেক রেস্ট। আশা করি আপনি সিচুয়েশনটা বুঝতে পারছেন। সরব মেহতা বলে কেউ ছিল না। লোকটা সোশ্যাল ইঞ্জিনিয়ারিং ব্যবহার করেছে। আপনাকে ধোঁকা দেওয়ার জন্য ও একটা কাল্পনিক চরিত্র তৈরি করেছিল।
সারিকা জিজ্ঞেস করল, ওর আসল নাম কী?
উদিত কাঁধ ঝাঁকালেন, আমরা জানি না ম্যাডাম। কেউ জানে কি না সন্দেহ। তবে খুঁজে বের করব। আমাদের সাইবার টিম যুদ্ধকালীন তৎপরতায় কাজ করছে।

সারিকার কৌতূহল তখনও যায়নি, আপনি ওকে ইঞ্জিনিয়ার বললেন?
উদিত বলল, হ্যাঁ, সোশ্যাল ইঞ্জিনিয়ার। এরা এক ধরনের হ্যাকার যারা মানুষকে ধোঁকা দেয়। এরা সাইবার ক্রিমিনাল। এরা কম্পিউটার হ্যাক করে, টাকা সরায়, বা আপনার মতো মানুষের প্রাইভেট ইনফরমেশন জোগাড় করে ব্ল্যাকমেল করে। আপনাকে টার্গেট করার আগে ও আপনার এবং আপনার ফ্যামিলির সব তথ্য জোগাড় করে নিয়েছিল।
সারিকা মনে মনে খিঁচিয়ে উঠে বলল, বেশ করেছে। ও যে আনন্দ দিয়েছে, তার তুলনা কোথায়? তোরা কেউ সেটা দিতে পারবি?
সারিকা আর শুনছে না। ওর মন পড়ে আছে সেই বিশেষ মুহূর্তগুলোতে। ও মনে মনে সেই ইন্টিমেট দৃশ্যগুলো রিক্রিয়েট করার চেষ্টা করছে।
পুলিশ কমিশনার নিজে এসেছেন। তিনি বারবার আশ্বাস দিচ্ছেন, চিন্তা করবেন না। ওকে ধরাটাই আমাদের প্রায়োরিটি।
ওই আশ্বাসে সারিকার হার্টবিট একটুও বাড়ল না। ও শুধু একটা কথাই ভাবছে, আমার প্রিয় খেলনাটা কি আমি আর ফেরত পাব না?
চোখে জল চলে এল সারিকার। পুলিশ ভাবল মেয়েটা ট্রমায় আছে। কিন্তু আসলে ওই খেলনাটা হারানো সারিকার কাছে যে মৃত্যুদণ্ডের সমান, সেটা এই হাঁদা কমিশনার কোনওদিন বুঝবে কি?
সবথেকে বড় কথা, সেটা ও মুখ ফুটে কাউকে বলবে কী করে?
ছয়জন পুলিশ অফিসার নিজেদের মধ্যে নিচু গলায় কথা বলছে। তাদের প্রধান চিন্তার বিষয় এখন ওই কালো বিএমডব্লিউ।
সিসিটিভি ফুটেজে শেষ দেখা গেছে নিউ নাগরদাস রোডের দিকে যাচ্ছে। তারপর হয়তো বাঁ-দিক নিয়েছে। রেল লাইন ক্রস করে স্বামী বিবেকানন্দ রোডে পড়তে পারে।
অথবা ডানদিক নিয়ে এইচ এফ সোসাইটি রোডেও যেতে পারে। কিন্তু মুশকিল হলো, ওই সময় ওই পুরো এলাকার সব ট্রাফিক সার্ভেল্যান্স ক্যামেরা বন্ধ হয়ে গিয়েছিল।
নাকি বন্ধ করে দেওয়া হয়েছিল?
পুলিশ পুরো ক্লু-লেস। ট্রাফিক আইজি মিস্টার নালগোন্ডা কমিশনারকে বোঝাচ্ছেন, স্যার, এটা ভাবাই যায় না। ওই পার্টিকুলার সময়ে পুরো রিজিয়নের সিসিটিভি ব্ল্যাক আউট হয়ে গেছিল। এমন কখনও হয়নি আগে। ওই হ্যাকারটাই নিশ্চয়ই কিছু একটা করেছে।
কমিশনার শেষমেশ রায় দিলেন, উদিত, তোমার সাইবার ক্রাইম ডিপার্টমেন্ট এখনও কোনো পজিটিভ ফিডব্যাক দিতে পারেনি। এতক্ষণে লোকটাকে

লোকেট করা উচিত ছিল।
উদিত মাথা নাড়লেন, ইয়েস স্যার। সাধারণত আমরা পারি। কিন্তু এই লোকটা ভীষণ স্কিলড। এতক্ষণে ও নিশ্চয়ই অন্য কোনো ছদ্মবেশ ধরে শহর ছেড়ে পালিয়েছে।
কমিশনার চিন্তিত মুখে বললেন, ডেঞ্জারাস প্রপোজিশন। তুমি কী মনে করো, কী করা উচিত?
- স্যার, আমাদের একজন ভালো হ্যাকার হায়ার করা দরকার। একজন ড্যাম গুড হ্যাকার, যে এই শয়তানটাকে ধরতে পারবে। কাঁটা দিয়েই কাঁটা তুলতে হবে।
- কিন্তু সেই কাঁটা পাবে কোথায়? কমিশনারের গলায় কৌতূহল।
উদিত বললেন, আমার বন্ধু, কলকাতা পুলিশের এসিপি রাকেশের ভালো কানেকশন আছে। ও এমন একজনকে চেনে যে সবসময় আড়ালে থাকে, অ্যাননিমাস। আমি রাকেশকে ফোন করছি।
- ডু ইট নাও। আমাদের হাতে সময় নেই। কমিশনার বললেন, ওদের চিফ ডিটেকটিভ মতিলাল মিস্ত্রিকে চিনি। আমি না হয় ওর সঙ্গেও কথা বলে নিচ্ছি, যাতে কোনও ভুল বোঝাবুঝি না হয়। তুমি রাকেশকে ফোন লাগাও।
উদিত মাথা নাড়ল, তাহলে তো খুবই ভাল হয় স্যার।
মুম্বাই পুলিশ হেডকোয়ার্টার ছাড়ার আগে সারিকা অনেকগুলো নতুন শব্দ শিখল—সোশ্যাল ইঞ্জিনিয়ারিং, হ্যাকার, বটনেট, ডিসেপশন, সাইবার ক্রাইম। কিন্তু কিছুই ওর মাথায় ঢোকেনি।
বাড়ি ফিরে নিজের ঘরের দরজা লক করেই বিছানায় ঝাঁপ দিল সারিকা। বালিশের তলা থেকে বের করল তার ফেবারিট সেক্স টয়।
দেখা যাক ওই কালো কিম্ভুতকিমাকার মিসাইলটাকে এই খেলনাটা ভোলাতে পারে কিনা?

চ্যাপ্টার সেভেন্টিন

রবিবার, দুপুর ১.৩৫, কলকাতা

লোভে পাপ, পাপে মৃত্যু। প্রবাদটা পিজির ভালোই জানা আছে।
তাই জ্যাকি সেনের অফার করা লিমুজিনে চড়ে বাড়ি ফেরার শখ ওর হয়নি। ওটা ফাঁদ হতে পারে।
তাছাড়া কী দরকার?

এখন ওর পকেটে যথেষ্ট ক্যাশ।
নিজেই একটা ট্যাক্সি ভাড়া করে নিতে পারবে।
জ্যাকির অফিস থেকে বেরিয়ে রাস্তায় নামতেই দেখল তুমুল বৃষ্টি।
এই বৃষ্টিত ট্যাক্সি? নৈব নৈব চ!
কলকাতায় এমন বদখত ওয়েদারে ট্যাক্সি পাওয়া আর ভগবানের দেখা পাওয়া একই ব্যাপার।
বৃষ্টিটার প্যাটার্ন খেয়াল করলে অবশ্য বোঝা যায়, সেটা একনাগাড়ে হচ্ছে না। থামছে, জিরিয়ে নিচ্ছে, আবার ঝাঁপিয়ে পড়ছে।
শহরটার চেহারা পাল্টে গিয়ে কেমন যেন ফ্যাকাশে, মরাটে হয়ে গেছে। মর্বিড।

বাড়িগুলোকে মনে হচ্ছে এক-একটা মর্গ। ভেতরের মানুষগুলো সব মৃতদেহ। আকাশের দিকে তাকালে কোনো আশা নেই, শুধুই কালো মেঘের সারি আর আরও এক পশলা বৃষ্টির হুমকি।
ঝিরঝির, এলোমেলো বৃষ্টির মধ্যে হাঁটতে হাঁটতে বাস-স্টপ লক্ষ্য করে এগোচ্ছিল পিজি।
পুরো ব্যাপারটা নিয়ে ও ভাবছিল। এক্স-কমান্ডো বিক্রম—ওরফে ভিকি—ছাড়া এই পৃথিবীতে আর কেউ জানে না পিজির আসল ডেরা কোথায়।
হ্যাকার কমিউনিটির পয়লা নম্বর রুল: অলওয়েজ স্টে অ্যাননিমাস। ছায়ায় থাকো।
বাকি দুনিয়ার জন্য ওর একটা আনট্রেসেবল ফোন নম্বর আছে বটে। সকালে জ্যাকি ওই নম্বরেই ফোন করেছিল।
কেউ যদি জিপিএস দিয়ে ওই নম্বর ট্র্যাক করে পিজিকে লোকেট করতে চায়, তাহলে দেখাবে ও এখন পৃথিবীর উল্টো দিকে বসে আছে। অ্যান্টার্কটিকা বা সাহারা মরুভূমিতে।
স্মার্টফোনটা ও সেভাবেই প্রোগ্রাম করে রেখেছে। এই ফোনটা শুধু কথা বলার যন্ত্র নয়। এটা একটা চলমান ল্যাবরেটরি।
এটা একটা নির্দিষ্ট রেঞ্জের মধ্যে যেকোনো ট্র্যাকিং ডিভাইস ডিটেক্ট করতে পারে। আবার যে নম্বরে ও নিজের 'ডিম' পেড়ে এসেছে, সেই নম্বরের সব কথাও শুনতে পারে।
জ্যাকির অফিস থেকে বেরোনোর ঠিক আগেই পিজি জ্যাকির ফোন হ্যাক করে একটা স্পেশাল সফটওয়্যার ইনস্টল করে এসেছিল। এখন জ্যাকির নম্বর থেকে সিগন্যাল আসছে ওর ফোনে।
পিজি ইয়ারপিসটা কানে গুঁজে দিল। দেখা যাক শুয়োরটা কী বলছে।

জ্যাকি কোনও মেয়ের সঙ্গে কথা বলছে।
পিজিকে নিয়ে কথা বলাটাই স্বাভাবিক।
কিন্তু জ্যাকি মেয়েটাকে যা অর্ডার দিল, সেটা শুনে পিজির কান খাড়া হয়ে গেল। জ্যাকি বলছে, ওকে খুঁজে পেয়েছ? ওই সাদা চুলো, ভুঁড়িওয়ালা রাসকেলটাকে?
মেয়েটা উত্তর দিল, ইয়েস স্যার। আমি দেখতে পাচ্ছি। এইমাত্র ক্যামাক স্ট্রিট ক্রস করল।
জ্যাকি বলল, গুড, টেট। ফলো হিম। আমার ওই হারামজাদাটার অ্যাড্রেস চাই। ও আমার বাথরুমটাকে যেভাবে ময়লা করে দিয়ে গেছে, ঠিক সেভাবেই ওকেও কয়লা বানাব আমি।
- নো প্রবলেম স্যার। আমি ফিরে এসে আপনাকে রিপোর্ট করব।
পিজি লাইনটা ডিসকানেক্ট করে দিল।
আর শোনার দরকার নেই। ওর অনেক কাজ বাকি। তবে 'ভুঁড়িওয়ালা রাসকেল' শুনে ওর ইগোতে লাগল। জ্যাকির কাছ থেকে আরও কিছু টাকা খসানো উচিত ছিল।
পিজি মনে মনে হাসল। জ্যাকি নিশ্চয়ই এখন রাগে ফুঁসছে। এক ঝটকায় অনেকটা টাকা বেরিয়ে গেছে তো!
পিজি হাঁটার গতি কমিয়ে দিল। এমন ভান করল যেন সত্যিই বয়সের ভারে ন্যুব্জ এক বৃদ্ধ। মেয়েটাকে সন্দেহ করার কোনো সুযোগ দেওয়া যাবে না। মেয়েটা কাছে আসুক। পিজি একবার দেখতে চায় কে এই 'টেট'।
যদিও এখনও সময় হয়নি। একটু খেলানো যাক মেয়েটাকে।

পিজি ওর ট্র্যাকিং সফটওয়্যারটা অন করল। এটার নাম ও আদর করে দিয়েছে —'সুইট-অ্যাস-লিকার'। গত দু'ঘণ্টা ধরে ওর আশেপাশে যত অ্যাক্টিভ মোবাইল নম্বর ছিল, সব রেকর্ড করতে শুরু করল সফটওয়্যারটা।
মেয়েটার নম্বরটা ভেসে উঠল। গত পাঁচ মিনিট ধরে নম্বরটা ওর আশেপাশেই ঘুরছে। কিন্তু একি! স্ক্রিনে আরেকটা নম্বর দেখাচ্ছে!
এই নম্বরটা গত দু'ঘণ্টা ধরে ওর আশেপাশে ছিল। অর্থাৎ পিজি যখন জ্যাকির অফিসের ভেতরে ছিল, এই লোকটা তখন বাইরে অপেক্ষা করছিল।
কে এই দ্বিতীয় ফলোয়ার? দ্বিতীয় নম্বরটাও পিজির ট্র্যাকিং ডিভাইসে সেভ হয়ে গেল। এটা নিয়ে পরে গবেষণা করা যাবে।

জ্যাকির অফিসে ও অনেক ইন্টারেস্টিং জিনিস আবিষ্কার করেছে। কলকাতা

পুলিশের কেউ একজন জ্যাকির কম্পিউটারের মাধ্যমে ওর ওপর নজর রাখছে।

আবার জ্যাকি এমন একটা ল্যাপটপ জোগাড় করেছে যেটা আগেই কেউ হ্যাক করেছে।

আজকের সকালটা বড্ড ইন্টারেস্টিং, পিজি ভাবল।

পার্ক স্ট্রিটের মোড়ে পৌঁছে হঠাৎ পিজি বিদ্যুৎগতিতে একটা স্প্রিন্ট টানল।

বুড়ো মানুষের খোলস ছেড়ে বেরিয়ে এল চিতা বাঘ। সামনে দিয়ে একটা বাস কলেজ স্ট্রিটের দিকে যাচ্ছিল।

পিজি এক লাফে চলন্ত বাসে উঠে পড়ল। পেছনে মেয়েটা নিশ্চয়ই হাঁ হয়ে গেছে।

সত্তর বছরের বুড়ো এভাবে দৌড়াতে পারে? কয়েক মিনিটের জন্য পিজির সফটওয়্যার ডিসপ্লে থেকে দুটো নম্বরই গায়েব হয়ে গেল।

পিজি উঠতেই একটি ছোকরা বুড়ো মানুষ দেখে সিট ছেড়ে দিল।

পিজি খকখক করে কেশে, ঢেঁকুর তুলে বলল, দীর্ঘজীবি হও বাবা।

জানলার সিটে বসে গুনগুন করে গান ধরল পিজি। দ্যাখ কেমন লাগে, খেলা তো সবে শুরু।

চ্যাপ্টার এইটিন

রবিবার, দুপুর ১.৪২, মুম্বাই

উদিত কাশ্যপ ইয়াং এবং অ্যাম্বিশাস।

অল্প সময়েই বড় কিছু করে দেখাতে চায় এই আইপিএস অফিসার এবং এটাই প্রত্যাশিত।

উদিত জানে তার সামনে অবশেষে এসেছে সেই সুযোগ।

গোল্ডেন টিকিট।

এই ক্রাইমটা মুম্বাই পুলিশকে নাড়িয়ে দিয়েছে। এটা কোনো ট্র্যাডিশনাল ক্রাইম নয়।

শত্রু এখানে অদৃশ্য।

সে যখন খুশি, যেখানে খুশি অ্যাটাক করছে।

উদিত বুঝতে পারছে, এই কেসটা সলভ করতে পারলে ওর কেরিয়ার গ্রাফ রকেটের মতো ওপরে উঠবে। যে প্রমোশনটার দিকে ও বহুদিন ধরে তাকিয়ে আছে, সেটা হয়তো এবার হাতের মুঠোয় আসবে।

কমিশনারের রিটায়ারমেন্টের আর মাত্র তিনটে মাস বাকি। তার মধ্যে কি ওই হ্যাকার রাসকেলটাকে ধরতে পারবে উদিত?
তাহলে তো সোনায় সোহাগা হয়ে যায়।
কিন্তু সমস্যা হলো রিসোর্স। মুম্বাই পুলিশের সাইবার ক্রাইম ডিপার্টমেন্টটা বড্ড ছোট। মাত্র জনাকয়েক কম্পিউটার সায়েন্টিস্ট আর জনা ছয়েক ইয়াং সাব-ইন্সপেক্টর।
এই বাচ্চা ছেলে মেয়েদের দিয়ে কি এমন ধুরন্ধর ক্রিমিনালকে ধরা সম্ভব, যে কি না মুহূর্তের মধ্যে নিজের আইডেন্টিটি পাল্টে ফেলে? লোকটা তো বহুরূপী! সারিকাকে মেরেই ফেলেছিল প্রায়। মেয়েটা যে এখনও বেঁচে আছে, সেটা নিছক কপাল। পিওর লাক!
উদিত নিজের ডেস্কে বসে আছে। সামনে প্রিন্টআউটের পাহাড়।
রজত কাপুর আর সরব মেহতার দুটো অ্যাকাউন্ট ব্লক করা হয়েছে ঠিকই, কিন্তু ওগুলো তো ভেক। আসল লোকটা অধরা।
ওর অ্যাসিস্ট্যান্টরা ওই খুনির কোনো ডিজিটাল ফুটপ্রিন্ট ট্রেস করতে পারেনি। নো আইপি অ্যাড্রেস। নো মেশিন অ্যাড্রেস। সব ক্লিন। স্লেট একদম পরিষ্কার।
উদিত হতাশ হয়ে জানলার ধারে গিয়ে দাঁড়াল। শূন্য দৃষ্টিতে বাইরের দিকে তাকিয়ে রইল। বাইরে কর্মব্যস্ত মুম্বাই। ওপর থেকে দেখলে মনে হয় একটা বিশাল মৌচাক। মানুষগুলো যেন সব মৌমাছি।
এই কংক্রিটের বাক্সে, স্কাইস্ক্র্যাপার আর ফ্লাইওভারের গোলকধাঁধায় কোথায় খুঁজবে সে ওই চিবুকে কাটা দাগওয়ালা মোটা লোকটাকে?
ভারতের কমার্শিয়াল ক্যাপিটালের এই জৌলুস শহরটাকে যতটা গ্ল্যামারাস করেছে, ততটাই ভালনারেবল করে তুলেছে একইসঙ্গে।
কোটি কোটি মানুষ, তাদের কোটি কোটি মতলব। এই ভিড়ের মধ্যে কেউ একজন খুন করে নীল আকাশে স্রেফ মিলিয়ে গেছে।
ভোজবাজির মত ভ্যানিশড ইনটু দ্য ব্লু! কোথায় খুঁজবে তাকে?
হঠাৎ অন্ধকার টানেলের শেষে আলোর রেখা। উদিতের একটা লাইন মনে পড়ে গেল।
উই ক্যান নট লেট দ্য ক্রিমিনালস ভ্যানিশ ইনটু দ্য ব্লু! কথাটা বলেছিল ওর বন্ধু রাকেশ। কলকাতা পুলিশের এসিপি। রাকেশ তাকে বলেছিল এক অদ্ভুত অ্যাননিমাস হ্যাকারের কথা।
পিজি। পারফেক্ট জেন্টলম্যান। রাকেশ তাকে কোনওদিন দেখেনি। কেউই নাকি দেখেনি।
লোকটা সবসময় আড়ালে থাকে, ফেসলেস। অথচ রাকেশের বহু জটিল কেস

সলভ করে দিয়েছে আড়ালে থেকেই।
রাকেশের বস, চিফ ডিটেকটিভ মতিলাল মিস্ত্রি তো উচ্ছসিত পিজির নামে। মতিলাল বলেন, এমন কম্পিউটার উইজার্ড ভারত কেন, বিশ্বেও আর একটা আছে কি না সন্দেহ। তবে খুব খামখেয়ালী, মুডি।
নইলে একটা বুড়োর ছদ্মবেশ ধরে ঘুরে বেড়ায়?
সত্যি সেলুকাস, কী বিচিত্র এই পৃথিবী।
উদিত বিড়বিড় করল, রাকেশকে ফোন করা দরকার। এই সোশ্যাল ইঞ্জিনিয়ারকে ধরতে হলে পিজির মতো একজন হ্যাকারকেই দরকার। সে বন্ধুর নম্বরে ডায়াল করল।
- ইয়েস, বস। ওপাশ থেকে রাকেশের চেনা গলা ভেসে এল।
বস, আই নিড ইওর হেল্প, উদিতের গলায় জরুরি তলব।
আইপিএস ট্রেনিংয়ের সময় থেকেই ওরা ব্যাচমেট। একে অপরকে 'বস' বলেই ডাকে।
- কী হয়েছে বলো? তোমাকে বেশ চিন্তিত মনে হচ্ছে, রাকেশ জিজ্ঞেস করল।
উদিত সংক্ষেপে পুরো ঘটনাটা জানাল। সোশ্যাল ইঞ্জিনিয়ারিং, খুন, সারিকার ওপর হামলা—সব।
- তুমি কি চাও আমি পিজির সঙ্গে কথা বলি? রাকেশ একেবারেই কাজের কথায় ঢুকে পড়ল।
- হ্যাঁ বস। ওটাই আমার জন্য ইজি হবে।
রাকেশ আশ্বস্ত করল, নো প্রবলেম। আমি পুরো ঘটনাটা ওকে জানাব। আশা করি কেসটা ওর ইন্টারেস্টিং লাগবে। আজ সকালেই এক ইন্ডাস্ট্রিয়ালিস্ট ওর নম্বর চেয়েছিল। পরে শুনলাম ও নাকি তার অফিসে দেখা করতে গেছে। তার মানে ও এখন কলকাতাতেই আছে।
- তাহলে বস, প্লিজ আমাকে জানাও। যত তাড়াতাড়ি সম্ভব। উদিত অনুরোধ করল।
- শিওর। ডোন্ট ওরি। আমাকে শুধু একটু সময় দাও। রাকেশ ফোন রাখল।
দুই বন্ধু তখনও জানে না, যে তারা আসলে একই সুতোয় গাঁথা পড়েছে। একই লোক সারা ভারতজুড়ে নিজের জাল বিস্তার করে বসে আছে। কলকাতায় বসে পিজি সেই একই খুনিকে খুঁজছে, যদিও সে মুম্বাইয়ের ঘটনার বিন্দুবিসর্গও জানে না।
অদৃশ্য সুতোর টান এবার মিলবে।
ডটস আর কানেক্টিং নাও।

চ্যাপ্টার নাইনটিন

রবিবার, দুপুর ১:৪৬, কলকাতা

বাসের দেওয়ালে ঝুলছে সতর্কবার্তা—পকেটমার হইতে সাবধান।
সতর্কবার্তাটা এমনভাবে ঝুলছে যেন নিজেই যেকোনো মুহূর্তে খসে পড়বে।
হঠাৎ পিজির মনে পড়ল পিঠের ব্যাগে থাকা টাকার বান্ডিলটার কথা।
কলকাতা পকেটমারদের স্বর্গরাজ্য। আমাকে যত তাড়াতাড়ি সম্ভব নামতে হবে। পিজি ভাবল।
নামার আগে বাসের এক কোণে কোনোমতে নিজেকে সেঁধিয়ে দিয়েছে সে। ব্যাগটা পিঠ থেকে নামিয়ে হাতে ঝুলিয়েছে।
বহুক্ষণ পর এই বাসটা এল, তাই ভিড় উপচে পড়ছে। পকেটমাররা এমন ভিড় বাসেরই অপেক্ষায় থাকে।
দুই যাত্রীর মাঝখানে স্যান্ডউইচ হয়ে দাঁড়িয়ে পিজি চট করে একবার নিজের স্মার্টফোনটা দেখে নিল। ডিসপ্লেতে দেখা যাচ্ছে ফলোয়ারদের সঙ্গে তার 'অ্যাফেকশন' বেশ গাঢ়। তারাও বাসটাকে ফলো করে দুটো আলাদা ট্যাক্সি নিয়ে আসছে বলেই মনে হয়।
আয়, আয়, মনে মনে বলল পিজি। তোদের জন্য অনেক মজা অপেক্ষা করে রয়েছে।
বাসটা ওয়েলিংটন স্কোয়্যার হয়ে বাঁ-দিকে ঘুরল। এবার সোজা কলেজ স্ট্রিটের দিকে যাবে।
পিজি ভিড় ঠেলে দরজার দিকে এগোতে শুরু করল। মেডিকেল কলেজের ঠিক আগেই একটা শিব মন্দির।
বাসটা মন্দিরের উল্টোদিকে থামতেই পিজি নেমে পড়ল। অবাঞ্ছিত ল্যাজ দুটোকে খসানোর একটা প্ল্যান ওর মাথায় এসেছে।
পিজির সঙ্গে আরও অনেক লোক নামল। রাস্তা পার হওয়ার জন্য কয়েক মিনিট অপেক্ষা করতে হলো পিজিকে। এরই মধ্যে এক অদ্ভুত দৃশ্য দেখল সে।
এতক্ষণ বাসে বাদুড়ঝোলা ভিড় ছিল, এখানে এসে হঠাৎ বাসটা প্রায় খালি হয়ে গেল।
কন্ডাক্টর আর হেল্পারের ব্যাপারটা মোটেই পছন্দ হলো না। খালি বাস নিয়ে যাবে? তারাও নেমে পড়ল এবং পরের স্টপেজগুলোর নাম ধরে এমনভাবে চেঁচাতে শুরু করল যেন ওগুলো লটারির নম্বর।
ভেতর থেকে ভেসে এল প্রবল চেঁচামেচি। যাত্রীরা প্রবল প্রতিবাদ জানাতে শুরু

করছে। রাস্তায় যেতে যেতে কিছু আমোদগেঁড়ে লোকও দাঁড়িয়ে পড়েছে। এমন বৃষ্টিভেজা ওয়েদারে নিজেদের সেঁকে নেওয়ার এই মওকা ছাড়া ঠিক নয়। প্রবল হইচইয়ের ভেতর প্যাসেঞ্জারদের একটাই প্রশ্ন, বাসটা কি অনন্তকালের জন্য এখানেই দাঁড়িয়ে থাকবে? খুবই সঙ্গত প্রশ্ন।
একজন ড্রাইভারকে বলল বাস ছাড়তে। কিন্তু কন্ডাক্টর ছাড়া ড্রাইভার বাস ছাড়বে কী করে?
তাই সে বোবা ও কালা সাজার ভান করে স্টিয়ারিং ধরে বসে রইল।
একজন যাত্রী কন্ডাক্টরকে পরামর্শ দিল, বাড়ি বাড়ি গিয়ে কলিং বেল বাজারে, আর বল বাসে দাঁড় করিয়ে রেখেছি। হারামী কোথাকার!
হেল্পার ছোকরা ছিল কমবয়েসি। সে প্রতিবাদ করে উঠল, গালি দেবেন না। আমরাও দিতে পারি। শুনবেন?
ব্যাস! শুরু হয়ে গেল ধুন্ধুমার ঝগড়া। দেখা গেল দু-পক্ষই নানা ধরনের ইনোভেটিভ খিস্তি জানে। কে বলে মানুষের মাথা নেই? মাথা খাটানোর জন্য কতকিছু রয়েছে এই পৃথিবীতে।
পিজি রাস্তা পার হয়ে গেল। ঝগড়া দেখার সময় ওর নেই।
পিজির ফলোয়াররাও ট্যাক্সি থেকে নেমে পড়েছে। ট্র্যাকিং সফটওয়্যার দেখাচ্ছে ওরা পঞ্চাশ মিটারের মধ্যে চলে এসেছে।
পিজি মনে মনে হাসল, এবার বাছাধনরা একটু বিপদে পড়বে।
কলকাতার অন্যতম ব্যস্ত এবং ঘিঞ্জি জায়গা শুরু হয়েছে এই সরু গলিটা দিয়ে। *'হাড়কাটা গলি'*।
কুখ্যাত সরু গলির দু-পাশে পুরনো, জরাজীর্ণ সব বাড়ি। যেকোনও মুহূর্তে ভেঙে পড়ার হুমকি দিচ্ছে প্রতিটি বাড়ি, অথচ দাঁড়িয়েও রয়েছে দিব্যি। আর তার সামনে ভিড় করে দাঁড়িয়ে রয়েছে মেয়েরা।
এই লম্বা গলিটা কলকাতার অন্যতম কুখ্যাত রেড লাইট এরিয়া। সোনাগাছির তুলনায় অনেক সস্তা, ফলে ভিড়ও অনেক বেশি।

পিজি ইচ্ছে করেই এই জায়গাটা বেছে নিয়েছে। এখানে সবসময় লোকের ভিড়। ভিড় ওর দরকার। একইসঙ্গে ওর মাথায় খেলছে অন্য মতলব।
বৃষ্টিভেজা ঠান্ডা দুপুর। মেয়েরা দরজায় দাঁড়িয়ে খদ্দের ডাকছে নানা ভঙ্গিতে, নিজেদের রসিকতায় হেসে লুটিয়ে পড়ছে একে অন্যের গায়ে। খুব পুরনো হয়ে যাওয়া বাড়িগুলোর ঢোকার মুখেই যেটুকু ভিজে আলো, ভেতরে কালো অন্ধকার।
পথচলতি মানুষের দৃষ্টি আকর্ষণ করার দরকার আছে কি?

যার দরকার সে তো এমনিই যাবে, তাই না?

পিজি শহরের এই গোলকধাঁধার মধ্যে ঢুকে পড়ল। নিমেষের মধ্যে একগাদা মানুষ তাকে ঘিরে ফেলল চারদিক থেকে। এখানে যে কেউ হারিয়ে যেতে পারে কয়েকমুহূর্তের জন্য। এমন দিনে এত মানুষ কেন বেরিয়েছে বাড়ি থেকে? এত কাজ থাকে মানুষের? কী এত কাজ?

অফগ্রিডে অ্যাননিমাস হয়ে যাওয়াটা এখানে খুব সহজ।

সবাই যে এখানে শরীর কিনতেই আসে তা নয়। অনেকে স্রেফ প্যাসিভ ভিউয়ার হিসেবেও এই গলি দিয়ে শর্টকাট মারে।

পিজির ফলোয়াররা থমকে গেছে। সম্ভবত খেই হারিয়ে ফেলেছে।

সরু গলি দিয়ে হাঁটতে হাঁটতে পিজি আড়চোখে নিজের মোবাইলের স্ক্রিন চেক করল। দেখল তাদের মধ্যে দূরত্ব আবার বাড়ছে। কলকাতায় কোনও অনাহূত অতিথিকে ঝেড়ে ফেলা কত সহজ!

কিন্তু পিজি থামল। একটা মেয়ে তাকে ফলো করছে জ্যাকির নির্দেশে।

পিজি মেয়েটাকে দেখতে চায়। তাছাড়া সকাল থেকে আরেকজন রহস্যময় ফলোয়ার তার পিছু নিয়েছে। তাকেও দেখা দরকার।

একবার অন্তত দেখা যাক ওদের, পিজি ভাবল।

কিন্তু তার জন্য ছদ্মবেশটা খুলতে হবে সবার আগে।

সে একটা 'পে অ্যান্ড ইউজ' টয়লেটে ঢুকল। দরজা বন্ধ করে দিল। দেওয়ালে গুহাচিত্রে সবিস্তারে দেখানো হয়েছে এখানে কী চলে। কার হাতে এত সময় থাকে এইসব আঁকবার?

চেঞ্জ করতে করতে অবাক হয়ে ভাবছিল পিজি।

দেওয়াল দেখলে হিসি করা, থুতু ফেলা বা শিকনি ঝাড়াটা ভারতীয়দের স্বভাব, এর পাশাপাশি মানুষ ছবিও আঁকে? হোক না সেটা অশ্লীল ছবি। তবুতো আঁকে।

প্রথমে পিজি সাদা শার্টটা খুলল। তারপর সাদা চুল আর দাড়ি গায়েব হয়ে গেল। শরীরের এক্সট্রা প্যাডগুলো খুলে ফেলল। ভেতরে একটা কালো রাউন্ড নেক টি-শার্ট।

সব কিছু ওর লাল ব্যাকপ্যাকে ভরে নিল।

এখন আর সে বুড়ো নয়। এখন সে রিয়েল পিজি। ট্র্যাকার ডিভাইসে একটা নম্বর দেখাচ্ছে। খুব কাছেই।

জিপিএস ট্র্যাকার—যেটা ও অনেকদিন আগেই শখের বশে বানিয়েছিল—অন করল।

শুধু জ্যাকির পাঠানো মেয়েটাকেই দেখাচ্ছে। অন্য স্টকারটা দূরে সরে গেছে।

হয়তো সকাল থেকে এই ইঁদুর-বেড়াল খেলা খেলতে খেলতে সে বেচারা ক্লান্ত। তাই রণে ভঙ্গ দিয়েছে।
পিজি বিড়বিড় করল, তোমাকে আমি এত সহজে রিটায়ার করতে দেব না ব্রাদার। তুমি কে আর কেন আমাকে ফলো করছ, আমি পরে ঠিকই খুঁজে বের করব।
মেয়েটা অবশ্য এই ভিড়ের মধ্যে সেই সাদা শার্ট পরা বুড়োটাকে এখনও খুঁজছে।
ইস, কী কাজ? একটা অল্পবয়সী মেয়ে হয়ে একটা বুড়োর পেছনে ধাওয়া করতে হচ্ছে। কাজটা জঘণ্য, শ্মশানে ফুল বেচা বা এখানে দাঁড়িয়ে থাকা মেয়েদের কাজের থেকে অবশ্য অনেক ভাল।
মেয়েটি আশায় আছে হয়তো আবার দেখা পাওয়া যাবে বুড়োটার।
পিজি দেখল মেয়েটি বাস স্টপের কাছে দাঁড়িয়ে আছে। জিপিএস ট্র্যাকার ওর এক্স্যাক্ট ডিস্টেন্স বলে দিচ্ছে। পিজি ওর খুব কাছে চলে এল।
যেহেতু ও মেয়েটাকে আগে দেখেনি, তাই কনফার্ম হওয়ার জন্য নম্বরটায় কল করল। বাস স্টপের কাছে তিনজন মেয়ে দাঁড়িয়ে আছে। এদের মধ্যে যে কেউ হতে পারে।
পিজি একটা ব্ল্যাঙ্ক কল দিল। দুজন মেয়ে মূর্তির মতো দাঁড়িয়ে ফোনের দিকে তাকিয়ে আছে। মেসেজ চেক করছে হয়তো।
তৃতীয়জন—খুব লম্বা নয়, একটু মোটাসোটা চেহারার মেয়েটা—এদিক ওদিক তাকাচ্ছিল। ফোনটা বাজতেই সে তড়িঘড়ি রিসিভ করল।
পিজি একটু নিরাপদ দূরত্বে সরে গিয়ে আবার কল করল। এবার অ্যাননিমাস কল।
- হ্যালো, টেট। পিজি একটু দূরে সরে গিয়ে বলল।
মেয়েটার গলার স্বরে নার্ভাসনেস স্পষ্ট, কে আপনি?
- যাকে তুমি ফলো করার চেষ্টা করছিলে, সিস্টার। এবার থেকে আমি তোমাকে ফলো করব। সব জায়গায়।
মেয়েটা কিছুক্ষণ চুপ করে রইল। তারপর বলল, আমি হেল্পলেস। আমাকে এটা করতে বলা হয়েছে।
- আমি জানি। আমি তোমাদের কথাবার্তা শুনেছি। আমি জানি ওই হাফ-শুয়োর-হাফ-মানুষ জ্যাকি সেন তোমাকে কী বলেছে। তুমি গিয়ে ওকে আমার মেসেজটা দিয়ে দিও।
- কী?
- হারামজাদাটাকে বলে দিও ভিডিওটা এখন সবার কাছে পৌঁছে যাবে। দ্যট

ভিডিও উইল গো টু এভরিবডি। আই উইল টেক কেয়ার অফ দ্যাট। দ্য হোল ওয়ার্ল্ড উইল ওয়াচ ইট। আর কেউ না করুক, আমি সেই ব্যবস্থা করব।

পিজি লাইনটা কেটে দিল। যত তাড়াতাড়ি সম্ভব বাড়ি পৌঁছতে হবে। বাইরে এখন ঝমঝমিয়ে বৃষ্টি শুরু হয়েছে।
পিজি রাস্তা পার হলো। কালো, রাউন্ড নেক টি-শার্ট পরা, লম্বা, একটা লোক ট্যাক্সি থামাল মেয়েটির ঠিক সামনেই।
ট্যাক্সিটা হারিয়ে গেল শহরের ভিড়ে, ঘ্যানঘেনে বৃষ্টির মধ্যে।

চ্যাপ্টার টুয়েন্টি

রবিবার, দুপুর ২.১২, মুম্বাই

গাড়িটা পাওয়া গেছে।
খুনি যে বিএমডব্লিউ গাড়িটা ব্যবহার করেছিল, সেটা আন্ধেরি ম্যাজিস্ট্রেট কোর্টের পার্কিং লট থেকে চুরি করা হয়েছিল।
কিছুক্ষণ আগে পুলিশ ওটা খুঁজে পেয়েছে, ওই একই স্পটের কাছে। শুধু নম্বর প্লেটটা চেঞ্জ করা ছিল।
গাড়ির ড্রাইভার অন-লাইনে এফআইআর লজ করেছিল।
ভেহিকেল অ্যান্টি-থেফট সেকশনের ইনচার্জ ইন্সপেক্টর মহেশ রাঠোর উদিতকে রিপোর্ট করতে এল।
করিডর পেরিয়ে উদিতের দরজায় নক করল মহেশ।
উদিত কলকাতার ফোনের অপেক্ষা করছিল। সে প্রায় চেঁচিয়ে বলল, ইয়েস, কাম ইন।
মহেশ রাঠোর চেয়ার টেনে বসল, স্যার, গাড়িটা কি ফরেনসিকের জন্য লাগবে?

উদিত বলল, অবশ্যই। সেটাই তো স্বাভাবিক।
মহেশ বলল, ড্রাইভার এসে জিজ্ঞেস করছিল গাড়িটা কবে ফেরত পাবে।
উদিত হাত নেড়ে টপিকটা ওড়াল, ওকে বলো সময় লাগবে।
- আরেকটা কথা স্যার।
- বলো।
- গাড়িটা ওই মেয়েটার বাবার। সারিকার বাবার।
- হোয়াট? ইউ মিন... ওই মেয়েটা? সারিকার বাবার গাড়ি ওটা? উদিত চমকে

উঠল।
- আমি নাম জানি না স্যার। কিন্তু হ্যাঁ, সকালে আপনি যাকে রেসকিউ করেছিলেন। সেই মেয়েটিরই বাবার গাড়ি।
উদিতের মেজাজ খারাপ হয়ে গেল। ক্রিমিনাল হ্যাকারটা মেয়েটারই বাবার গাড়ি চুরি করেছে, তারপর সেটা ব্যবহার করেছে ডায়ানাকে খুন করার জন্য? এমনকি মেয়েটার বাবার গাড়িতেই মেয়েটাকে খুন করার প্ল্যান ছিল! এমন অদ্ভুত ক্রাইম প্যাটার্ন নিয়ে অনায়াসে গবেষণা করা যেতে পারে।
উদিত ভাবনায় পড়ে গেল। সত্যি ও জানে না এই খুনিকে কীভাবে থামাবে, কিন্তু তবু নিজেকে জোর যোগানর জন্যই সম্ভবত বিড়বিড় করে বলল, আমাদের ওকে যেমন করেই হোক, থামাতেই হবে।
মহেশ রাঠোর চলে যাওয়ার ঠিক পরেই ফোন বাজতে শুরু করল উদিতের। কলকাতা থেকে রাকেশ।
- ইয়েস বস। কোনো গুড নিউজ? অধীর আগ্রহে জিজ্ঞেস করল উদিত।
রাকেশ বলল, সরি বস। আমি চেষ্টা করলাম, কিন্তু পিজি রেসপন্ড করছে না। সম্ভবত ও বিজি আছে। আসলে ওকে ধরাটা ইজি নয়।
- ওহ! তাহলে এখন আমি কী করব? উদিতকে খুব চিন্তিত শোনাল।
রাকেশ বলল, আমি ওর বন্ধু ভিকির সঙ্গে কথা বলেছি। ভিকি পিজির সঙ্গে কথা বলবে।
- কে এই ভিকি? আরেকজন হ্যাকার?
আরে না, ও এক্স-কমান্ডো। ক্যাপ্টেন বিক্রম মুখার্জি। এখন 'অ্যাকমি' নামে একটা ডিটেকটিভ এজেন্সি চালায়। ওরা স্কুলের বন্ধু। ভিকি অনেক কেসে পিজির সাহায্য নেয়। আজকাল তো সব কেসেই ডিজিটাল ফুটপ্রিন্ট থাকে।
- তাহলে আমাকে ওয়েট করতে হবে? উদিতের গলায় স্পষ্টতই হতাশা।
- আশা করি বেশিক্ষণ না। পিজি আমাকে ঠিক কল ব্যাক করবে। সবথেকে ভাল খবর হল, ও কলকাতায় রয়েছে। নইলে ও বছরে দশ মাস ইউ এসে কাটায়। ওর ডুয়াল সিটিজেনশিপ।
রাকেশের সঙ্গে কথা শেষ হতেই উদিতের ফোন আবার বাজল।
এবার স্ত্রী পাখি।
লাঞ্চের কথা মনে করাতে ফোন করেছে বোধহয়। পনেরো বছরের হ্যাপি ম্যারেড লাইফ। রয়েছে বারো বছরের ছেলে রাতুল।
কিন্তু আজ লাঞ্চের সময় নেই।
উদিত তড়িঘড়ি ফোন ধরে মিথ্যে বলল, খুব ভালো ছিল ডার্লিং। ভেরি ডেলিশাস।

পাখি খুশি হয়ে বলল, তুমি কিন্তু বললে না কোথায় ওয়েট করব। তোমার মেসেজটা ইনকমপ্লিট ছিল।
উদিতের মাথায় যেন আকাশ ভেঙে পড়ল! বোল্ট ফ্রম দ্য ব্লু!
- আমার মেসেজ? আমি তো তোমাকে কোনো মেসেজ পাঠাইনি। এই মার্ডার কেস নিয়ে আমি এত ব্যস্ত যে নিঃশ্বাস ফেলার সময় নেই।
পাখি খিলখিল করে হেসে উঠল, তোমার নম্বর থেকেই তো এসেছে। এখন আমার সঙ্গে ইয়ার্কি করছ?
চেয়ার ছেড়ে উঠে দাঁড়াল উদিত, আমি ইয়ার্কি করছি না ডার্লিং। মেসেজটা পড়ে শোনাও।
- ওহ মাই গুডনেস! তুমি বিশ্বাস করছ না? ঠিক আছে, পড়ছি। তুমি লিখেছ, আমাকে ঠিক তিনটের সময় আক্সেরি মলে যেতে। তাই তো আমি ফোন করছি।
এসবের অর্থ একটাই। উদিত কয়েক মিনিট চুপ করে রইল। বিশ্বাস হচ্ছে না। সেই সোশ্যাল ইঞ্জিনিয়ার কিলার তার মোবাইল হ্যাক করেছে!
তার নম্বর থেকে সবাইকে মেসেজ পাঠাচ্ছে!
একমাত্র ছেলে রাতুলের কথা মনে পড়তেই উদিতের বুকটা ধক করে উঠল। সে স্ত্রীকে বলল, মন দিয়ে শোনো। আমি কোনো মেসেজ পাঠাইনি। কেউ আমার মোবাইল হ্যাক করেছে। একদম বেরোবে না। স্টে অ্যাট হোম। রাতুল কোথায়?
- ও তো স্কুলে। শিন্ডে এইমাত্র ওকে আনতে বেরোল। ও বলল তুমি নাকি ওকেও মেসেজ করেছ, আগে তোমার অফিস থেকে তোমাকে পিক-আপ করতে। ও তোমার অফিসে যাচ্ছে। আমি ভাবলাম তুমি বোধহয় রাতুলকে তুলে নিয়ে আমার সঙ্গে দেখা করবে।
- ও মাই গুডনেস! ওকেও মেসেজ পাঠিয়েছে? উদিতের গলায় অসহায়তা, সেটা ও লুকনোর চেষ্টা করল না।
উদিত স্ত্রীকে জানাল সে এক্ষুনি রাতুলের স্কুলের প্রিন্সিপালকে ফোন করছে।
- জানি না ওখানে এখন কী হচ্ছে! সে বিড়বিড় করল।
স্ত্রীর ফোন রেখে দ্রুত উদিত প্রিন্সিপালের নম্বরে ডায়াল করল। মনের ভেতর একটা অশুভ ঘণ্টা বাজছে। কু ডাকছে মন।
ওই বুড়ি প্রিন্সিপালটা কী করছে কে জানে! ফোনটা ধরছে না কেন?
উদিত মনে মনে বুড়িকে অভিশাপ দিতে লাগল। সে আগে কখনও এমন করেনি।
কিন্তু এখন এমন একটা ভয় তাকে গ্রাস করেছে, তার মাথা আর কাজ করতে চাইছে না।

অবশেষে ওই বয়স্ক প্রিন্সিপাল ফোন ধরলেন।
- ম্যাডাম, আমি উদিত কাশ্যপ। এসিপি। আমার ছেলে কি বাড়ি চলে গেছে?
প্রিন্সিপাল ভদ্রভাবে বললেন, আমি আপনার মেসেজ পেয়েছি মিস্টার কাশ্যপ। আপনি লিখেছেন, আজ অন্য একটা গাড়ি পাঠাচ্ছেন... একটা কালো হোন্ডা, অন্য ড্রাইভার। ঠিক তিনটেয়। এখন তিনটে বাজতে পাঁচ। আপনার ছেলে সম্ভবত গেটের সামনেই অপেক্ষা করছে।
উদিত চিৎকার করে উঠল, প্লিজ সিকিউরিটিকে বলুন আমার ছেলেকে আটকাতে। এক্ষুনি! ইটস আরজেন্ট! ওটা একটা হোক্স মেসেজ ছিল ম্যাডাম। কেউ আমার মোবাইল হ্যাক করেছে।
প্রিন্সিপাল কানে আবার একটু কম শোনেন।
তিনি আশ্বাসের ভঙ্গিতে বললেন, ওকে মাই সন, ইটস নো প্রবলেম। মেসেজটাই যথেষ্ট ছিল। ফোন করার দরকার ছিল না। ছেলেকে আপনার ড্রাইভার ঠিকই পিক আপ করে নেবে। ও গেটের সামনেই আছে।
উদিতের মনে পড়ল বুড়ির কানে শোনার সমস্যার কথা।
সে আরও জোরে চেঁচিয়ে উঠল। ম্যাডাম! প্লিজ স্টপ মাই সন! আপনি কি শুনতে পাচ্ছেন?
প্রিন্সিপাল বললেন, ওকে মাই সন, ইটস ক্লিয়ার। আমি ওকে আটকাব না। আপনার ড্রাইভার,,,
- ধুত তোর, ড্রাইভারের নিকুচি করেছে।
বুড়িটা আজ কি হিয়ারিং এডটা পরতে ভুলে গেছে?
- নো, নো, প্লিজ স্টপ হিম! উদিত যতটা পারা যায় চেঁচিয়ে তিনবার রিপিট করল। প্রতিবার ওর গলার স্বর চড়ছে।
প্রিন্সিপাল অবশেষে বললেন, আপনি কি ওকে আটকাতে চাইছেন?
- ইয়েস! ইয়েস! হ্যাঁ! হাঁপাতে হাঁপাতে বলল উদিত।
- ওকে, আমি সিকিউরিটি গার্ডকে বলছি ওকে আটকাতে।
উদিত কথা শেষ হওয়ার পরেও হাঁপাচ্ছে। দম ফুরিয়ে এসেছে।
একই চিন্তা বারবার মাথায় পাক খাচ্ছে। খুনি তার মোবাইল হ্যাক করেছে। কিন্তু সে জানল কী করে উদিত এই কেসে ইনভলভড? ডিপার্টমেন্টের ভেতরে কি কোনো ইনসাইডার আছে?
হঠাৎ তার সাজানো গোছানো পৃথিবীটা উল্টেপাল্টে গেছে।
এখন সবকিছুকেই সন্দেহ করছে ও। কিন্তু ওর জায়গায় থাকলে যে কেউই এই কাজটাই করত।
সময় নেই। উদিত লাফিয়ে উঠল। তারপর এক দৌড়ে ছুটল কমিশনারের ঘরের

দিকে।
বোঝাই যাচ্ছে, খুনি এখন তার পেছনে পড়েছে। তার নম্বর হ্যাক করে সবাইকে মেসেজ পাঠাচ্ছে। আর একটু হলেই তার ছেলেকেও তুলে নিচ্ছিল।
এরপর আর কী কী করবে রে বাবা?
উদিতের মাথা আর কাজ করছে না। সে এখন নিজের প্রফেশনকেই অভিশাপ দিচ্ছে।

চ্যাপ্টার টুয়েন্টি ওয়ান

রবিবার, বিকেল ৩.০০, কলকাতা

সকাল থেকে টানা দৌড়ঝাঁপ পিজিকে সামান্য ক্লান্ত করে দিয়েছে।
টাকা ভালোই এসেছে পকেটে, কিন্তু শরীর আর দিচ্ছে না। টানা দশ ঘণ্টা কম্পিউটারে বসে থাকলে তেমন কিছুই মালুম হয় না। কিন্তু আজকের কাজটায় ফিজিক্যাল লেবারটা বড্ড বেশি ছিল। তার মধ্যে আকাশ ফুটো হয়ে বৃষ্টি চলছে।
বিশেষ করে দিনের শেষ ভাগটা বড্ড বেশি ধকল গেল।
সবচেয়ে বড় পাজল হলো—জ্যাকি কেন ওই সুন্দর দেখতে মেয়েটাকে পিজিকে ফলো করতে পাঠাল?
আর সকাল থেকে যে রহস্যময় লোকটা পিজির পিছু নিয়েছিল, সে-ই বা কে?
পিজির কৌতূহলী মন শান্ত হতে চাইছে না। আগে এই প্রশ্নগুলোর উত্তর জানা দরকার।
আর ওই ভিডিও... ওটাতে কী আছে জানার জন্য মনের ভেতরটা খচখচ করছে।
হাতে এক কাপ গরম কাপুচিনো নিয়ে পিজি তার ঘরের আরামদায়ক কোণায় জাঁকিয়ে বসল যেখানে ওর চোখের সামনে ছড়িয়ে রয়েছে ছখানা বিরাট আকারের মনিটর। নীচের প্যানেলগুলোর অধিকাংশই ওর নিজের হাতে তৈরি। একদিকে ডাঁই করে রাখা আছে একগাদা নতুন কিবোর্ড। আর পায়ের কাছে ট্র্যাশবিনে পড়ে আছে কি ভাঙা কয়েকটি বোর্ড, যা নিয়ম করে ফেলে দিতে হয়।
স্মার্ট ট্র্যাকার ডিভাইস প্রথমে মেয়েটার হদিশ দিল। পুরো নাম টেট ম্যাথিউজ। কয়েক মিনিটের মধ্যে পিজি তার ইনকাম ট্যাক্স ক্রেডেনশিয়ালস বের করে ফেলল।

প্রোফাইল পিকচার, এডুকেশন, অ্যাড্রেস, জব হিস্ট্রি, সোশ্যাল মিডিয়া—সব এখন পিজির স্ক্রিনে।

মেয়েটা বর্তমানে একটা শিপিং কোম্পানিতে কাজ করে। পিজি আন্দাজ করল, কোম্পানিটার মালিক নিশ্চয়ই জ্যাকি।

দ্বিতীয় ফলোয়ারের ডিটেইলসটা আরও রহস্যময়।

নাম কৃষ্ণ চাঁদ। কলকাতা পুলিশের ডিটেকটিভ ডিপার্টমেন্টের কনস্টেবল!

কে তাকে পিজির পেছনে লাগাল? কেনই বা?

এই ডিপার্টমেন্টের মাথায় বসে আছে মতিলাল মিস্ত্রি, তারপর আছে রাকেশ। ওরা কি ব্যাপারটা জানে না? নাকি এই কৃষ্ণ চাঁদ অন্য কারও হয়ে কাজ করছে? নিশ্চয়ই তাই হবে। পুলিশের হেডকোয়ার্টারে ওই ক্র্যাকারের নির্ঘাত কোনও মোল রয়েছে, যে ক্র্যাকারকে সাহায্য করছে।

ওর মাথার ওপর কেউ একটা আছে তো বটেই। সেই লোকটা কি শুরু থেকেই সব জানত? এই অদ্ভুত ভিডিওটা সম্পর্কে সে কী জানে? কেন সে জ্যাকির ফোন ট্যাপ করেছিল?

মাথায় অজস্র প্রশ্ন। পিজির মনে পড়ল সকালের ঘটনাটা। ওর ট্র্যাকিং ডিভাইস ঠিকই ধরেছিল যে কেউ একটা জ্যাকির লাইনে আড়ি পেতেছে।

এই রহস্যময় ব্যক্তি কোনওভাবে জানতে পেরেছিল যে জ্যাকি পিজিকে হায়ার করতে চলেছে। তাই সে কৃষ্ণ চাঁদকে পাঠায় পিজিকে ফলো করার জন্য।

জ্যাকির দিক থেকে পিজিকে ফলো করাটা অস্বাভাবিক নয়। ও হয়তো পিজির ডেরা জানতে চেয়েছিল। তাই মেয়েটাকে পাঠিয়েছিল।

বিশেষ করে ওই 'তারা সেন'-এর ব্যাপারটাও কম রহস্যময় নয়। এখন পিজি তারার ঠিকানা জানে। কিন্তু জ্যাকির সঙ্গে ওই মহিলার যোগ কী?

জ্যাকি সন্দেহ করছে পিজি হয়তো তারা সেনের সঙ্গে যোগাযোগ করবে। যদিও পিজির কোনো ইন্টারেস্ট নেই। ও চেনেও না মহিলাকে।

কিন্তু এটা সত্যি যে কেউ ভিডিওটা তারা সেনকে ইমেল করা হয়েছিল। তাই তারা সেন এই ব্ল্যাকমেলিং প্লটের একটা অংশ হতেই পারে।

পিজির মনে পড়ল ভিডিওটা দেখা বাকি রয়েছে এখনও।

কাপুচিনোতে একটা চুমুক দিয়ে পিজি ভিডিওটা প্লে করল। ওর সামনের মনিটরে।

ছবির কোয়ালিটি খুব একটা ভালো নয়, তবে অডিওটা স্পষ্ট। জ্যাকি সেন ফুর্তি করছে দুটো হুবহু এক দেখতে মেয়ের সঙ্গে।

যমজ বোন? একই পেশায়? জ্যাকি সেন এসব ব্যাপারে খোঁজ খবরও রাখে। বোনদুটির মধ্যে একজন একটু লম্বা, ছিপছিপে। অন্যজন একটু ছোটখাটো।

মুখদুটি অবশ্য অবিকল একই রকমের। দেখতে শুনতে দুজনকেই বেশ ভাল। একটা চটক রয়েছে।

ছোটখাটো আর একটু গোলগাল মেয়েটা আগে শুরু করল।

সে একবার ফ্রেমে এল, পরমুহূর্তেই জামাকাপড় খুলে উদোম হয়ে গেল।

জ্যাকির মুখে কোনও বিকার নেই।

সে গ্লাসে চুমুক দিচ্ছে।

মেয়েটা জ্যাকির ঝুলে থাকা পৌরুষকে জাগানোর আপ্রাণ চেষ্টা করছে। কিন্তু সেটা যেন কুম্ভকর্ণের ঘুমে আচ্ছন্ন। চিরকালের জন্য ঘুমিয়ে পড়ার সিদ্ধান্ত নিয়েছে বেচারা। এত বছর খাটাখাটনি করে সে আর জাগতে চায় না।

লম্বা মেয়েটা একটু রিজার্ভড, জ্যাকির থেকে একটু দূরে থাকছে। সে ড্রিংক বানাচ্ছে কিন্তু জামাকাপড় খোলেনি। এটা সম্ভবত ওদের কৌশল হতে পারে। কারণ মূলত তার ক্যামেরাতেই এর পরের ছবিগুলো উঠেছে।

জ্যাকি হুঙ্কার দিল, তোমার নাম কী বেবি?

ছোটখাটো বোনটা উত্তর দিল, ও রাহেলা। আর আমার নাম রাহি।

জ্যাকি ধমকে উঠল, তোমাকে জিজ্ঞেস করিনি। তোমাকে কে বলতে বলেছে?

পিজির বিরক্তি লাগল। এভাবে কেউ মেয়েদের সঙ্গে কথা বলে? তাও আবার যাদের সঙ্গে একটু ঘনিষ্ঠভাবে মেলামেশার কথা? জ্যাকিটা সত্যিই হাফ-শুয়োর-হাফ-মানুষ। এক কথায় একটি আস্ত বেজন্মা। নির্ঘাত ওর শিরা, উপশিরা, ধমণী বেয়ে তরল আগুন ছুটতে শুরু করেছে। মাঝেমাঝে ওর মাথা ভারি হয়ে আসছে, ও জোর করে মাথা তুলতে চাইলেও যেন পারছে না।

জ্যাকি লম্বা বোনটিকে হুকুম করল তার কোলে এসে বসতে। ও কি হুকুম করা ছাড়া মেয়েদের সঙ্গে কথা বলতে শেখেনি?

জ্যাকি মনে হয় বেশ টাল হয়ে আছে। দুর্যোধনের মত নিজের ঊরুতে চাপড় মেরে বলল, কাম বেবি, সিট হিয়ার।

রাহি এসে ওর কোলে বসার চেষ্টা করতেই জ্যাকি তাকে এক ধাক্কায় সরিয়ে দিল, আমি ওকে ডেকেছি। এই শোনো, তুমি এখন আমার প্রপার্টি।

লম্বা মেয়েটা বলল, এটা স্বাধীন দেশ। কেউ কারও প্রপার্টি নয়। গেট লস্ট।

জ্যাকি উঠে দাঁড়ানোর চেষ্টা করেও পারল না, স্বাধীন দেশ সম্পর্কে তুমি কী জানো হে? ইউ বিচ! হোর!

লম্বা মেয়েটা—রাহেলা—হাসল, আমি যদি হোর হই, তাহলে তুমি কী? মাদার-...?

জ্যাকি গ্লাসটা ছুঁড়ে মারার চেষ্টা করল, কিন্তু টিপ ফস্কে সেটা দূরে গিয়ে পড়ল। নাঃ, লোকটা ছোটবেলায় ডাঙ্গুলি বা ক্রিকেট খেলেনি।

বাপরে, প্রেমের কী ধরন। পিজি অবাক হয়ে গেল। কই শরৎচন্দ্রের দেবদাস তো এমন করত না।
প্রকৃতি কত যত্ন নিয়ে একটি মেয়েকে গড়ে তোলে, কথায় বলে নারীপ্রকৃতি নির্মাণ করা, এই হাঁদা জ্যাকিটা তো দেখা যাচ্ছে কিছুই জানে না। বরঞ্চ পেশায় যৌনকর্মী হলেও এই রাহেলা মেয়েটি অনেক সংযত, ও ঠিক বাঘিনীর মতই ঘাড় ঘুরিয়ে জ্যাকিকে দেখছে।
রাহি জ্যাকিকে শান্ত করার চেষ্টা করল, শান্ত হন মিস্টার সেন। ওকে মাফ করে দিন।
জ্যাকি প্রতিবাদ করল, না, আমি ওকে টাকা দেব না। আমি এই ধরনের ফেমিনিস্ট হোর পছন্দ করি না।
ফেমিনিস্ট হোর?
পিজি ভিডিওটা বন্ধ করে দিল। যথেষ্ট হয়েছে। মাথা ধরে যাবে বেশিক্ষণ চললে।
- বাস্টার্ড, পিজি বিড়বিড় করল।
এতক্ষণে ছবিটা পরিস্কার হচ্ছে। নিশ্চয়ই কেউ জ্যাকিকে ব্ল্যাকমেল করতে চায় বলেই এত আয়োজন। এই মেয়েগুলোকে পাঠিয়ে গোপন ক্যামেরায় ভিডিওটা রেকর্ড করেছে। এটা একটা স্টিং অপারেশন বলা যেতে পারে।
টিভি চ্যানেলগুলোকে বিক্রি করলে আরও দু-চার পয়সা কামিয়ে নেওয়া যায়। দেখা যাক, এটা নিয়ে ভিকি আর মতির সঙ্গে আলোচনা করে দেখতে হবে।
পিজির আর এসব দেখার মুড নেই। ও ভাবল, আজকের জন্য অনেক হয়েছে। এবার ক্ষান্ত দেওয়া যাক।
তাছাড়া অন্য আরেকজন জঘন্য লোকের নোংরা ভিডিও দেখাটা মানসিক স্বাস্থ্যের পক্ষেও হানিকারক।
পিজি ঠিক করল জ্যাকির কোনও ফোন আর ধরবে না। এমনকী তনুজা মিস্টি গলায় অনুনয় করলেও নয়। ইস অমন রুপোর বাসনের মত ঝকঝকে মেয়েটির সামনে কিনা ও ঢেঁউ ঢেঁউ করে ঢেঁকুর তুলল?
পিজি ঠিক করল পরে একদিন ঠিক তনুজার কাছে ক্ষমা চেয়ে নেবে। ইস মেয়েটা চোখেমুখে কী এক স্বর্গীয় সরলতা নিয়ে গ্রাসের ল্যাপটপ নিয়ে ঘরে ঢুকেছিল। তনুজা কল্পনাও করতে পারবে না যে গ্রাস বলে লোকটা জ্যাকির হয়ে মেয়ে চুরি করে তাদের রেপ করত। আর ওই ল্যাপটপে বসে শুধু পর্নোগ্রাফি দেখত। আর জ্যাকি? ছি ছি ছি, কমোডে ওয়েবক্যাম লাগিয়ে রেখেছিল। তাতে অবশ্য তনুজার স্বর্গীয় সরলতায় একটুও টোল পড়েনি। তনুজার মত সরল মেয়েরা যখন রাস্তা দিয়ে হাঁটে, তখন রাস্তার ধুলোও ধন্য

হয়ে যায়। মেয়েরা তো পৃথিবীতে আসে বেড়াতে, কিছুদিনের জন্য। তারপর পরীর মত উড়ে যায় অজানার দিকে।

আর ওই গোলগাল ফরসা সুন্দর মেয়েটি? যার নামটা একটু বিদেশীদের মত - টেট। সকাল থেকে এই বৃষ্টির মধ্যে একটা টেঁকুর-তোলা বুড়োর পেছনে জ্যাকি ওকে ছুটিয়ে মেরেছে। ছি, ছি, এটা কি কোনও কাজ হল?

কোথায় এমন দিনে ও বয়ফ্রেন্ডের সঙ্গে গায়ে গা লাগিয়ে বসে গরম কফিতে চুমুক দেবে, গান শুনব, তা নয়, হাড়কাটা গলি দিয়ে বেচারা ছুটছিল একটা বুড়োর পেছনে।

জ্যাকির জন্য সাধে কী পিজির কোনও কোনো মায়া দয়া নেই?

কিন্তু মেয়েটা, টেট-এর জন্য ওর এখন বাস্তবিকই খারাপ লাগছে। এতক্ষণে মেয়েটা নিশ্চয়ই জ্যাকিকে সব রিপোর্ট করেছে। জ্যাকি হয়তো রাগে মেয়েটার চাকরিই খেয়ে নিয়েছে।

খেতেই পারে। জ্যাকি যে ধরনের হাফ-শুয়োর-হাফ-মানুষ, তাতে ওর পক্ষে সবকিছুই করা সম্ভব।

একটা ছবি চোখের সামনে স্পষ্ট হচ্ছে। কিন্তু এখনও তা আবছাই রয়ে গেছে। এই ঘটনার আগে পরে কী কী হয়েছে, তা জানা দরকার।

পিজি মোবাইল অপারেটরের ওয়েবসাইট হ্যাক করে জ্যাকির সকাল থেকে দুপুর পর্যন্ত সব কনভারসেশনের ট্রান্সক্রিপ্ট ডাউনলোড করে নিল।

পড়া শুরু করতে গিয়ে শুরুতেই হোঁচট খেল পিজি।

একদম ভোরবেলার কল। পিটার নামে কেউ একজন জ্যাকিকে ফোন করে ঘুম ভাঙিয়েছিল। সে কী বলছিল সেটা পড়তেই পিজির মেরুদণ্ড সোজা হয়ে গেল! ওর ভুরু কুঁচকে গেল। ফিসফিস করে একবার শুধু বলতে পারল, মাই গুডনেস!

সেই ছোটখাটো গোলগাল বোনটা যে জ্যাকিকে তাতনোর চেষ্টা করেও ব্যর্থ হয়েছিল সেই মেয়েটি—রাহি—আর বেঁচে নেই।

কেউ তাকে খুন করেছে।

এটাও জানা গেল যে পিটার ছিল দুই যমজ বোনের এজেন্ট।

পিজি দ্রুত মুস্তাফার সঙ্গে জ্যাকির কথোপকথনটা পড়ল। ল্যাপটপের মালিক, গ্রাস, সে-ও কিনা মৃত! তাকেও আজই সকালে মারা হয়েছে।

শুধু সেই লম্বা, রিজার্ভড মেয়েটা—রাহেলা, যে কিনা বেশ সাহসী, জ্যাকির মুখের ওপর মাদার-ফাকার বলাটা তো চাট্টিখানি কথা নয়, সেই মেয়েটাই এখনও বেঁচে আছে।

মাঝরাতের ফ্লাইটে সে দিল্লি পালিয়েছিল। সে কি বোনের মৃত্যুর পর কলকাতায়

ফিরে এসেছে?
পিজির শরীরের ক্লান্তি নিমেষে উধাও হয়ে গেল।
হ্যাকিং, ব্ল্যাকমেল, খুন—সব মিলিয়ে এটা তো পুরো বিক্রমের কেস! এমন কেস পেলে ভিকি খুব খুশি হবে। ও তো এমন কেসই খোঁজে।
পিজি ফোন বের করতে গিয়ে দেখল অলরেডি বেশ কয়েকটা মিসড কল জমে রয়েছে - প্রথমে রাকেশ, তারপর বিক্রম।
ওরা সবাই মিলে ওর সঙ্গে যোগাযোগ করার চেষ্টা করছে বেশ কিছুক্ষণ ধরে।
কিন্তু কেন?
এই কেসটার জন্যই নয় তো?

চ্যাপ্টার টুয়েন্টি টু

রবিবার, বিকেল ৩.২৫, কলকাতা

বিক্রমকে ফোন করতে গিয়েও পিজিকে থামতে হল।
একটু আগেই পিজির পেনিট্রেশন সিস্টেম বিপবিপ আওয়াজ করে জানান দিয়েছে। কেউ একটা জ্যাকির সঙ্গে ফোনের লাইনে রয়েছে।
কানে হেডফোন লাগাল পিজি।
জ্যাকি মুস্তাফার সঙ্গে কথা বলছে।
পিজি তার পেনিট্রেশন সিস্টেমের মাধ্যমে জ্যাকির ফোনে আড়ি পাতার ফলে স্পষ্ট শুনতে পাচ্ছে ওদের কথাবার্তা।
হারামজাদা জ্যাকির মাথায় এখন রাহেলা ছাড়া আর কিছু নেই। ওর ধারণা, ওই মেয়েটাকে ধরে আনতে পারলেই জানা যাবে এই চক্রান্তের নেপথ্যে কে আছে। ফলে ওদের আলোচনায় এখন ওই মেয়েটা ছাড়া অন্যকিছু যে থাকবে না, সেটাই স্বাভাবিক।
জ্যাকি বলল, মুস্তাফা, মেয়েটাকে যেকোনও ভাবেই হোক, প্রোটেক্ট করতে হবে। ও-ই এখন একমাত্র উইটনেস। আমরা ওকে দিয়ে স্টেটমেন্ট দেওয়াব। প্রমাণ করতে হবে যে ওটা আমাকে ফাঁসানোর চেষ্টা ছিল। আমাকে ব্ল্যাকমেল করার জন্যই ওরা মেয়েগুলোকে প্ল্যান্ট করেছিল। কিন্তু সেটা করতে গেলে আগে ওকে বাঁচাতে হবে। তারপর ওকে আমি কুমীর দিয়ে খাওয়াব।
মুস্তফা বলল, স্যার, কোনও কন্ট্যাক্ট নম্বর আছে আইটেমটার?
মুস্তাফার কাছে সবই আইটেম। এ অবশ্য আইটেম গার্ল।
- হ্যাঁ, নোট করো। জ্যাকি মুস্তাফাকে একটা নম্বর দিল।

পিজি অবশ্য পিটারের কল রেকর্ড ঘেঁটে আগেই নম্বরটা পেয়ে গেছে। সকালে জ্যাকিকে ফোন করার ঠিক আগেই পিটার ওই মেয়েটার সঙ্গে কথা বলেছিল। পিজি নিজের সিস্টেম দিয়ে মেয়েটার এক্স্যাক্ট লোকেশন ট্র্যাক করে ফেলেছে অনেক আগেই। তিলজলার কাছে একটি গলিতে ও গা ঢাকা দিয়ে রয়েছে। হয়ত ওই অ্যাড্রেস আর কেউ জানে না, কিন্তু সঙ্গে মোবাইল রাখার যে কী বিপদ, তা তো বেচারী জানে না।

জ্যাকি বলল, একটা লোকই ওকে ট্র্যাক করতে পারত, ওই বুড়ো রাসকেলটা।

মুস্তাফা বলল, আমাকে ওই আইটেমের লোকেশনটা দিন না স্যার, আমি ওই বুড়ো আইটেমটাকে এখনই তুলে আনছি।

জ্যাকির গলায় রাগ ফেটে পড়ল, আরে সেটা জানলে কি আর হাত গুটিয়ে বসে থাকি? কখন ওকে ধরে এনে চামড়া ছাড়িয়ে নিতাম। আমার টয়লেট নোংরা করে দিয়ে গেছে বদমাশটা। কিন্তু ওকে এখন পাব কোথায়? সে তো ভোজবাজির মত উধাও হয়ে গেছে। আমার থেকে একগাদা টাকা নিল, আবার হুমকি দিয়ে গেল যে ভিডিওটা লিক করে দেবে। একবার যদি হাতের নাগালে পাই ওকে ...

পিজি মুচকি হাসল, এই জন্মে আর হচ্ছে না, ওল্ড পারভার্ট। চামড়া আমি তোমার ছাড়াব।

আপাতত সে জ্যাকির লাইন থেকে মন সরিয়ে নিল। এখন তার আসল কাজ মেয়েটাকে কনট্যাক্ট করা। কিন্তু নিজে থেকে যেচে সেটা করাটা কি ঠিক হবে? খুব দ্রুত কিবোর্ডের ওপর হাত চলতে লাগল পিজির। মেয়েটার ফোনে যেভাবেই হোক ঢুকতে হবে। দেখে নিতে হবে, ও কী অবস্থায় রয়েছে। তারপর না হয় সিদ্ধান্ত নেওয়া যাবে।

কিন্তু একি! একই সময়ে আরেকটা ট্র্যাকিং ডিভাইস অ্যাক্টিভ হয়ে উঠল যে। আরও একজন মেয়েটার লোকেশন খুঁজছে।

নির্ঘাত সেই খুনি অথবা তার চ্যালা চামুণ্ডারা!

পিজি ঠিক করল পাল্টা ট্র্যাক করবে ওই সিগন্যালের সোর্স।

কিন্তু লোকেশনটা দেখে পিজি নিজের চোখকে প্রথমে ঠিক বিশ্বাস করতে পারল না।

সিগন্যাল আসছে একেবারে পুলিশের হেডকোয়ার্টার থেকে! এটা কীভাবে সম্ভব?

এর আগে এই সেম লোকেশন থেকে কেউ একটা পিজির অ্যাড্রেস জানতে চেয়েছিল, আবার এখন সেই একই লোক মেয়েটাকে ট্র্যাক করার চেষ্টা চালাচ্ছে?

পিজি ঠিক করল ব্যাপারটা নিয়ে রাকেশের সঙ্গে একবার কথা বলতে হবে। রাকেশের বস, মতিলালের সঙ্গেও সরাসরি কথা বলা যেতে পারে। কিন্তু তার আগে দেখে নেওয়া দরকার ওরা এই কেসটা সম্পর্কে কতটা জানে। সকাল থেকে শহরে এতগুলো লাশ পড়েছে শহরে, ওদের দুজনের এখন কেসটার মধ্যেই থাকার কথা।

মাথার পেছনে দুটো হাত রেখে চেয়ারে একটু হেলান দিল পিজি।

ভাবল, আমাকে না হয় কেউ খুঁজে পাবে না, সেটা কোনও সমস্যা নয়। সমস্যাটা সম্পূর্ণ অন্য। ওই লোকগুলো মেয়েটাকে খুঁজে বের করে মেরে ফেলবে।

কিন্তু আমি কী করতে পারি? পিজি নিজেকেই প্রশ্ন করল।

এই ঝামেলায় জড়ানোটা কি ঠিক হবে? তার থেকেও বড় কথা, জড়িয়ে কী লাভ?

এই প্রশ্নে সভ্যতার শুরু থেকে মানুষের সত্তা দ্বিধাবিভক্ত হয়ে যায়।

কতদূর পর্যন্ত অন্যের দায়িত্ব নেওয়া যায়?

মেয়েটা বা তার বাড়ির লোক তো আর পিজির সাহায্য চায়নি।

কিন্তু দেখাই যাচ্ছে, এখন একমাত্র ও-ই পারে মেয়েটাকে বাঁচাতে, কিন্তু সেটা করতে গেলে নিজের গর্ত থেকে বেরিয়ে আসতে হবে।

অনেক ঝামেলা পোহাতে হবে। শুধু একজন রুথলেস হ্যাকার এর পেছনে আছে, এমন তো নয়।

দেখাই যাচ্ছে, পুলিশের ভেতরেও তার এজেন্ট আছে।

অন্যদিকে জ্যাকির মত একটা হাফ-শুয়োর-হাফ-মানুষ আর তার গুণ্ডাবাহিনী মেয়েটাকে খুঁজে বেড়াচ্ছে।

তবে সবথেকে ডেঞ্জারাস ওই ক্র্যাকারটাই। এখন বোঝা যাচ্ছে, সব গণ্ডগোলের নেপথ্যে ওই ক্রিমিনাল হ্যাকার।

এত খুনখারাপির কারণগুলোও এখন বোঝা যাচ্ছে। কয়েকটা খটকা এখনও রয়েছে, সেগুলোও পরে কেটে যাবে।

কিন্তু মেয়েটা কি আমার কথা শুনবে? না হলে তো পুরো ব্যাপারটা একটা স্টিকি এন্ড-এর দিকে যাবে! পিজি ভাবতে গিয়ে একটু অন্যমনস্ক হয়ে গেল।

যখন কারও মরা-বাঁচা ওর হাতের ওপর চলে আসে, তখন কি আর হাত গুটিয়ে বসে থাকা যায়?

পিজি উঠে গিয়ে জানলার ধারে দাঁড়াল। মেয়েটির বোনকে সকালেই খুন করা হয়েছে। মেয়েটির মনের ওপর দিয়ে কী ঝড় বইছে, তা সহজেই অনুমান করা যায়। তার ওপর দুটো যুযুধান পক্ষ ওকে খুঁজে বের করার জন্য মরিয়া।

সিদ্ধান্ত নিতে সময় লাগল না।
পিজি ফিরে এল নিজের কাজের জায়গায়।
প্রথমে নিজের পরিচয় গোপন রাখার সবরকম ব্যবস্থা করা দরকার, তারপর ও মেয়েটার নম্বরে ডায়াল করল।
রিং হচ্ছে।
বাইরে আবার বৃষ্টি শুরু হয়েছে। আকাশটা ধূসর, কুয়াশাচ্ছন্ন। একঘেয়ে।
অবশেষে, দীর্ঘ অপেক্ষার পর, একটি মেয়েলি গলা ভেসে এল। ভয়ে কাঁপা কাঁপা, দুর্বল কণ্ঠস্বর। জ্যাকি সেনের মুখের ওপর যে মেয়ে মাদার-ফাকার বলেছিল, সেই মেয়েরই গলা এখন সংশয়ে, ভয়ে সঙ্কুচিত।
পিজি সংক্ষেপে পুরো সিচুয়েশনটা বোঝাল।
জানাল, এক্ষুনি ওখান থেকে বেরিয়ে না পড়তে পারলে ও ঠিক ওর বোনের মতই খুন হয়ে যাবে।
ভিডিওতে দেখে মেয়েটির সঙ্গে মধুবালার মিল পেয়েছিল পিজি। কিন্তু এখন সেই সুন্দর মুখটা ভয়ের চোটে কালো আর ছোট হয়ে গেছে।
ঘড়ি দেখে যদিও মেয়েটিকে বিকেল ঠিক চারটের সময় চায়না টাউনের 'হোটেল ডে-নাইট'-এ দেখা করতে বলল, কিন্তু তখনও পর্যন্ত ওকে কীভাবে বাঁচাবে তার কোনো ডেফিনিট প্ল্যান পিজির মাথায় নেই।
তবুও ফোন রাখার আগে পিজি তাকে বারবার একটা কথাই মনে করিয়ে দিল, এটাই ওর সামনে শেষ সুযোগ। এরপর কিন্তু সে আর ওকে বাঁচাতে পারবে না।
তার পরের ফোনটা করল ভিকিকে। খুব সংক্ষেপে গোটা ঘটনাটা জানিয়ে বলল, আমি বেরিয়ে পড়ছি, তুই চলে আয় ডে-নাইটের ঠেকে। আমি যেতে যেতে তোকে ফের ফোন করে মুম্বইয়ের ব্যাপারটা শুনে নেব।

চ্যাপ্টার টুয়েন্টি থ্রি

রবিবার, বিকেল ৩.৪৫, কলকাতা

হাতে একদম সময় নেই।
ঘড়ির দিকে তাকিয়ে পিজি বুঝল, প্রতিটা সেকেন্ড এখন দামি। তাড়াহুড়ো করে একটা ট্যাক্সি নিল সে।
সকাল থেকে বিকেল পর্যন্ত এত ধকল গেছে যে ফোন চেক করার সময়টুকুও পায়নি।
মোবাইলটা বের করে দেখল, এসিপি রাকেশের দুটো মিসড কলও রয়েছে পিজির মিসড কলের সঙ্গে।

পিজির মনে পড়ল কলকাতা পুলিশের সঙ্গে ওই ভিডিওর রহস্যময় লিঙ্কের কথা।

খোদ হেডকোয়ার্টার থেকে কেউ গোটা ব্যাপারটার ওপর নজর রাখছে, একদিকে জ্যাকির ফোনে আড়ি পাতা, আবার এখন মেয়েটিকেও ট্র্যাক করা।

পিজি ঠিক করল মতিলাল মিস্ত্রি বা রাকেশকে এখনই সরাসরি কিছু জিজ্ঞেস করবে না। ওদের লাইন ট্যাপড কি না, তা কেউ জানে না! পুলিশের লাইন ট্যাপড হওয়াটা এখন জলভাত।

ভিকি এর আগে ওকে মেসেজও পাঠিয়েছে — 'ফ্রি হয়েই কল কর। ইটস আরজেন্ট।'

পিজি আর ভিকির সম্পর্ক আজকের নয়। ওরা একই স্কুলে পড়ত, শুধু একই ক্লাসে পড়ত নয়, ছিল একেবারে হরিহর আত্মা। পিজির বাবা হার্ভার্ডে অঙ্ক পড়ানোর জন্য যখন আমেরিকা পাড়ি দিলেন, ছোট্ট পিজিকেও সঙ্গে নিয়ে গেলেন। তার কিছুদিন আগেই ওর মা মারা গেছেন একটি দুর্ঘটনায়।

তার ঠিক পরেই আমেরিকা পাড়ি দেওয়ার ঘটনাটা দুই বন্ধুরই মন ভেঙে দিয়েছিল। কারণ, অত অল্পবয়সে পিজির মা মারা যাওয়ার পর, ভিকির মা হয়ে উঠেছিলেন ওরও মা।

পিজি সারাদিন ভিকিদের বাড়িতেই কাটাত। বোধহয় শুধু রাতে শোওয়ার জন্য বাড়িতে যেত।

তখন আমেরিকা থেকে আসা যাওয়ার ব্যাপারটাও আজকের মত এত সহজ ছিল না। কিন্তু পিজি প্রায় রোজই বন্ধু ভিকিকে ফোন করত। এটা ভাবার কোনও কারণ নেই যে অত পয়সা খরচ করে পিজি ফোন করত বন্ধুকে।

খুব অল্প বয়স থেকেই ও ফোন ফ্রিক, আর আমেরিকায় যাওয়ার পর, কম্পিউটার পেয়ে গিয়ে তাবড় টেলিকম নেটওয়ার্ককে ও শুইয়ে দিত স্রেফ ওর মেধার জোরে।

পরে হার্ভার্ডেই ডক্টরেট সারে কম্পিউটার সায়েন্স ও ম্যাথমেটিক্সের ওপর, মাত্র এক বছর লেগেছিল পিএইচডি সারতে যেটা হার্ভার্ডের ম্যাথস ডিপার্টমেন্টে আগে কখনও হয়নি। তখন পিজির মাত্র বাইশ বছর বয়স।

আর এদিকে গ্র্যাজুয়েশনের পর ভিকি গেল মিলিটারি অ্যাকাডেমিতে। কম্যান্ডো ট্রেনার হলো।

তারপর ভিকি ভলানটারি রিটায়ারমেন্ট নিয়ে এখন ডিটেকটিভ এজেন্সি চালায় —অ্যাকমি (ACME)।

যদিও বছরে দু, চারবার কী আরও বেশি আমেরিকা থেকে এখন প্রায় ডেলি প্যাসেঞ্জারি করে পিজি, কলকাতা চলে আসে স্রেফ বন্ধুর টানে।

দুই বন্ধুর আরএ একটি ব্যাপারে মিল রয়েছে, সেটি হল ক্রিমিনাল মনস্তত্ব। খুব স্বাভাবিকভাবেই নানা কেসে ওদের আবার যোগাযোগ গড়ে উঠেছে।
ফোন বের করল পিজি। এবার ভিকিকে ফোন করা যেতে পারে।
খুব তালে ট্যাক্সিটা পাওয়া গেছে, নইলে এখন ক্যাব বুক করতে গেলে আরও দেরি হয়ে যেত।
ভিকিকে রিং করে ট্যাক্সি ড্রাইভারের দিকে একবার তাকাল পিজি।
বয়স্ক লোক। পিজির কথাবার্তা শোনার বিন্দুমাত্র আগ্রহ নেই তার।
সে আপনমনে একটা হিন্দি গান গাইছে।
লাইন এনক্রিপ্টেড এবং সিকিউরড।
ভিকির লাইনে কেউ আড়ি পাততে চাইলে পিজি সবার আগে টের পাবে। ভিকি সঙ্গে সঙ্গে ফোন ধরল, হ্যাঁরে। আমি তোর সঙ্গেই কথা বলতে চাইছিলাম। খুব বিজি ছিলি?
- হ্যাঁ, একটা বাজে সিচুয়েশনে ফেঁসে আছি।
- কোনও প্রবলেম?
- সেরকম কিছু না, তবে তোর হেল্প লাগবে। আমি তোকে সব বলব। আগে তুই কেন ফোন করেছিলি সেটা বল?
ভিকি বলল, মুম্বাই থেকে একটা এসওএস (SOS) এসেছে। একটা সোশ্যাল ইঞ্জিনিয়ারিং কেসে ওরা তোর হেল্প চাইছে। একজন হ্যাকার এক ভদ্রমহিলাকে খুন করেছে, আর বরাবরের মতো পুলিশ পুরো ক্লু-লেস। হ্যাকারটা নাকি ওদের সাইবার ক্রাইমের হেডের মোবাইলও হ্যাক করে ফেলেছে।
ভিকি সংক্ষেপে পুরো ব্যাপারটা জানাল—কীভাবে মুম্বাইয়ের এসিপি উদিত কাশ্যপ যোগাযোগ করেছিল রাকেশের সঙ্গে , আর রাকেশ কীভাবে ভিকিকে ধরেছে পিজির খোঁজ পাওয়ার জন্য।
পিজি এক মুহূর্ত ভাবল। তারপর বলল, তুই তো চায়না টাউনের 'হোটেল ডে-নাইট'-এ আসছিস? আমি ওদিকেই যাচ্ছি। তোকে সব ডিটেলসে বলব। মুম্বাইয়ের প্রবলেমটা নিয়েও ওখানেই ডিসিশন নেওয়া যাবে।
ভিকি বলল, ওকে। সি ইউ দেয়ার।
ফোন রেখে পিজি আকাশের দিকে তাকাল। আবার বৃষ্টি শুরু হয়েছে। ঘড়ি দেখল।
এতক্ষণে রাহেলা নিশ্চয়ই তার সিক্রেট ডেরা ছেড়ে বেরিয়ে পড়েছে।
এখন জ্যাকিকে অ্যাড্রেসটা শেয়ার করলে ও তার শাগরেদদের ওই অ্যাড্রেসে পাঠাতে পারে। বরঞ্চ এখন পাঠানোই ভালো। ওরা ফাঁকা বাড়িতে গিয়ে হুল্লোড় করুক। একই সময় যদি ওই ক্র্যাকারটাও তার সাঙ্গপাঙ্গদের ওখানে পাঠাতে

পারে, তাহলে তো সোনায় সোহাগা।
ওরা সবাই মিলে ফাঁকা ঘরে চু কিতকিত খেলবে অথবা হারমোনিয়াম বাজিয়ে গণসঙ্গীত গাইবে।
পিজি জ্যাকিকে ফোন করল।
ওপাশ থেকে জ্যাকি সাগ্রহে ফোন ধরল, হ্যালো? ইয়েস?
আমার নাম পিজি। দ্য পারফেক্ট জেন্টলম্যান।
জ্যাকি চমকে উঠে বলল, কী চাস তুই?
- চোপ শুয়োরের বাচ্চা। তুই ওই মেয়েটার অ্যাড্রেস চাইছিলি না? তাই তো?
- তুই... আপনি জানলেন কী করে? জ্যাকি ত ত করতে লাগল। ও সত্যি মেয়েটার অ্যাড্রেস খুঁজছে পাগলের মত।
পিজি বলল, আগে ক্ষমা চা। একহাতে কান ধর, আরেকহাতে ফোন ধর, আর এবার বল, বুড়ো মানুষদের চিরকাল শ্রদ্ধা করব। কখনও অসম্মান করব না। বল্ আগে, তারপর তোকে অ্যাড্রেস দেব।
জ্যাকি বলল, ঠিক আছে ক্ষমা চাইছি, স্যার। ভুল হয়ে গেছে।
- ভুল? আর কত ভুল করবি জীবনে? আমি সব জানি রে শুয়োর। আমি এটাও জানি 'বার্থডে স্যুট'-এ তোকে কেমন দেখতে লাগে। সম্পূর্ণ ল্যাংটো অবস্থায় দুটো মেয়ের সঙ্গে লটপট করছিলি, ছি ছি ছি, তোর মা জানতে পারলে কী ভাববেন? আমি সব জানি। আরও শুনতে চাস?
পিজির কথা শেষ হলে লাইনের ওপারে পিন পড়ার শব্দও নেই, এমন নিস্তব্ধতা নেমে এল।
জ্যাকির গলা দিয়ে আওয়াজ বেরোচ্ছে না। বলল, না স্যার, আর এমন করব না।
পিজি শান্ত গলায় বলল, মেয়েটার অ্যাড্রেস খুঁজছিলি তো? নোট করে নে হারামজাদা।
পিজি জ্যাকিকে সেই লোকেশনটা দিল যেখান থেকে মেয়েটা এইমাত্র বেরিয়ে এসেছে।
জ্যাকিকে মিথ্যা আশা দিয়ে লাইনটা কেটে দিল পিজি।
ট্যাক্সিটা বৃষ্টির জল ছিটিয়ে দ্রুতগতিতে চায়না টাউনের দিকে এগিয়ে চলল।

চ্যাপ্টার টুয়েন্টি ফোর

রবিবার, বিকেল ৩.৫০, কলকাতা

রাহেলা এক মুহূর্ত সময় নষ্ট করল না।

ইস, এখন যদি বাতাসের চেয়েও দ্রুত ছুটতে পারত ও?

গোপন ডেরা থেকে সে বেরিয়ে এসেছে প্রায় ঝড়ের গতিতে।

মেয়েদের তৈরি হতে অনেক সময় লাগে। সাজগোজ কিছুতেই যেন মনের মত হয় না।

কিন্তু সময় নষ্ট করার মত সময় রাহেলার হাতে নেই।

ফলে এক মুহূর্ত সময় নষ্ট করেনি ও।

তার ষষ্ঠ ইন্দ্রিয় বলছে, ওই অ্যানিমাস কলার তাকে সাহায্যই করতে চায়। মারার ইচ্ছে থাকলে সে ওয়ার্নিং দিত না। লোকটা তো তার লোকেশন জানত, চাইলে এসে গুলি করে মেরে দিয়ে যেতে পারত না কি?

লোকটা হয়ত ওর সঙ্গে কথাই বলতে চায়। সেজন্যই ডে-নাইটে ডেকে পাঠিয়েছে।

রাহেলা তার পাঁচটা এটিএম কার্ড আর দরকারি জিনিসপত্র একটা মাঝারি সাইজের হ্যান্ডব্যাগে ভরে নিল।

ঘর ছাড়ার আগে হঠাৎ কান্নায় গলাটা বুজে এল। বোনের মুখটা মনে পড়ছে। আর পিটার... সকালে সেটাই ছিল ওর শেষ কল - দিদি আমাদের সামনে খুব বিপদ।

কোন বিপদের কথা বলতে চেয়েছিল পিটার? ওই গোপন ভিডিওর সঙ্গে কি ওরা আরও বড় কোনও ষড়যন্ত্রে জড়িয়ে পড়ল?

সেই ফোনের পর পিটারের আর সাড়াশব্দ নেই। তারপর কেন সব চুপ? পিটারও কি নেই?

সম্ভবত ওকেও মেরে ফেলা হয়েছে।

এইসব মুহূর্তগুলোয় রাহেলার মনে হয় ও ঠিক কতটা একা। মন খুলে কথা বলার জন্য একটি লোকই ছিল - দেড় মিনিটের ছোট, যমজ বোন রাহি।

সে আর নেই।

দীর্ঘশ্বাস ফেলল রাহেলা। অনেক বারণ করেছিল ও, কিন্তু পিটার আর রাহি ক্ষেপে উঠেছিল ওই বিশাল পরিমাণ টাকাটার জন্য।

কিন্তু সেটাও তো ওদের মাথায় কাজ করা উচিত ছিল - হঠাৎ একটা লোক অত টাকা দিতে চাইবে কেন?

স্বাভাবিক ঘটনাপ্রবাহের মধ্যে সবসময় একটা স্বচ্ছ যুক্তিপ্রবাহ কাজ করে। হঠাৎ যদি কিছু একটা অস্বাভাবিক ঘটনা ঘটে, তাহলে বুঝতে হবে, তার মধ্যে কোনও গণ্ডগোল রয়েছে।

জানলা দিয়ে পাশের বাড়ি থেকে রান্নার গন্ধ ভেসে আসছে। সকাল থেকে পেটে এক ফোঁটা দানাপানি পড়েনি।

কিন্তু খিদে উধাও। পিটারের খবর পাওয়ার পর থেকে গলা দিয়ে জলও নামছে না।

অ্যানিমাস কলারের নির্দেশমতো সে বাড়ি থেকে বেরিয়ে মোবাইলের সিমটা খুলে নর্দমায় ফেলে দিল।

দামী মোবাইলটা অন করেই রেখে এল ঘরে। ওটা 'ডিকয়' হিসেবে কাজ করবে। সিগন্যাল পাঠাবে। পুলিশ বা গুণ্ডারা ওটাকেই ট্র্যাক করুক।

তাড়াতাড়ি একটা স্কার্ফ দিয়ে মাথা আর মুখটা আলগাভাবে জড়িয়ে নিল রাহেলা।

বাইরে ফের তুমুল বৃষ্টি। নইলে গগলস দিয়ে চোখ ঢাকা যেত। ও দৌড়ে রাস্তা পেরিয়ে বাস স্ট্যান্ডের ছাউনির তলায় গিয়ে দাঁড়াল।

এই বৃষ্টিতে কলকাতায় ট্যাক্সি পাওয়া আর লটারি জেতা সমান।

ভাগ্য ভালো, একটা হলুদ ট্যাক্সি রাস্তা দিয়ে যাচ্ছিল খুব আস্তে আস্তে। যেন ওর কোথাও যাওয়ার কোনও ইচ্ছে নেই।

বৃষ্টির জলে ট্যাক্সিটাকে ঝাপসা জলরঙের ছবির মতো দেখাচ্ছে।

কী ভাগ্য, রাহেলা হাত দেখাতে সেটা থামল।

ট্যাক্সিতে ওঠার ঠিক মুখেই রাহেলা দেখল, দুটো মোটরবাইক কর্কশ শব্দে এসে ব্রেক কষল উল্টো দিকের রাস্তায়।

মাথাঢাকা হেলমেট, একজন যুবক বাইক থেকে নেমে বৃষ্টির মধ্যেই দৌড়ে গেল কোণের পানের দোকানটার দিকে।

রাহেলা স্পষ্ট শুনতে পেল, ছেলেটা হিন্দিতে ওর বাড়ির নম্বরটাই জিজ্ঞেস করছে।

তাহলে ওরা এসে গেছে!

রাহেলা ট্যাক্সির সিটে গা এলিয়ে দিয়ে চোখ বন্ধ করল। বড় করে শ্বাস নিল। ড্রাইভারকে ফিসফিস করে বলল, চায়না টাউন। হোটেল ডে-নাইট। একটু জোরে চলুন, তাড়া আছে।

মনে মনে ওই অচেনা কলারকে ধন্যবাদ দিল রাহেলা।

মোবাইল নেটওয়ার্ক ছাড়া আশা করি ওরা তাকে আর ট্র্যাক করতে পারবে না। সে শুনেছে পুলিশ মোবাইল টাওয়ার লোকেশন দিয়ে ক্রিমিনাল ধরে।

আমি তো ক্রিমিনাল নই, রাহেলা বিড়বিড় করল।
ট্যাক্সি ড্রাইভার ঘাড় ঘুরিয়ে জিজ্ঞেস করল, কিছু বললেন ম্যাডাম।
দীর্ঘশ্বাস ফেলে রাহেলা বলল, না, আপনাকে নয়।
ট্যাক্সিটা জাস্ট কয়েক মিটার এগিয়েছে, পেছন থেকে ভেসে এল গুলির শব্দ।
ট্যাক্সি ড্রাইভার মধ্যবয়স্ক বাঙালি, ঘাড় ঘুরিয়ে বিরক্ত হয়ে বিড়বিড় করে বলল, কলকাতাটা আর আগের মতো নেই। দিনেদুপুরে গুলিগোলা চলছে। যখন তখন যা খুশি হচ্ছে।
সে আপনমনেই বকে চলল, এরা একে অপরের সঙ্গে মারামারি করে মরবে। দেশটাকে এরা উচ্ছন্নে পাঠাবে।
রাহেলা ঘাড় ঘুরিয়ে জলে ঝাপসা হয়ে যাওয়া উইন্ডস্ক্রিনের মধ্যে দিয়ে দেখল ওই ছেলেগুলোর সামনে একটি বড় কালো কাচে ঢাকা এসইউভি এসে থেমেছে।
রাহেলা জানলও না তার পেছনে ঠিক কী ঘটে চলেছে।
মুস্তাফার দল উল্টো দিক থেকে গাড়ি নিয়ে আসছিল। তারা ওই বাইকে আসা তিন যুবককে বাড়িতে ঢুকতে দেখে ফেলে। মুস্তাফার লোকেরা চ্যালেঞ্জ করতেই প্রথম বাইকের সওয়ার ছেলেটা গুলি চালায়।
বৃষ্টির মধ্যে লো ভিজিবিলিটির কারণে গুলিটা মুস্তাফার গাড়ির উইন্ডশিল্ডে লেগে লক্ষ্যভ্রষ্ট হয়।
মুস্তফার দল আর কোনো চান্স নেয়নি। তারা গাড়ির ভেতর থেকেই হেভি ফায়ারিং শুরু করে।
ওদের কাছে লোকবল আর আগ্নেয়াস্ত্র—দুটোই বেশি ছিল। বাইকের একটা ছেলের পেটে গুলি লাগে। সে সঙ্গে সঙ্গে ভিজে রাস্তায় লুটিয়ে পড়ে। বাকি দুজন কোনওমতে বাইক ঘুরিয়ে পালিয়ে যায়।

এই নিয়ে ষষ্ঠ লাশ পড়ল শহরে।
একটা গোপন সেক্স ভিডিওর জন্য এখন পর্যন্ত ছ-টা প্রাণ গেল।
রাহেলা আর কয়েক মিনিট দেরি করলেই সংখ্যাটা সাত হতো।

চ্যাপ্টার টুয়েন্টি ফাইভ

রবিবার, বিকেল ৩.৫৫, কলকাতা

- প্লিজড টু মিট ইউ, পিজি। ভিকি চওড়া করে হাসল।
- নাইস মিটিং ইউ ভিকি।

দুজন দুজনের সঙ্গে হাত মেলাল, একে অন্যের পিঠ চাপড়ে দিল।
দীর্ঘদিন পর দুই বন্ধুর দেখা। 'দ্য নেকলেস' মার্ডার কেসটার পর পিজি একটা ওপেন সোর্স আর্টিফিশিয়াল ইন্টেলিজেন্স প্রোজেক্ট নিয়ে ব্যস্ত হয়ে পড়েছিল। ওকে ডেনমার্ক চলে যেতে হয়েছিল। কারণ ওখানে একটি জায়েন্ট আইটি কোম্পানি পৃথিবীর সবথেকে বড় এআই ডেটা সেন্টার বানাচ্ছে। তার সিকিউরিটি টিমের হেড হিসেবে ব্যস্ত হয়ে পড়েছিল পিজি।
যদিও ওর মন পড়ে থাকে কলকাতায়।
এতদিন ফোনেই কথা হতো।
হোটেলটার মালিক—ট্যাং সিচি—পিজির পুরোনো বন্ধু।
অনেক আগে একটা সাইবার ফ্রড কেসে ফেঁসে গিয়ে প্রায় জেল খাটতে চলেছিল ট্যাং।
পিজি তাকে জেল খাটার হাত থেকে বাঁচিয়েছিল। ট্যাং সেই উপকার ভোলেনি।

ওরা কোণের একটা টেবিল বেছে নিল যেখান থেকে হোটেলে ঢোকার রাস্তা পরিষ্কার দেখা যায়।
ভিকি হাসল, তোকে খুব রোগা লাগছে পিজি। ঠিকমতো খাওয়া-দাওয়া করছিস তো?
- হ্যাঁ, করছি।
- আজ লাঞ্চে কী খেয়েছিস?
- কাপুচিনো। দুজনেই একসঙ্গে হেসে উঠল।

ভিকি গম্ভীর হলো। ওকে সব সময়ই গম্ভীর দেখায়। এক্স-কমান্ডো, পারফেক্ট শেপে থাকে। ডেইলি রুটিন মেনে চলে।
ভিকি বলল, এটা কিন্তু শরীরের পক্ষে ভালো নয় পিজি। ঠিকমতো খাওয়া দরকার। আমি কিছু অর্ডার করি?
পিজি কিছু একটা বলতে যাচ্ছিল, কিন্তু থামল। একজন দীর্ঘাঙ্গী, সুন্দরী মেয়ে ঝড়ের বেগে হোটেলের দরজা ঠেলে ঢুকছে এই মাত্র। এদিক ওদিক চাইছে মেয়েটা। উদভ্রান্তের মত দৃষ্টি। বোঝাই যায়, সে কাউকে খুঁজছে। কিন্তু কাকে,

সেটা ও জানে না।

মেয়েটির উপস্থিতিতে এমন কিছু আছে যা সবার নজর কাড়ে। তার মধ্যে এমন একটা কনফিডেন্স এবং কম্যান্ড আছে যা মেয়েদের মধ্যে দেখা যায় না।

টেবিলে ছড়িয়ে ছিটিয়ে বসে থাকা সব পুরুষের মাথা ঘুরে গেছে ওর দিকে। সবাই মেয়েটিকেই দেখছে। মেয়েরা যেমনই দেখতে হোক, ছেলেদের চোখ এক ঝলকে সবটা মেপে নিতে চায়। মুখ, বুক ও পাছা মনোমত হলে, ছেলেদের চোখ তখন আর সরতে চায় না। কার মনে কী চলে তা বোঝা শিবের বাবারও অসাধ্য।

যুবতী মেয়েদের বয়স শীতের রোদের মত। বোঝা যায় না বেলা কত হল। এই আকর্ষণীয় মেয়েটি, যে কিনা এদিক ওদিক তাকিয়ে সোজা একটি কোণার টেবিলে গিয়ে বসল, তার বয়স তেইশ থেকে তিরিশের মধ্যে যা হোক একটা কিছু হতে পারে।

তার কালো পোশাক, সুঠাম শরীরের আভাস মাত্র দিচ্ছে।

ভিকি পিজির দিকে তাকাল। দুই বন্ধুর মধ্যে চোখাচুখি হতেই পিজি ঘাড় নাড়ল। পিজি ভিডিওতে এই মেয়েটিকেই দেখেছে। ভাগ্যিস এও তার বোনের মত জামাকাপড় ছেড়ে উদোম হয়ে যায়নি।

তাহলে পিজির পক্ষেই ব্যাপারটা খুব এমব্যারাসিং হয়ে যেত।

পিজি উঠে দাঁড়িয়ে এগিয়ে গেল রাহেলার টেবিলের দিকে।

রাহেলা তাকে দেখল। চোখে ভয়।

পিজি হেসে মাথা ঝাঁকাল, আপনি রাহেলা? আমার নাম পিজি।

রাহেলা দেখল এই আগন্তুকের হাসির মধ্যে একটা আশ্বাস আছে।

লম্বা, ছিপছিপে গড়ন। চওড়া কাঁধ আর সরু কোমর দেখে মনে হয় সাঁতারু।

এই ভদ্রলোকই কি ওকে ফোন করেছিল?

পিজির যা নজর কাড়ল তা হলো মেয়েটির চোখ।

বড়, স্লেট-ব্লু রঙের চোখ।

চোখে বুদ্ধির ছাপ কিন্তু তার মধ্যে এক ধরনের উদাসীনতা রয়েছে।

পিজির নাম শুনে রাহেলা ভাবল, অদ্ভুত নাম তো।

কোনও কথা না বলে পিজিকে অনুসরণ করল রাহেলা। ওরা এগিয়ে গেল উল্টোদিকের কোণের টেবিলের দিকে।

সেই কোণের টেবিলে আরেকজন লোক বসে আছে। পাথরের মতো স্থির। পুলিশ না আর্মি? ক্রু-কাট চুল, চওড়া কাঁধ, ইস্পাতের মতো চাহনি। দেখলেই মনে হয় ফৌজি লোক।

লোকটা ওকে দেখে একবারও হাসল না। রাহেলার মনে হল চাউনিটা মোটেও

বন্ধুত্বপূর্ণ নয়।
পিজি পরিচয় করিয়ে দিল, দিস ইজ ভিকি। আমার বন্ধু এবং পার্টনার। ও একটা ডিটেকটিভ এজেন্সি চালায়। আর ও যখন কোনো কম্পিউটার জবের জন্য আমাকে ডাকে, আমি ওকে হেল্প করার চেষ্টা করি।
রাহেলা ম্লান হাসল। সে পরিস্থিতি বোঝার চেষ্টা করছে। এই লোকগুলো কেন তার ব্যাপারে এত আগ্রহী? কীভাবে ওরা জড়িয়ে পড়ল?
সে ভাবল, এরা তো সব জানে। কিন্তু আমাকে বাঁচাতে চাইছে কেন? কোনও স্পেশাল ইন্টারেস্ট?
এই তেইশ বছরের জীবনে রাহেলা অনেক পুরুষ, নারী আর রূপান্তরকামী মানুষ দেখেছে।
ডিটেকটিভ সে কোনওদিন দেখেনি, গল্পে পড়েছে। কিন্তু এই লোকটা কি এখন গল্পের বানানো জগত থেকে এই বাস্তবে বেরিয়ে এল?
কিছু চিরায়ত সত্য তো থাকে এইসব কিশোর রহস্য-কাহিনীর মধ্যে। যদিও সেসব লেখা নিতান্তই কিশোরদের কথা ভেবে লেখা, যেখানে বড়দের বিশ্রী জগতটাকে সযত্নে ঢাকা দিয়ে রাখা হয়।
অন্যদিকে লোকে তার কাছে আসে সেই বিশ্রী জগতটাকে কাঁধে চাপিয়ে, নানারকম স্বার্থ নিয়ে। মূলত তার শরীরের জন্য। সুন্দর কার্ভি শরীর। আওয়ার গ্লাস ফিগার।
কেউ কেউ আসে ওর টাকার জন্য।
কেউ কেউ প্রেমিকের অভিনয় করে তার টাকা হাতাতে চায়। আর এখন কেউ তার ডেডবডি চাইছে!
আবার কেউ তার জীবন বাঁচাতে চাইছে।
বড্ড কনফিউজিং। সে স্বপ্নেও ভাবেনি তার জীবনে এমন কিছু ঘটবে।
বিশেষ করে রাহির মত একটি মিস্টি মেয়ে, এভাবে মারা যাবে? এ কি ঘোরতর অন্যায় নয়? কিন্তু কোথায় ওর প্রতিবাদ জানাবে রাহেলা?
কিন্তু এই দুটি লোক, একই বয়সী হবে বোধহয়, নিজেদের মধ্যে তুই-তোকারি করছে যখন, খুবই ঘনিষ্ঠ বন্ধু।
আর এই পিজি, খুবই বিনয়ী, বলল বটে কম্পিউটার জব, কিন্তু রাহেলা বুঝতেই পেরেছে, এ আসলে কম্পিউটার উইজার্ড। নইলে ওকে ফোনের ভেতর থেকে দেখল কী করে?
ওর মনে পড়ে গেল, এই বিপজ্জনক পেশা থেকে বেরোনোর জন্য রাহি কত ডেসপারেট চেষ্টা করেছিল।
সেটা মনে পড়ে চোখে জল এলেও রাহেলা আবেগ লুকিয়ে রাখার চেষ্টা করল

সবসময়ের মতো।
ওদের নিজেদের মায়ের মৃত্যুর পর সব বদলে গেছিল।
তাদের সাজানো সংসারটা উল্টেপাল্টে গেল। বাবা আবার বিয়ে করলেন—একটা ভুল সিদ্ধান্ত যা তাদের জীবনটা তছনছ করে দিল।
রাহেলা ভালো ছাত্রী ছিল। নামী ইংলিশ মিডিয়াম স্কুলে র‍্যাঙ্ক করত। রাহি অত ভালো না হলেও খারাপ ছিল না। সৎ মা তাদের এমন একটা জীবন বেছে নিতে বাধ্য করল যা তারা দুঃস্বপ্নেও ভাবেনি।

সেই রাগী-দেখতে ফৌজি লোকটা একটা কথাও বলেনি। অন্যজন—যে দেখতে বেশ হ্যান্ডসাম এবং ফ্রেন্ডলি—কথা শুরু করল।
তুমি সবই জানো রাহেলা। তাই রিপিট করে তোমার সময় নষ্ট করব না। তুমি এটাও জানো যে তোমার জীবন বিপন্ন। কিন্তু তুমি কি জানো এর পেছনের কারণটা কী?
রাহেলা মাথা নাড়ল। সে নিজেকে একটু কমফর্টেবল করার চেষ্টা করল, ভিডিওটা, তাই তো?
পিজি হাসল, হ্যাঁ, সেই সিক্রেট ভিডিও। আমি জানি তোমরা দুই বোন এই খেলায় ব্যবহৃত হয়েছ। তুমি কি জানো এর পেছনে কে ছিল?
জানি না। গ্রাস পিটারের সঙ্গে যোগাযোগ করে আইডিয়াটা দিয়েছিল। আমি প্রোটেস্ট করেছিলাম। আমি এসব ফিশি ব্যাপারে জড়াতে চাইনি। জানতাম রিস্ক আছে।
ফৌজি লোকটা নিচু গলায় বলল, কিন্তু তুমি জড়িয়েছিলে সিস্টার। ব্যাপারটা ঘেঁটে যাওয়ার পর সবাই একই গল্প শোনায়।
রাহেলা বলল, হ্যাঁ, আমি স্যরি এমন একটা স্টুপিড মিসটেক করার জন্য। আমার আরও স্ট্রংলি ওদের বাধা দেওয়া উচিত ছিল। কিন্তু আপনারা পুরোটা জানেন না। পিটার আর রাহি বিয়ে করার প্ল্যান করছিল, তাই ওদের একসঙ্গে অনেক টাকার দরকার ছিল। যাই হোক, ওদের এভাবে তাড়াহুড়ো করা উচিত হয়নি।
পিজি বলল, যা ঘটে গেছে, তাকে আর প্লে ব্যাক করে ফেরানো যাবে না। তোমার বোন মারা গেছে। পিটার আর গ্রাসও মৃত। তোমার জীবনও এখন ঘোর বিপদে। এবার বলো, তুমি কি জানো কেউ গ্রাসের সঙ্গে যোগাযোগ করেছিল কি না?
- ফ্র্যাঙ্কলি বলছি, আমার কোনো আইডিয়া নেই। আমি তো কাল রাতেই দিল্লি চলে গেছিলাম।

- আমি জানি সেটা। পিজি বলল মৃদু গলায়।
রাহেলা পিজির দিকে দুটো বড়বড় চোখ তুলে বলল, আপনি ঠিকই বলেছিলেন, আধঘণ্টা আগে আমি যখন বাড়ি ছেড়ে বেরোচ্ছি, তিনটে ছেলে আমাকে খুঁজতে এসেছিল।
- তুমি জানলে কী করে? ভিকি জিজ্ঞেস করল।
ট্যাক্সিতে ওঠার সময় আমি ওদের কথা শুনতে পাই। ওরা আমার লোকেশন নিয়ে কথা বলছিল। তারপরই গুলির আওয়াজ শুনি। ট্যাক্সি ড্রাইভার দ্রুত গাড়ি চালিয়ে দেয়, ফলে ওখানে তারপর কী হয়েছে, তা জানি না।
পিজি ভিকিকে এমন কিছু বলল যা রাহেলা শুনতে পেল না। ভিকি একটা নম্বরে ফোন করল।
নিচু গলায় কথা বলে পিজিকে ইশারায় জানাল, ক্রস ফায়ারে একজন ডেড। পিজি হাসল, জানতাম এটাই হবে। এনিওয়ে... সে রাহেলার দিকে ফিরল, এটা কোনো সাধারণ ব্ল্যাকমেলিং নয়। কেউ গ্রাসকে ব্যবহার করেছে এবং কাজ শেষ হওয়ার পর তাকে নির্দেশ দিয়েছে তোমাকে ঝেড়ে ফেলার জন্য। গ্রাস জানত না তার জন্যও একই পরিণতি অপেক্ষা করছে। এখন দুজন তোমাকে খুঁজছে দুটো আলাদা কারণে।
পিজি একটু থামল, তারপর বলল, জ্যাকি তোমাকে শেল্টার দিতে চায় কারণ ও তোমাকে ব্ল্যাকমেলিং কন্সপিরেসি-র সাক্ষী হিসেবে চায়। আর সেই অজানা লোকটা, যে জ্যাকিকে ব্ল্যাকমেল করতে চেয়েছিল, সে তোমাকে মেরে ফেলতে চায় একই কারণে। সে চায় না তুমি কোর্টে সাক্ষ্য দাও। এই খুনি ডেঞ্জারাস লোক। সে যে কোনও কম্পিউটার বা মোবাইল হ্যাক করতে পারে, লোকেশন ট্র্যাক করতে পারে এবং টার্গেটকে মারার জন্য লোক পাঠাতে পারে। একা থাকলে তুমি খুব ভালনারেবল। সফট টার্গেট। এমনকী তুমি এটিএম কার্ড ব্যবহার করলেও ও তোমার লোকেশন জেনে যাবে। এখন বলো তুমি কী করতে চাও?
রাহেলা অসহায়ভাবে তাকাল, আমি জানি না। আপনি সাজেস্ট করুন। আপনি যা বলবেন, আমি তাই করব।
পিজি বলল, একটাই অপশন আছে। এই কেসটা মেটা পর্যন্ত তোমাকে আমাদের সঙ্গে থাকতে হবে। আমরা যতক্ষণ না কালপ্রিটকে খুঁজে বের করে পুলিশের হাতে তুলে দিচ্ছি, ততক্ষণ পর্যন্ত তো বটেই। তারপর না হয় জ্যাকির শাস্তির ব্যবস্থা করা যাবে।
রাহেলা পিজির দিকে তাকাল। কিছুক্ষণ নীরবতা। শেষে রাহেলা মাথা নিচু করে বলল, কিন্তু আপনারা তো আমাকে চেনেন না। আমি... আমি কিন্তু ভালো

মেয়ে নই। তাছাড়া আমার জন্য আপনি এভাবে নিজের জীবন বিপন্ন করবেন?
পিজি হাসল, আমিও ভালো ছেলে নই, বিশেষ করে জ্যাকি সেনের মতো লোকেদের সঙ্গে। আমাদের সঙ্গে থাকলে সেটা বুঝতে পারবে। তবে, পিজি মুচকি হেসে ওর বন্ধু ভিকির দিকে তাকাল, ও কিন্তু খুব ভাল ছেলে।
ভিকির গম্ভীর মুখের দিকে তাকিয়ে রাহেলা মুখ নামিয়ে হাসি চাপল। ওর মনের মেঘ অনেকটাই কাটিয়ে দিয়েছে এই দুই বন্ধুর সঙ্গ। এতদিনে ও অনেকটা নিশ্চিন্ত বোধ করছে।
পিজিকে অপছন্দ করার কোনও কারণ এখনও অবধি ঘটেনি।
সে স্কুলছাত্রীর মতো মাথা নেড়ে বলল, আমি আপনাদের সঙ্গেই থাকব।
পিজি হেসে মাথা ঝাঁকাল, গুড ডিসিশন।

পিজি ভিকির দিকে তাকাতেই রাহেলা দেখল ওই কঠিন মুখটা একটু নরম হলো। ভিকি একটা নম্বরে ডায়াল করে ফোনটা পিজিকে দিল। পিজি অন্য কারও সঙ্গে কথা বলতে শুরু করল, আমি তোমাকে হেল্প করব একটা অন্য কারণে রাকেশ। তুমি আমার বন্ধু। কিন্তু আমি সাধারণত পুলিশ বা আর্মির কাজ এড়িয়ে চলি। দে ডোন্ট পে ওয়েল। ওরা ভালো টাকা দেয় না। এনিওয়ে, তুমি যখন চাইছ, আমি তোমার বন্ধুকে সাহায্য করতে রাজি। কিন্তু একটা সিচুয়েশন আছে। সেসব ফোনে হবে না। পরে বলব, বা ভিকি তোমাকে জানাবে। তোমার মুম্বাইয়ের বন্ধুকে বলো তিনটে রিটার্ন টিকিট আর দুটো হোটেল রুম বুক করতে। আমি ইভিনিং ফ্লাইটেই মুম্বাই যাব এবং কালই ফিরব।
রাহেলার মনের মধ্যে এখন মিশ্র অনুভূতি।
সে আর এদের অপছন্দ করছে না, কিন্তু একটা অদ্ভুত অস্পষ্ট অনুভূতি কাজ করছে।
এমন রহস্যময় মানুষ সে আগে কখনও দেখেনি।
বিশেষ করে এই লোকটা—পিজি। সে ভীষণ রহস্যময় এবং আকর্ষণীয়।
রাহেলা একবার মুখ তুলে পিজির দিকে স্পষ্টদৃষ্টিতে তাকাল।
পিজি তখন গলা নামিয়ে ভিকির সঙ্গে কিছু একটা আলোচনা করতে ব্যস্ত।
রাহেলা মুখ নামিয়ে নিল। আবার তুলল এবং এবার পরিস্কার দেখল কথা বলতে বলতে পিজি ওর দিকে একবার আলগোছে তাকাল। মাথা ঝাঁকিয়ে হাসল।
রাহেলা বুঝল ওই চাউনি বা হাসির মধ্যে বন্ধুত্ব আছে, লোভ নেই।

চ্যাপ্টার টুয়েন্টি সিক্স

রবিবার, রাত ৮.৩৫, মুম্বাই

বাইরে এখন গাঢ় অন্ধকার।

উদিত তার অফিসে একা বসে আছে।

মুম্বাই পুলিশ হেডকোয়ার্টার অবশ্য এখনও সরগরম। করিডরে লোকজনের আনাগোনা। ডিউটিতে আসছে নাইট শিফটের পুলিশরা। ওরা এটাকে ভালোবেসে বলে 'গ্রেভইয়ার্ড শিফট'।

রাতে ভারতের এই বাণিজ্যিক রাজধানীর সুরক্ষার জন্য বাড়তি সতর্কতা দরকার। ক্রিমিনালরা এই সময়টাই বেছে নেয়। তাই পুলিশকে সবসময় রেডি থাকতে হয়। এই শহরের ওপর কম অ্যাটাক হয়নি আজ পর্যন্ত।

মিনিট কয়েক আগে উদিত দুটো হোটেল রুম বুক করেছে, ঠিক যেমনটা পিজি বলেছিল। এয়ারপোর্ট থেকে পিক-আপ করার জন্য একটা গাড়িও পাঠানো হয়েছে।

উদিত ওদের কথাই ভাবছিল। পিজি আর তার দুই সহযোগী। একজন আবার মেয়ে। এটা কি কোনো হ্যাকার টিম? একসঙ্গে কাজ করে?

অথচ রাকেশ তো শুধু পিজির কথাই বলেছিল।

উদিত অন্যমনস্ক হয়ে জানলার বাইরে তাকিয়ে ছিল। হঠাৎ মোবাইলটা বেজে উঠল। সে দ্রুত ফোনটা তুলল।

আধো অন্ধকারে নম্বরটা খেয়াল করল না।

বলল, ইয়েস... ওপাশ থেকে একটা যান্ত্রিক, মেকানিক্যাল গলা ভেসে এল, মিস্টার কাশ্যপ, আপনি এইমাত্র একটা ভুল সিদ্ধান্ত নিলেন।

উদিত চমকে উঠল, কে আপনি?

সেই অ্যানিনিমাস কলার ঠান্ডা গলায় বলল, আমি চাইলে বিকেলেই আপনার স্ত্রী আর ছেলেকে মেরে ফেলতে পারতাম। মারিনি শুধু একটা কারণে। আমি জাস্ট আপনাকে একটা ডেমো দেখাতে চেয়েছিলাম যে কী হতে পারত।

উদিত ঢোক গিলল। বিকেলের সেই আতঙ্কের কথা মনে পড়ে গলা শুকিয়ে গেল ওর, কোনোমতে বলল, কে আপনি? কী চান?

- এই কেস থেকে সরে দাঁড়ান। জাস্ট উইথড্র স্লোলি। বেশি তাড়াহুড়ো করবেন না, তাহলে সন্দেহ হবে। আর হ্যাঁ, ওই হ্যাকারকে ফেরত পাঠান। ওকে হায়ার করার কী দরকার ছিল? আমাকে এই পৃথিবীতে কেউ ট্রেস করতে পারবে না। আজ পর্যন্ত কেউ পারেনি। কিন্তু আপনি আপনার ফ্যামিলিকে যেখানেই

লুকোন, আমি ঠিক খুঁজে বের করব। আপনি কি সেটা চান?
উদিতের গলা দিয়ে স্বর বেরোচ্ছে না। ডেসপারেট কিন্তু দুর্বল গলায় বলল, কমিশনার নিজে ইনভলভড। আমার হাতে কিছু নেই।
খুনি বলল, আমি জানি। কিন্তু কমিশনার তো আপনার চোখ দিয়ে দেখছে, আপনার কান দিয়ে শুনছে। ওকে মিসগাইড করুন। আমাকে নয়।
কলার একটু থামল। তারপর আবার বলল, আপনার সেই বান্দ্রা প্রপার্টি ডিলের কথা মনে আছে? গরিব দোকানদারটা মারা গেল... আপনি এক কোটি টাকার বিনিময়ে কেসটা ধামাচাপা দিয়ে দিলেন। ফাইলটা মিসিং হয়ে গেল। ওটা তো আপনার শ্বশুরবাড়ির প্রপার্টি ছিল, তাই না? আপনার স্ত্রীর নামে ফরেন ব্যাঙ্কে একটা অ্যাকাউন্ট আছে। উনি তো ইন্টেরিয়র ডিজাইনিং করেন, তাই না? ওই অ্যাকাউন্টে টাকা পৌঁছে যাবে। আপনি আমার হয়ে কাজ করুন, তাতে অনেক লাভ আছে।
উদিত চুপ করে রইল। সময় নিল।
সত্যিতো, কেন নয়?
আজ সকাল থেকে সে কাজ করছে। বারো ঘণ্টার ওপর হয়ে গেল। সরকারের দেওয়া এই সামান্য স্যালারিতে কি সংসার চলে?
বোঝাই যাচ্ছে, খুনি মুম্বাই পুলিশের ভেতরেও ঢুকে পড়েছে। উদিত আগেই সন্দেহ করেছিল, কিন্তু এই সিন্ডিকেটের পে-রোলে কতজন আছে সেটা তার জানা ছিল না।
লোকটার গলা এখন বেশ বন্ধুত্বপূর্ণ শোনাল, এই কলটা কেউ ট্রেস করতে পারবে না মিস্টার কাশ্যপ। ইটস এনক্রিপ্টেড। সো ইউ আর সেফ। এবার ডিটেলসটা বলুন। ওরা কখন আসছে আর কোথায় রাখছেন ওদের? কোন হোটেল?
উদিত বলল, যতদূর জানি, হ্যাকারের নাম পিজি। ওরা সম্ভবত গ্রুপে কাজ করে। সঙ্গে আরও দুজন রয়েছে। তবে ডিটেলস এখনও জানি না। আমি ছত্রপতি শিবাজী টার্মিনাস স্টেশনের কাছে দুটো রুম বুক করেছি।
- কোন হোটেল? ওদিকে তো অনেক হোটেল।
- হোটেল ভিউ।
- বলতে বাধ্য হচ্ছি মিস্টার কাশ্যপ, আপনি পারফেক্ট চয়েস করেছেন। আপনার অফিস ডি এন রোডে, আর ওদের রাখলেন সিএসএমটি-র কাছে। হাতের নাগালে। কখন ল্যান্ড করছে?
- আধঘণ্টার মধ্যে।
- আশা করি গাড়ি পাঠিয়েছেন?

- হ্যাঁ। ও আমাকে ফোন করবে।
- তাহলে একটা কাজ করুন। একটা ফেভার। ওরা পৌঁছনোর আগেই আপনার লোক পাঠিয়ে ওই মেয়েটার—সারিকার—বাড়ি থেকে ওর ল্যাপটপ আর মোবাইল সিজ করে নিন। আপনার সেই অধিকার আছে। ইনভেস্টিগেশনের স্বার্থে। কাল ওই হ্যাকারকে অন্য একটা ল্যাপটপ দেবেন। ডিসপোজেবল ল্যাপটপ। সাইবার সেলে তো বাজেয়াপ্ত করা অনেক ল্যাপটপ পড়ে থাকে। আমি চাই না ওরা কাল সকালের আগে কাজ শুরু করতে পারুক।
- হোপ সো। তাই হবে।
উদিত দীর্ঘশ্বাস ফেলল। বুকটা ভারী হয়ে আছে। চাকরিতে এই প্রথম সে পরাজয়ের স্বাদ পেল। কিন্তু কী-ই বা করার আছে?
এখানে অপরাধী এক অদৃশ্য ডিজিটাল পর্দার আড়ালে বসে আছে। তার হাত অনেক লম্বা।
ফোন রাখার আগে সেই যান্ত্রিক গলাটা শেষ কথাটা বলে গেল, ওই হ্যাকারটা একটা সাদা চুলো, মোটা থলথলে বুড়ো। সারাক্ষণ ঢেঁকুর তোলে। কাজ জানে বটে, কিন্তু ওকে অন্য ল্যাপটপ দিয়ে বসিয়ে দিন। বুড়োটা স্ট্রাগল করুক।
জীবনে প্রথমবার উদিত তার বন্ধু রাকেশের ওপর সন্দেহ করল। রাকেশও কি এদের পে-রোলে আছে?
নইলে খুনি জানল কী করে হ্যাকারটা দেখতে কেমন? ও তো পিজির ডেসক্রিপশন হুবহু বলে দিল!
চেয়ারে আঠা দিয়ে সাঁটা মূর্তির মতো বসে রইল উদিত।
জীবনে প্রথমবার সে নিজের ইচ্ছার বিরুদ্ধে কাজ করতে যাচ্ছে। সে এই কেসটা সলভ করতে চেয়েছিল। ভেবেছিল প্রমোশন পাবে। হিরো হবে। এখন সব হাতের মুঠো থেকে বেরিয়ে যাচ্ছে।
বালির মতো ঝরে পড়ছে।
অন্ধকারে বসে সে হাসার চেষ্টা করল। বড় করুণ সেই হাসি।

চ্যাপ্টার টুয়েন্টি সেভেন

রবিবার, রাত ১০.৩৫, মুম্বাই

- কেউ রাকেশের লাইন ট্যাপ করেছিল। আমার প্রথম থেকেই সন্দেহ হচ্ছিল যে রাকেশের লাইনটা বোধহয় কম্প্রোমাইজড হয়ে আছে।

পিজির কথাটা শুনে ভিকির মুখে বিশেষ ভাবান্তর ঘটল না। শুধু বলল, তার মানে রাকেশ বিকেলে তোকে যা যা বলেছে, খুনি তার সবটাই শুনেছে?

- সব। চিন্তিত মুখে সায় দিল পিজি।

ওরা এখন ক্রফোর্ড মার্কেটের উল্টোদিকে একটা হোটেলের রুফটপ রেস্তোরাঁয় বসে আছে।

এখান থেকে এসিপির অফিসটা স্পষ্ট দেখা যায়।

মুম্বাই এয়ারপোর্টে ল্যান্ড করার পরেই পিজি প্ল্যান চেঞ্জ করে ফেলেছিল। সে উদিতকে তার আসল লোকেশন জানায়নি। পুলিশের পাঠানো গাড়িতেও ওঠেনি।

ওরা চেক-ইন করেছে সম্পূর্ণ অন্য একটা হোটেলে। কলকাতা ছাড়ার আগেই পিজি বুঝতে পেরেছিল যে রাকেশের লাইন সিকিওরড নয়।

ফলে ওদের প্ল্যানে বদল ঘটে।

লোকটা কে হতে পারে সে বিষয়ে বিশেষ কোনও সন্দেহ নেই। এমন একজন যে অনেকটা পিজির মতই আড়ালে থেকে জ্যাকি সেনকে ফাঁসানোর চেষ্টা করেছিল। কিন্তু সেই একই লোক যে এখানেও হাজির, সে বিষয়ে কোনও সন্দেহই নেই। বোঝা যাচ্ছে খুনী ক্র্যাকারের জাল ছড়ানো গোটা ভারত জুড়ে। জ্যাকি যদি পিজিকে না ডাকত, তাহলে এতক্ষণে মৃতদের তালিকায় আরেকটি নাম যোগ হত - রাহেলা।

আরও একটা কথা বোঝা যাচ্ছে, প্রতিটি বড় শহরেই হয়ত পুলিশের ভেতর সেই হ্যাকারের লোক বসে আছে। এটাই সবথেকে বড় চিন্তার কথা।

আসার পথে পিজি ভিকিকে সেই সন্দেহর কথাটাই বলেছিল, আমার মনে হয় কলকাতা পুলিশের ভেতরেই হ্যাকারের কোনো এজেন্ট বসে আছে।

ভিকি বলেছিল, রাকেশকে জানানো দরকার।

ফোনে নয়। কলকাতায় ফিরে সামনাসামনি বলাটাই সেফ।

তারপরেই পিজি ঘোষণা করল, মুম্বাইয়ের প্ল্যানটা একটু চেঞ্জ করা দরকার। যদি ফোন ট্যাপ হওয়ার ব্যাপারটা ও না জানত, তাহলেও অবশ্য ও একই কাজ করত।

শেষ মুহূর্তে প্ল্যান চেঞ্জ করার অর্থ কোনও রিস্ক না নেওয়া। হ্যাকার হিসেবে এটাই পিজির সারাজীবনের স্ট্র্যাটেজি।

অ্যাননিমিটি ইজ দ্য কি। ছায়ায় থাকাটাই আসল চাবিকাঠি।

ক্রফোর্ড মার্কেটের উল্টোদিকে বসে উদিতের অফিসের দিকে তাকিয়ে আছে পিজি।

ল্যাপটপের মনিটরে উদিতের কল রেকর্ডের ট্রান্সক্রিপশন ঝড়ের গতিতে ডাউনলোড হচ্ছে।

পিজির হঠাৎ পাবলো নেরুদার প্রিয় কবিতাটার প্রথম লাইন মনে পড়ে গেল, টুনাইট আই ক্যান রাইট... আজকের রাতটা অপূর্ব। তারায় ভরা আকাশ। সেই আকাশের নিচে বসে আছে দুই বন্ধু। নিচু গলায় চলছে কিছু জরুরি আলোচনা।

ট্রান্সক্রিপ্ট নামা শেষ হল একটু আগে।

দ্রুত চোখ বুলিয়ে নিয়ে পিজি হাসতে শুরু করল। আত্মতৃপ্তির হাসি। বলল, এটা আমি আগেই আন্দাজ করেছিলাম।

ভিকি জিজ্ঞেস করল, কী?

- এটা পড়ে দেখ।

ভিকি ট্রান্সক্রিপশনটা পড়তে খুব একটা সময় নিল না। পড়া শেষ হতেই মুচকি হেসে তেতো গলায় বলল, এ আর নতুন কী? টাকার লোভ তো রয়েছেই, তার ওপর উদিতকে মালটা দুপুরে যা ভয় পাইয়ে দিয়েছে, তাতে ও যে বিক্রি হয়ে যাবে, সে তো জানা কথাই।

- আমি জানতাম ভিকি, এমনই কিছু একটা হবে। পিজি দীর্ঘশ্বাস ফেলে আড়মোড়া ভাঙল। ক্লান্ত লাগছে।

রেস্তরাঁর ছাদে বসে রাতের মুম্বই শহরের আলো দেখতে দেখতে পিজি বলল, বেশিরভাগ কেসে এটাই হয়। ওরা ফাইল বদলে দেয়। দেখায় ফাইল মিসিং। ক্রিমিনালদের থেকে টাকা খায়, আর মাঝেমধ্যে উইটনেসদের সরিয়ে দেওয়ার ব্যবস্থা করে। ইটস প্যাথেটিক! শুধু এখানে নয়, সব জায়গাতেই একই অবস্থা। এই জন্যই আমি এদের ওপর রিলাই করি না। ঠিক কেউ না কেউ করাপ্ট বেরিয়ে যাবে।

ভিকির কঠিন মুখটা একটু নরম হলো, কিন্তু পিজি, রাকেশ অনেস্ট অফিসার। আমি বিশ্বাস করতে পারছি না যে রাকেশও ওই সিন্ডিকেটের পে-রোলে আছে।

- আমিও বিশ্বাস করি না ভিকি। ও আমাদের বন্ধু। কিন্তু কোনও হ্যাকার যদি ওর ফোন ট্যাপ করে, ও কীই বা করতে পারে?

- কিন্তু আমরা কি এটা আটকানোর জন্য কিছুই করতে পারি না?

পিজি হাসল, কলকাতায় ফিরে রাকেশের ফোনটা আমাকে কিছুক্ষণের জন্য দিস। আমি ফিক্স করে দেব। এটা আমাদের আগেই করা উচিত ছিল। মতিলালকেও বলিস ওর পার্সোনাল ফোনটা যেন দেয়। আফটার অল, ওরা আমাদের বন্ধু, দরকার, অদরকারে ফোন তো মানুষ করবেই, তাই না?
ভিকির মুখ উজ্জ্বল হলো, গুড আইডিয়া। আমি দুজনকেই বলব। কিন্তু তুই এখানে কী করবি? উদিত যদি ল্যাপটপটা চেঞ্জ করে দেয়, বা অন্য ল্যাপটপ দেয়, তাহলে তো ওই হ্যাকারকে ট্রেস করবি কী করে?
পিজির মুখে রহস্যময় হাসি খেলে গেল, রাস্তা আছে বন্ধু। ক্রমশঃ প্রকাশ্য। মালটাকে আমি পাতাল থেকে টেনে বের করব। ও লুকোবে কোথায়? এখন ওকে একটু খেলতে দেওয়া দরকার।

দূর থেকে গাড়ির শব্দ ভেসে আসছে। রাতের মুম্বাই সেজে উঠছে।
পিজি চিন্তিত মুখে বলল, জানিস ভিকি, আমি অন্যভাবে ভাবছি। যে লোকটা রাকেশের নম্বর ট্যাপ করেছে, সেই একই লোক এখানে উদিতের মোবাইল হ্যাক করেছে। দেয়ার ইজ আ কমন কানেকশন। একটা প্যাটার্ন তৈরি হচ্ছে। এই ধরনের সাইকোপ্যাথ সারাক্ষণ অপরাধ না ঘটাতে পারলে অস্থির হয়ে ওঠে। সেটাই বেশি চিন্তার।
ভিকি সায় দিল, আমারও প্রথম থেকেই মনে হচ্ছিল কলকাতা আর মুম্বাইয়ের মধ্যে কমন কানেকশন আছে। ইনফ্যাক্ট আমি তোকে ওটাই বলতে যাচ্ছিলাম। এই কোইনসিডেন্সটা বেশ অদ্ভুত। কিন্তু ভিকি, আমাদের খুব সাবধানে পা ফেলতে হবে। ঠিক এই মুহূর্তে আমাদের প্রতিটি গতিবিধি ও আগাম জেনে যাচ্ছে। এই রাস্তাটা এখানেই কেটে ফেলতে হবে। কলকাতায় ফিরে প্রথম কাজ হবে, রাকেশ ও মতিলালের ফোন সেকিওর করা। তাহলে কলকাতাতেও আমরা সেফ জোনে ঢুকে পড়ব।
- কারেক্ট। ভিকি মাথা নাড়ল। বলল, এবার কালকের জন্য আমাদের একটা সলিড প্ল্যান দরকার। তোর প্ল্যান কী?
- আমি ল্যাপটপ কালেক্ট করতে যাব না। ল্যাপটপের মধ্যে কোনও ট্র্যাকিং ডিভাইস ইমপ্ল্যান্ট করা আছে কি না, সেটা ডিটেক্ট করার জন্য আমার দূরে থাকা দরকার। আমি ধরেই নিচ্ছি, তা থাকবেই। ওদের প্রথম টার্গেট হবে আমাদের লোকেশন ট্র্যাক করা।
ভিকি হাসল, তাহলে আমিই যাব পিজি সেজে? মানে সেই বুড়ো লোকটা সেজে? তোর হয়ে প্রক্সি দিতে বলছিস?
- এক্স্যাক্টলি। পিজি মুচকি হাসল, যে কেউ পিজি হতে পারে। শুধু দরকার

মাথায় সাদা চুল, মাঝপ্রদেশে একটু চর্বি বা ভুঁড়ি, আর সেই লোকটা নিয়মিত ইন্টারভ্যাল-এ বিকট শব্দে ঢেঁকুর তুলবে। কীরে, পারবি না?

চ্যাপ্টার টুয়েন্টি এইট

সোমবার, সকাল ৭.৩৫, মুম্বাই

কাল রাতে উদিতের এক ফোঁটাও ঘুম হয়নি। সারা রাত জেগে সে শুধু এই গোটা ঘটনার শেষটা কী হবে, তা নিয়েই ভেবেছে।

ভোরের দিকে মোবাইলটা বেজে উঠে ওর ঘুম ভাঙাল।

সেই একই যান্ত্রিক, মেকানিক্যাল গলা, গুড মর্নিং মিস্টার কাশ্যপ।

বিরক্ত হলেও উদিত বুঝতে দিল না। বলল, মর্নিং।

অদৃশ্য কণ্ঠস্বরটা বলল, প্ল্যানে একটু চেঞ্জ হয়েছে।

উদিত বলল, হ্যাঁ, ওরা হোটেল বদলে ফেলেছে। আমাকে জানায়নি কোন হোটেলে উঠেছে।

- ওরা বুঝেছে যে আপনাকে জানালে আমিও জেনে যাব।

উদিত মনে মনে ওই হ্যাকারকে গালমন্দ করলেও মুখে কিছু বলার সাহস পেল না।

সে বলল, কলকাতার হ্যাকার, মানে পিজি, ঠিক সাড়ে ন'টায় আসবে। ল্যাপটপটা কালেক্ট করতে।

- ওকে। আমিও আমার প্ল্যানটা একটু বদলেছি।

- কী?

- ওকে আসল ল্যাপটপটাই দেবেন।

- মানে মেয়েটার ল্যাপটপ? কিন্তু...

- ল্যাপটপটা হ্যান্ডওভার করার ঠিক আধঘণ্টা আগে ওটা ইন্টারনেটের সঙ্গে কানেক্ট করবেন। আমি সব ট্রেস রুট ডিলিট করে দেব। আর একই সঙ্গে ওটার মধ্যে একটা ট্র্যাকিং ডিভাইস ইনস্টল করে দেব। আমি সিগন্যাল পেলেই আপনাকে জানাব।

- ওকে। সেটা কোনো সমস্যা নয়।

- বাই দ্য ওয়ে, একজন ভালো কনস্টেবলকে সিভিল ড্রেসে ওদের পেছনে লাগাবেন। আমি ওদের হোটেলের অ্যাড্রেস চাই।

- ওকে।

- ডোন্ট টেক ইট আদারওয়াইজ, কিন্তু পুলিশের এফিসিয়েন্সির ওপর আমার খুব

একটা ভরসা নেই। তাই আমার লোকও ওদের ফলো করবে। আমি কোনো চান্স নিতে চাই না। অল রাইট। খুনি দীর্ঘশ্বাস ফেলল, কাজের ইনসেনটিভ হিসেবে আমি এইমাত্র আপনার অফশোর অ্যাকাউন্টে পাঁচ হাজার ডলার ট্রান্সফার করেছি। মোবাইলে মেসেজ পেয়ে যাবেন।

- থ্যাঙ্ক ইউ।

লাইনটা কেটে গেল। উদিত বিধ্বস্ত অবস্থায় বসে রইল। অনুশোচনা হচ্ছে। ও একটা অন্ধকার গর্তে পড়ে যাচ্ছে। অথবা অন্ধকার গর্তটাই ওকে ভেতরে টেনে নিচ্ছে।

নিজের কাজের জন্য নিজেকে এখন খুব ছোট আর জঘন্য মনে হচ্ছে উদিতের। কিন্তু ওরই বা কী করার আছে?

ব্রেকফাস্ট টেবিলে তার স্ত্রী পাখি জিজ্ঞেস করল, তোমার কি শরীর খারাপ লাগছে?

উদিত ম্লান হাসল, না।

- তুমি খুব চাপে আছ ডার্লিং। তোমার মুখ দেখেই বোঝা যাচ্ছে।

- চাপ? না না! সব ঠিক আছে। আমরা একজন ভালো হ্যাকার হায়ার করেছি। সে এসে গেছে। আশা করি কেসটা ও ক্র্যাক করতে পারবে।

- হোপ ফর দ্য বেস্ট, পাখি বলল।

- হুঁ। উদিত মাথা নাড়ল।

একই সঙ্গে তার ওই বুড়ো মানুষটার জন্য চিন্তা হতে লাগল। এই ভয়ানক খুনি ঠিক তাকে খুঁজে বের করবে এবং মেরে ফেলবে। চিন্তাটা মাথায় আসতেই উদিতের নিজেকে আরও বেশি অপরাধী মনে হলো।

কাঁটায় কাঁটায় সকাল সাড়ে ন'টায় সেই বুড়ো হাজির হল। ঘরে ঢুকল পাটা একটু টেনে টেনে।

দেখে মায়া হল উদিতের। দৌড়ে পালাতেও পারবে না লোকটা।

মাথায় একরাশ সাদা চুল, দাড়ি, আর বেশ ভুঁড়িওয়ালা চেহারা। সে হাত বাড়িয়ে দিল।

নিঃশব্দে হ্যান্ডশেক করল দুজন।

উদিত হ্যান্ডশেক করার সময় এত জোর আশা করেনি। বুড়ো মানুষটার গ্রিপ তো মারাত্মক শক্ত!

লোকটা একটু খুঁড়িয়ে হাঁটছে বটে, কিন্তু শরীরটা বেশ ফিট মনে হলো।

উদিত বলল, ওয়েলকাম মিস্টার পিজি। আমি কৃতজ্ঞ যে আপনি আমাকে হেল্প করার জন্য কলকাতা থেকে মুম্বাই এসেছেন। হাউএভার... উদিত একটা দীর্ঘশ্বাস ফেলে যোগ করল, আমি রিকোয়েস্ট করব আপনি একটু এক্সট্রা

প্রিকশন নেবেন। এই হ্যাকার কিন্তু খুব ডেঞ্জারাস।
এর চেয়ে বেশি কিছু বলার ক্ষমতা উদিতের নেই। এটাই তার বিবেকের সীমা।
সে ল্যাপটপটা বাড়িয়ে দিল।
ভিকি—যে এখন বুড়ো পিজির ছদ্মবেশে আছে—ঢেঁউ করে একটা ঢেঁকুর তুলে বলল, তো এটাই সেই ল্যাপটপ?
- ইয়েস।
ভিকি মনে করার চেষ্টা করল কাল রাতে পিজি তাকে হ্যাকিংয়ের কী কী শব্দ শিখিয়েছিল। দুটো শব্দ মনে পড়ল—বটনেট আর ফরেনসিক।
তাই সে বলল, আপনারা কি কোনো ফরেনসিক অডিট করেছেন?
উদিত বলল, হ্যাঁ, করেছি। কিন্তু আমার টিম কিছু পায়নি। নো ট্রেস-রুট।
উদিতও প্রমাণ করতে চাইল যে সে-ও হ্যাকিংয়ের কিছু টার্ম জানে। সে বলল, আমি 'বার্প স্যুট' (Burp Suite) টুলটাও ট্রাই করেছিলাম। কিন্তু কোনো রেজাল্ট আসেনি।
বার্প স্যুট?
ভিকি ভাবল এটা হয়তো কোনো ইশারা। পিজি কি তাকে এমন কোনো সফটওয়্যারের নাম বলেছিল?
নাকি তাকে ঢেঁকুর তুলতে বলছে?
হঠাৎ তার মনে পড়ল, আরে! সে তো ঢেঁকুর তুলতেই ভুলে গেছে!
সঙ্গে সঙ্গে সে দুটো বিকট শব্দে ঢেঁকুর তুলল। কোটা পূরণ হলো।
তারপর উদিতের কথার জবাবে বলল, বার্প স্যুট এখানে কাজ করবে না। আমার মনে হয় 'মেটাসপ্লয়ট' (Metasploit) আমাদের হেল্প করতে পারে।
সঠিক সময়ে সঠিক শব্দটা মনে করার জন্য ভিকি নিজের মেমারিকে ধন্যবাদ দিল।
উদিত আর কোনো কথা বলল না। সে মনে মনে ভাবল, আপনি কি আর সেটা এক্সামিন করার সময় পাবেন মিস্টার পিজি? তার আগেই ওই ভয়ংকর খুনি আপনাকে খুঁজে বের করবে, যেমনটা সে ডায়ানাকে করেছিল।
তারপরের পরিণতিটা আর উদিত ভাবতে চাইল না। ওর খুব খারাপ লাগছিল বুড়োটার জন্য।
বেচারা বেঘোরে প্রাণ দিতে এসেছে এখানে।

চ্যাপ্টার টুয়েন্টি নাইন

সোমবার, সকাল ৯.৫৫, মুম্বাই

ক্রফোর্ড মার্কেটের ভেতরে যে জায়গাটায় পিজি আর রাহেলা দাঁড়িয়েছিল, সেখান থেকে মার্কেটে ঢোকার মুখটা দেখা যায়।

শুধু তাই নয়, বাইরের রাস্তাটাও পরিস্কার দেখা যাচ্ছে।

কে ঢুকছে, কে বেরোচ্ছে, সেদিকে ওরা নজর রাখছিল।

সকালবেলা যেমন হয়, বাজারে গিজগিজ করছে ভিড়। ওরা দেখল ভিকি একটা ব্যাকপ্যাক কাঁধে বেরিয়ে আসছে উদিতের অফিস থেকে।

ওর কানে ইয়ারফোন গোঁজা।

পিজি রাহেলার দিকে তাকিয়ে হাসল, ভিকি দারুণ অ্যাক্টিং করে, তাই না?

রাহেলাও হাসল, হ্যাঁ, সত্যিই। কিন্তু ও সব সময় এত সিরিয়াস থাকে কেন? ওর কি কোনো গার্লফ্রেন্ড নেই?

পিজি হেসে ফেলল, গুড কোয়েশ্চেন। তুমিই জিজ্ঞেস করছ না কেন?

- আমি? ওরে বাবা, না না! রাহেলা এমন একটা ভঙ্গি করল যেন ও ভিকিকে বেশ ভয় পায়।

পিজি তখনও হাসছে। রাহেলার মনে হলো হাসলে লোকটাকে আরও আকর্ষণীয় দেখায়। আরও হ্যান্ডসাম লাগে।

জীবনে এই প্রথম একটি পুরুষ মানুষের সঙ্গে থাকতে চাইছে ওর মন। পিজির সঙ্গে থাকতে ওর বেশ ভালোই লাগছে। মানুষটা কেমন রহস্যময়। চোখ দুটো সবসময় উদাসীন, যেন কিছু একটা ভাবছে, অনেক দূরের কিছু দেখার চেষ্টা করছে যা সাধারণ চোখে দেখা যায় না।

মাঝেমধ্যে বিড়বিড় করে কীসব বলে, আর শূন্যে টাইপ করে।

রাহেলা বোকা নয়। সে কম্পিউটার বোঝে না ঠিকই, কিন্তু এটুকু বুঝেছে যে শুরু থেকেই এই লোকটাই সব কলকাঠি নাড়ছে।

'ম্যান ইন কম্যান্ড'।

শুধু কম্যান্ডার নয়, এই মানুষটিই তার জীবন বাঁচিয়েছে। বিনিময়ে কিন্তু কিচ্ছু চায়নি। কোনওদিন কিছু চাইবেও না। রাহেলার জীবনে এটা এক সম্পূর্ণ নতুন অভিজ্ঞতা।

সকালে পিজি প্ল্যানটা বুঝিয়ে বলে ওকে জিজ্ঞেস করেছিল, তুমি কি আমাদের সঙ্গে আসছ? নাকি হোটেলেই থাকবে? বিল পে করা আছে। চাইলে সাড়ে দশটার সময় সোজা এয়ারপোর্টে চলে আসতে পারো।

পিজি ওকে একটা স্মার্টফোনও দিয়েছে যোগাযোগের জন্য। আশ্বস্ত করেছে, চিন্তা কোরো না, কেউ তোমাকে আর ট্র্যাক করতে পারবে না। তবে আমাদের দুজনকে ছাড়া এখন কয়েকটা দিন আর কোথাও ফোন করবে না। এটিএম কার্ডও এখন ব্যবহার করা চলবে না। আমি পরে সব বুঝিয়ে বলব, কেমন? মনে রাখবে ইউ আর সেফ হিয়ার। তুমি নরমাল লাইফেও ফিরতে পারবে, শুধু কয়েকটা দিন সময় লাগবে। ঠিক আছে?

বাধ্য মেয়ের মত মাথা নেড়েছিল রাহেলা। কে এখনই নরমাল লাইফে ফিরতে চায়? পিজির কাছাকাছি থাকতেই তো বেশি ভাল লাগছে।

রাহেলা সিদ্ধান্ত নিতে দেরি করেনি, না, আমি আপনার সঙ্গে যেতে চাই। কোনও প্রবলেম নেই।

সে পিজিকে পছন্দ করে আরও একটা কারণে। পিজি কোনও সিদ্ধান্ত নেওয়ার আগে সবসময় তার মতামত নেয়।

তার দিক থেকে ব্যাপারটা বোঝার চেষ্টা করে। কখনো ওপর থেকে কথা বলে না বা ডমিনেট করার চেষ্টা করে না। এসবই রাহেলার নতুন অভিজ্ঞতা।

ভিকি পুলিশ হেডকোয়ার্টার থেকে বেরিয়ে রাস্তা পার হওয়ার আগে কিছুক্ষণ দাঁড়াল। ব্যস্ত রাস্তা, তাই সময় নিল।

রাস্তা পার হওয়ার সময় সে একবারও পেছনে তাকাল না। এমনভাবে হাঁটছে যেন মর্নিং ওয়াকে বেরিয়েছে। পিজি যেমনটা শিখিয়েছিল—একটু খুঁড়িয়ে খুঁড়িয়ে হাঁটছে।

পিজি রাহেলাকে বলল, ভিকির অ্যাক্টিং জাস্ট পারফেক্ট। ও অনায়াসেই বলিউডে চান্স পেতে পারত। দ্যাখো, কেমন ন্যাচারাল খোঁড়াচ্ছে! আমি হলেও পারতাম না।

কথা বলতে বলতে পিজি ব্যাগ থেকে একটা অদ্ভুত দেখতে যন্ত্র বের করল। মনিটরে কয়েক সেকেন্ড চোখ রাখল। তারপর ভিকিকে ফোন করল।

রাহেলা দেখল ভিকি ইয়ার-ফোন কানে দিয়ে মার্কেটের দিকেই আসছে।

পিজি ওয়ার্নিং দিল, ভিকি, তোর ল্যাপটপে ট্র্যাকার সফটওয়্যার অ্যাক্টিভ আছে। রাস্তা ক্রস করে সোজা মার্কেটের ভেতরে আমার কাছে চলে আয়। আগে ওটা ডিঅ্যাক্টিভেট করতে হবে।

ভিকি মার্কেটে ঢুকে ওদের দেখতে পেয়ে ফলো করতে শুরু করল।

বিশাল মার্কেট। মাথার ওপর ফাইবার রুফটপ দিয়ে সকালের রোদ এসে পড়ছে। জায়গাটা বেশ প্রাণবন্ত।

পিজি বলল, এই দিকে ভিকি। দুজন তোকে ফলো করছে। একজন সিভিল ড্রেসে পুলিশ। চুলের ছাঁট দেখলেই বোঝা যায়। আর অন্যজন সম্ভবত ওই

ক্র্যাকারের লোক। ফুলের দোকানটার দিকে আয়।
ফুলের দোকানে তিনজনের দেখা হলো। পিজি ব্যাগটা নিয়ে ভিকিকে বলল, ড্রেস চেঞ্জ করে তুই একটা ট্যাক্সি নিয়ে সোজা এয়ারপোর্টে চলে যা। আমরাও যত তাড়াতাড়ি সম্ভব বেরোচ্ছি।
ভিকি মাথা নেড়ে ভিড়ের মধ্যে অদৃশ্য হয়ে গেল। পিজি রাহেলাকে বলল, একটু হেল্প করো। আমার ব্যাগ থেকে লাল পেন-ড্রাইভটা বের করে দাও। তিন নম্বর চেইনে পাবে।
পিজি ফাঁকা ফুলের দোকানে ঢুকে কাউন্টারের মেয়েটাকে বলল, আমি কি একটু আপনার জায়গাটা ব্যবহার করতে পারি? একটা ফ্লাইট টিকিট ক্যানসেল করতে হবে, খুব আরজেন্ট।
সে ল্যাপটপটা দেখাল। মেয়েটা তার প্লাক করা ভুরু তুলে মিষ্টি হেসে বলল, ইয়েস স্যার। মোস্ট ওয়েলকাম।
পিজি কাউন্টারে ল্যাপটপ রেখে পেন-ড্রাইভটা গুঁজলো। তারপর ঝড়ের গতিতে টাইপ করতে শুরু করল। রাহেলা কাউকে এত দ্রুত টাইপ করতে দেখেনি।
চোখের পলকে মনিটরে অনেকগুলো কালো উইন্ডো খুলে গেল। টাইপ করার সময় পিজি বিড়বিড় করছে। যেন নিজের সঙ্গেই কথা বলছে।
মিনিটখানেকের মধ্যে কাজ শেষ। পুরো মনিটর কালো হয়ে গেল। পিজি ল্যাপটপটা ব্যাগে ভরে বলল, লেটস গো।

ঠিক একই সময়ে, তামিলনাড়ুর ইয়েলাগিরিতে একটা মনিটর হঠাৎ কালো হয়ে গেল।
স্যামি মনিটরে কিছু চলমান বিন্দুর দিকে তাকিয়ে ছিল। হঠাৎ সব ব্ল্যাঙ্ক!
সে বিভ্রান্ত হয়ে পড়ল। কিবোর্ডে পাগলের মতো টাইপ করতে শুরু করল। কিন্তু কোনো রেসপন্স নেই।
সে প্রথমে চোখা চোখা গালি দিল। দুহাত তুলে ঝাঁকাল। তারপর হতাশার একটা বিকট হুঙ্কার যার সঙ্গে হাহাকারও মিশে আছে, বেরিয়ে এল ওর বুক থেকে।
এরপর সে দ্রুত একটা নম্বরে ডায়াল করল। মুম্বাইয়ের কন্টাক্ট।
- কোথায় তুমি?
ওপাশ থেকে মিনমিনে গলা ভেসে এল, স্যার, টার্গেটকে হারিয়ে ফেলেছি। আমি এখন ক্রফোর্ড মার্কেটে। এখানে প্রচুর ভিড়। আপনি কি ডিভাইস ট্র্যাকারটা একটু চেক করবেন? আমি দেখলাম ও ভেতরে ঢুকল, তারপর হঠাৎ

ফুলের মার্কেটের পেছনে অদৃশ্য হয়ে গেল।
ক্র্যাকার চিৎকার করে উঠল, আমার ডিভাইস আর কাজ করছে না, ইউ সান অফ আ বিচ! ব্লাডি ফুল! একটা খোঁড়া বুড়ো মানুষকে তোমরা হারিয়ে ফেললে?
স্যামি এই পরিস্থিতিটা একেবারেই আশা করেনি।
আমার মুম্বাইতেই থাকা উচিত ছিল, সে ভাবল। কিন্তু সেটা সম্ভব নয়।
সে তার এই গোপন ডেরা ছেড়ে বেশিক্ষণ বাইরে থাকতে পারে না। এখন তাকে ওই খোঁড়া বুড়ো হ্যাকারকে ট্র্যাক করার অন্য কোনো পথ খুঁজে বের করতে হবে।
লোকটা ওর দুই সঙ্গীকে নিয়ে জাস্ট ভ্যানিশ করে গেল। ভ্যানিশড ইনটু ব্লু? এটাতে তো এতদিন স্যামির একচেটিয়া পেটেন্ট ছিল। এই একটা জায়গাতে ওকে কেউ বোকা বানাতে পারে, এমন ধারণা তো ওর কখনও ছিল না।
নিজের বানানো জগত হঠাৎ চোখের সামনে ভেঙে পড়লে কার আর ভাল লাগে?
রেগে গিয়ে ও পরপর বেশ কয়েকটা ঘুষি মারল টেবিলের ওপর। এছাড়া এখন ও আর কী করতে পারে?

চ্যাপ্টার থার্টি

সোমবার, দুপুর ৩.২৫, কলকাতা

- তুমি হচ্ছ সেকেন্ড পারসন ইন দ্য ওয়ার্ল্ডে।
পিজি রাহেলাকে বলল, এই পৃথিবীতে ভিকি ছাড়া আর কেউ জানে না আমার আসল ডেরা কোথায়। তুমি হলে সেই এক্সক্লুসিভ লিস্টের দ্বিতীয় সদস্য।
চোখে হঠাৎ তীব্র আলো পড়ায় রাহেলা একটু কুঁকড়ে গেল। নতুন জায়গাটার সঙ্গে খাপ খাইয়ে নিতে তার একটু সময় লাগল।
কলকাতা এয়ারপোর্টে পিজি তাকে বলেছিল, আমি দুঃখিত, কিন্তু তোমাকে একটা নিয়ম মানতে হবে। আমার ডেরায় পৌঁছনো পর্যন্ত তোমার চোখ বাঁধা থাকবে।
রাহেলা প্রতিবাদ করেনি। সে জানে, পিজির মতো মানুষের সঙ্গে থাকতে হলে কিছু নিয়ম মানতেই হবে। বিশেষ করে যখন নিজের জীবন বাঁচানোই তার কাছে এখন প্রায়োরিটি।
তাছাড়া, এসকর্ট হিসেবে জীবন শুরুর প্রথম দিকে তাকে যে বিডিএসএম-এর মধ্য দিয়ে যেতে হয়েছিল, তার চেয়ে এটা অনেক ভালো।

চোখ খোলার পর রাহেলা দেখল বাইরে ঝমঝমিয়ে বৃষ্টি হচ্ছে। কলকাতার সেই চিরচেনা ধূসর আকাশ তাকে যেন খুবই নির্লিপ্ত হয়ে স্বাগত জানাচ্ছে?
রাহেলা জিজ্ঞেস করল, এখনও কি তুমি কি আমাকে বিশ্বাস করো না পিজি?
পিজি হাসল, আমি তোমাকে বিশ্বাস করি রাহেলা। এই ঘটনাটাকে ভুলভাবে নিও না। আমাদের সম্পর্কটা টেম্পোরারি হলেও বিশ্বাসের ওপরেই দাঁড়িয়ে আছে। নইলে তুমি আমার সঙ্গে আসতে না।
রাহেলার মন বিদ্রোহ করে উঠল ভেতরে ভেতরে - কেন টেম্পোরারি কেন? এসব মিটে গেলেও কি ওদের মধ্যে বন্ধুত্বের সম্পর্ক থাকতে পারে না? কিন্তু রাহেলার যা স্বভাব, সেই অনুযায়ী ও কখনও আবেগ প্রকাশ করে না। ফলে মুখে অবশ্য বলল অন্য কথা, তাহলে চোখ বাঁধলে কেন?
- কারণ আমি অ্যাননিমাস থাকতে চাই।
- এটা কি কোনো আইডেন্টিটি ক্রাইসিস?
রাহেলার এই বুদ্ধিদীপ্ত প্রশ্নটা খুশি করল পিজিকে, হেসে ও কাঁধ ঝাঁকাল, হয়তো তাই। আমি নিজেও নিশ্চিত নই আমি কে, বা এই সমাজে আমার জায়গাটা কোথায়। তুমি বুঝবে। তুমি সেন্সিবল মেয়ে।
পিজির চোখে একটা দুষ্টুমিভরা মিষ্টি চাউনি। কিন্তু সেটা বন্ধুত্বপূর্ণ। যা কিনা ফুলের মত, আঘাত করে না।
রাহেলা ভাবল, তুমি আমাকে বিশ্বাস করতে পারো। তোমরা আমার সম্পর্কে যা ভাবো, আমি অতটা খারাপ নই। হঠাৎ তার মৃত বোনের কথা মনে পড়ল। এই নিঃসঙ্গ পৃথিবীতে তার একমাত্র বন্ধু ছিল রাহি।

পিজির ফ্ল্যাটটা বেশ বড়। হলঘরে ঢুকতেই দেখল অনেকগুলো কম্পিউটার নিঃশব্দে কাজ করে চলেছে। প্রথমে রাহেলার মনে হলো এটা বুঝি কোনো কম্পিউটারের শোরুম।
তারপর দেওয়ালে টাঙানো একটা বড় পেন্টিং তার নজর কাড়ল। একটা সাদা ঘোড়া নীল পাহাড়ের সামনে দিয়ে একা দৌড়ে চলেছে। রাহেলা একটা বড় সোফায় বসল।
এই অদ্ভুত পরিস্থিতির সঙ্গে নিজেকে মানিয়ে নেওয়ার জন্য একটা লম্বা শ্বাস নিল। তার উল্টোদিকে ভিকি বসে আছে। সে এমনভাবে মাঝেমাঝে রাহেলার দিকে তাকাচ্ছে যেন রাহেলা কোনো ক্রিমিনাল।
রাহেলা ভাবল, অদ্ভুত লোক তো! গাড়িতে চোখ বাঁধার সময় এত জোরে গিঁট দিয়েছিল যে ওর ব্যথা লেগেছিল।
যদিও ও কিছু বলেনি। মনে হয় লোকটা মেয়েদের সঙ্গে মেশে না। কোনওদিন

কোনও মেয়ের হাত পর্যন্ত ধরেনি। ওকে এমনভাবে স্পর্শ করেছিল যেন ও কোনো একটা ইঁট কাঠ বা জড়বস্তু।
আসলে রাহেলার জানার কথা নয়, বিক্রম এক সময় তার মাসতুতো ভাই শমির সঙ্গে এমন সব অ্যাডভেঞ্চার করেছে যা ছিল কিনা কিশোরপাঠ্য। সেই নারীবিহীন ব্যাকগ্রাউন্ডটা এক্স-কম্যান্ডো বিক্রমকে এমন কাঠখোট্টা করে তুলেছে।

রাহেলা দীর্ঘশ্বাস ফেলল। সে উঠে দাঁড়াল। একটু অস্থির লাগছে। একটা শাওয়ার নেওয়া দরকার।
জানলার দিকে যাওয়ার সময় দেখল প্রিন্টারের পাশে একগাদা কাগজ অগোছালো হয়ে পড়ে আছে।
সে জিজ্ঞেস করল, পিজি, আমি কি কাগজগুলো একটু গুছিয়ে দেব? পিজি স্বভাবসিদ্ধ ভঙ্গিতে হাসল, তুমি আমার গেস্ট রাহেলা। ওটা আমিই করব। তুমি রেস্ট নাও, রিল্যাক্স করো। শাওয়ার নিতে চাও?
রাহেলা অবাক হলো। লোকটা কি মাইন্ড-রিডার? ও তো মনে মনে শাওয়ার নেওয়ার কথাই ভাবছিল! জীবনে প্রথমবার ও একটু লজ্জা পেল।
মুখে হাসি ফুটিয়ে বলল, তোমার যদি কোনো হেল্প লাগে, প্লিজ বলো। আমি খুশি হবো। সত্যি বলছি।
নিজের অজান্তেই তার মনের ভেতর একটা পরিবর্তন ঘটছে। সন্ন্যাসীদের মতো রহস্যময় এই মানুষটা তাকে ক্রমশঃই মুগ্ধ করে চলেছে।
পিজি যখন কিবোর্ডে কাজ করে, তখন তার দিকে তাকিয়ে থাকতে রাহেলার ভালো লাগে। কেন হচ্ছে এমন? সে নিজেকেই প্রশ্ন করল।
কেন এই মানুষটার কাছাকাছি থাকতে তার ভালো লাগছে? পিজি হাসলে কেন তার ঠোঁটে এক অদ্ভুত আলো খেলে যায়?
পুরুষদের প্রতি জৈবিক আকর্ষণ তো বহু বছর আগেই মরে গেছে। মাঝে মাঝে রাহেলার মনে হয় সে নিজেরই একটা জ্যান্ত লাশ বয়ে বেড়াচ্ছে, যার ভেতরে কোনো আত্মা বা আকাঙ্ক্ষা নেই। সেই আত্মাটাকে ও বহু বছর আগেই কবর দিয়ে এসেছে নিজের হাতে।
একটু আগেই পিজি তাকে পেনিট্রেশন ল্যাবের কথা বোঝাচ্ছিল। অনেকগুলো কম্পিউটার আর ল্যাপটপ বিভিন্ন লেয়ারের নেটওয়ার্কের মাধ্যমে যা কিনা কানেক্টেড।
পিজি বলছিল এখন ক্রাইমের ধরন বদলে গেছে।
এখন সবকিছুর একটা ডিজিটাল ফুটপ্রিন্ট থাকে। মোবাইলের কল ট্র্যাক করে

কলারকে লোকেট করা যায়। কম্পিউটারের দুটো অ্যাড্রেস থাকে—আইপি অ্যাড্রেস আর ম্যাক অ্যাড্রেস।

রাহেলা তার স্কুল জীবনে ফিরে গেল। মনে পড়ল সে ভালো ছাত্রী ছিল। অঙ্ক কষতে আর রোমান্টিক গল্প পড়তে ভালোবাসত। এনিড ব্লাইটন ছিল তার প্রিয়। ওর চোখ দুটো উত্তেজনায় চকচক করে উঠছিল পিজির কথা শুনতে শুনতে। এক সময় না জিজ্ঞেস করে থাকতেও পারল না, তুমি কি কোথাও পড়াও, পিজি?

পিজি কথা থামিয়ে হাসিমুখে বলল, কেন বলতো?

রাহেলা আমতা আমতা করে বলল, না, মানে, তোমার বোঝানোর ধরন দেখে তেমনই মনে হল।

পিজি দীর্ঘশ্বাস ফেলে বলল, হ্যাঁ, আমেরিকার একটা ইউনিভার্সিটি আমাকে কিছুতেই ছাড়তে চাইছে না। আসলে ওখানে এক সময় আমার বাবা পড়াতেন। বলেই পিজি বুঝল কী ভুলটা করে ফেলেছে।

খুব উদাসীন মুখে রাহেলা জিজ্ঞেস করল, কোথায় পড়াতেন তোমার বাবা?

পিজি হেসে ফেলল, বাবা মারা যাওয়ার আগে আমাকে বারণ করে গেছে ওটা কাউকে বলতে।

রাহেলা হেসে ফেলে চুপ করে গেল। এক একটা মানুষ থাকে যাদের সম্পর্ক জানতে কৌতুহল হয়। পিজি হচ্ছে তেমনই একজন।

তারপরেই ওর চোখ গেল ভিকির দিকে।

দূরে সোফায় বসে একটার পর একটা ফোন করছে, মেসেজ পাঠাচ্ছে। নাঃ, দুই বন্ধুই বেশ রহস্যময়। তবে পিজিকে কেন এত বেশি ভাল লাগছে?

পেনিট্রেশন ল্যাবের ব্যাখ্যা দিতে দিতেই পিজি মেইন কম্পিউটারে টাইপ করছিল।

রাহেলা বুঝল কোনও একটা সমস্যা হয়েছে। পিজি সেটা সলভ করতে ব্যস্ত। রাহেলা তার পেছনে দাঁড়িয়ে আছে বুঝতে পেরে পিজি মুখ ফেরাল। বলল, রাহেলা, ডানদিকের জানলার পাশে একটা দরজা আছে। ওটা ঠেলে ভেতরে যাও। আরেকটা অ্যাপার্টমেন্ট পাবে। ওখানে চেঞ্জ করে নিতে পারো। প্লিজ ফিল অ্যাট হোম।

কথাটা বলেই সে আবার কম্পিউটারে ডুবে গেল। রাহেলা বুঝল এখন পিজিকে ডিসটার্ব করা ঠিক হবে না।

রাহেলা দরজা ঠেলে পাশের অ্যাপার্টমেন্টে ঢুকল।

এই অ্যাপার্টমেন্টটা আগেরটার থেকে সম্পূর্ণ আলাদা। দেওয়ালের রং গোলাপি। সে আলো জ্বালাতেই তার সামনে এক নতুন জগত খুলে গেল।

এখানে কি কোনো মেয়ে থাকত? বিশাল ঘর, সঙ্গে অ্যাটাচড বাথ। বিল্ট-ইন আলমারিটা খুলতেই রাহেলা চমকে উঠল।

তার প্রয়োজনীয় সব কিছু থরে থরে সাজানো।

অন্তরবাস, স্টকিংস, ড্রেস, শাড়ি, গেঞ্জি, প্যান্ট—কী নেই! পুরুষতান্ত্রিক জগত তাকে এমনভাবে দাবিয়ে রেখেছিল যে তার মেয়েলি কৌতূহলগুলো মরে গিয়েছিল।

আজ সেগুলো আবার আত্মার গভীর থেকে উঠে আসছে। রহস্যময় পিজির সম্পর্কেও তার কৌতূহল বাড়ছে।

সে কি বিবাহিত? ডিভোর্সি?

- আশা করি ও ক্রস-ড্রেসার নয়! রাহেলা মনে মনে হাসল।

মুম্বাইয়ে সকালে একবার স্নান করেছিল ঠিকই, কিন্তু এখন একটা শাওয়ার খুব দরকার।

সে বাথরুমের দরজা লক করল। দেওয়ালজোড়া আয়নার সামনে দাঁড়িয়ে পোশাক খুলতে শুরু করল। খোঁপা খুলে দিল। একরাশ চুল পিঠ বেয়ে কোমর পর্যন্ত ছড়িয়ে পড়ল।

বহুদিন পর সে নিজের অনাবৃত শরীরের দিকে গভীর আগ্রহ নিয়ে তাকাল।

লোকে বলে আমি সুন্দরী, সে দীর্ঘশ্বাস ফেলে ভাবল, কিন্তু যারা বলে, তারা কি আমার মনের খবর রাখে?

সে জানে না কেন সে নিজের শরীরের দিকে তাকিয়ে আছে।

এটা নতুন কিছু নয়। কিন্তু আজ তার লম্বা গ্রীবা, ছোট কিন্তু সুদৃঢ় স্তন, চ্যাপ্টা পেট, গভীর নাভি এবং সুডৌল উরুর মাঝখানের রহস্যময় ত্রিকোণ—সব কিছু যেন নতুন করে নজর কাড়ল।

আমি সবসময় আমার শরীরটাকে ঘৃণা করেছি, সে ভাবল, কিন্তু দোষটা তো আমার শরীরের নয়। দোষ সেই সঠিক মানুষটার অভাব, যে কখন আমার শরীরে হাত রেখে আমাকে অনুভব করাতে পারেনি যে আমার একটা মনও আছে।

শাওয়ার কিউবিকলে দাঁড়িয়ে ঝরনার নিচে ভিজতে ভিজতে বহুদিন পর রাহেলা তার প্রিয় গানটা গাইল—'আ ফ্রেন্ড লাইক ইউ'।

কিন্তু একটা সময় পর হঠাৎ সে আর নিজেকে সামলাতে পারল না। আবেগের বাঁধ ভেঙে গেল।

ঝরনার জলের সঙ্গে মিশে গেল তার চোখের জল। অনেকদিন পর রাহেলা কাঁদল।

একটা সময় শাওয়ারের তলায় ও বসে পড়ল দুই হাঁটুর মধ্যে মাথা গুঁজে।

মাঝেমাঝে শুধু কেঁপে উঠতে লাগল ওর শরীর।

চ্যাপ্টার থার্টি ওয়ান

সোমবার, বিকেল ৪.১৫, কলকাতা

পেনিট্রেশন ল্যাবে একটা লাল আলো দপ করে জ্বলে উঠল।
কেউ পিজির সঙ্গে কথা বলতে চায়।
অ্যাননিমাস কলার 'ইন্টারনেট রিলে চ্যাট' বা আইআরসি (IRC) ব্যবহার করছে।
সাধারণ পরিস্থিতিতে আইআরসি খুবই ভালনারেবল। খুব ভাল হ্যাকাররা সহজেই নেটওয়ার্ক হ্যাক করে মেসেজ চুরি করতে পারে।
কিন্তু পিজি এই লিঙ্কটাকে এতটাই সিকিউরড করে রেখেছে যে মাছি গলারও উপায় নেই। এই চ্যাট রুম ওর নিজেরই বানানো। চলে ওর নিজের বানানো সার্ভারে।
সে লগ-ইন করতেই দেখল লাভরভ অপেক্ষা করছে। তার ইউক্রেনিয়ান ছাত্র এবং বন্ধু।
পিজি টাইপ করল, হাই, লাভরভ।
- হাই, পিজি। কেমন আছ?
- আমি ভালো আছি লাভরভ। বলো কী খবর?
লাভরভ এক সেকেন্ডের মধ্যে রিপ্লাই দিল, পিজি, কেউ তোমার লোকেশন ট্র্যাক করার চেষ্টা করছে।
- তাই নাকি? কীভাবে করছে কোনো আইডিয়া আছে?
- হ্যাঁ, ব্যাপারটা কিছুটা আগেই ধরা পড়েছে। তাই তো তোমাকে কন্টাক্ট করার চেষ্টা করছি।
- কী হয়েছে?
- সোর্সটা তোমাদের ওদিকে, সাউথ ইন্ডিয়া রিজিয়নের। হ্যাকার 'ভয়েস স্যাম্পলিং সার্চ' ব্যবহার করছে।
- ভয়েস স্যাম্পলিং সার্চ? ইউ মিন ভিএসএস (VSS)? পিজি অবাক হয়ে জিজ্ঞেস করল।
- হ্যাঁ, পিজি। ব্যাপারটা আমাকেও অবাক করেছে।
- কিন্তু আমরা তো ওই সফটওয়্যারটা ধ্বংস করে দিয়েছিলাম।
লাভরভ লিখল, তুমি 'ভ্যালি অফ ডেথ'-এর সোর্স কোড ধ্বংস করে

দিয়েছিলে। কিন্তু সফটওয়্যারটা সামহাও এগজিস্ট করছে।
পিজি লিখল, ভ্যালি অফ ডেথ, মানে ভিওডি (VOD)-র কাছেই একমাত্র সোর্স কোড ছিল। যতদূর জানি, ও তো কারোর সঙ্গে শেয়ার করেনি।
- আমিও তাই বিশ্বাস করতাম, পিজি। তাহলে নিশ্চয়ই কেউ ওর কাছ থেকে ওটা চুরি করেছে।
- মাই গুডনেস! পিজি এক মুহূর্তের জন্য থামল। নস্টালজিক হয়ে পড়ল। ব্ল্যাক হ্যাট হ্যাকার কমিউনিটিতে সবাই ভ্যালি অফ ডেথ বা ভিওডি-কে 'গুরু' মানে। কিন্তু সে তার দুর্দান্ত প্রতিভাকে ডার্ক ওয়েবে কাজে লাগিয়েছিল। ডার্ক ওয়েব এক আজব জায়গা। অশ্লীলতা থেকে শুরু করে গুপ্তহত্যা—সব ধরনের ক্রাইম এখানে পাওয়া যায়।
এক্সপার্টরা বলেন সারফেস ওয়েবে মাত্র পাঁচ-ছয় শতাংশ ডেটা থাকে। বাকিটা সব ডার্ক ওয়েবের অন্ধকারে ঢাকা। সাইবার ক্রিমিনালরা ওখানে চোরাই সফটওয়্যার কেনাবেচা করে। অ্যাসাসিন ভাড়া পাওয়া যায় কাউকে মারার জন্য।
পিজি ব্যাপারটা ভিকি আর রাহেলাকে বুঝিয়ে বলল, মুম্বাইয়ের ওই হ্যাকার আমাকে ট্র্যাক করতে পারেনি। কিন্তু ও আমাকে খুঁজে বের করার জন্য মরিয়া। তাই ও ভিএসএস ব্যবহার করে আমার ভয়েস ম্যাচ করানোর চেষ্টা করছে। আমি উদিত আর রাকেশের সঙ্গে ফোনে কথা বলেছি। ও ওদের মোবাইল হ্যাক করে আমার ভয়েস স্যাম্পল জোগাড় করেছে।
ভিকি জিজ্ঞেস করল, এতে কি ও তোর এক্স্যাক্ট লোকেশন পেয়ে যাবে?
পিজি বলল, এটা ওকে আমার ভয়েস দ্রুত ট্র্যাক করতে সাহায্য করবে। ও জানে আমি কলকাতার, তাই কাজটা ওর জন্য সহজ হয়ে গেছে।
ভিকি আবার জিজ্ঞেস করল, কিন্তু এই ভিএসএস বা ভয়েস স্যাম্পলিং সার্চ জিনিসটা কী?
পিজি ব্যাখ্যা করল, এর একটা লম্বা ইতিহাস আছে। আমি ছোট করে বলছি। ২০০৯ সালে ডার্ক ওয়েবে একজন ব্ল্যাক হ্যাট এক্সপার্ট প্রথম এই সফটওয়্যারটা নিলামে তোলার চেষ্টা করে। হ্যাকারটার নাম ভ্যালি অফ ডেথ বা ভিওডি। সে এখনও অ্যাক্টিভ। কিন্তু আমেরিকার এনএসএ (NSA) ওকে খুঁজছে বলে ও আত্মগোপন করে আছে।
পিজি একটু থামল, এক মিনিট। লাভরভ কিছু বলতে চাইছে।
লাভরভ লিখেছে, আমরা ভিএসএস-কে মিসগাইড করার চেষ্টা করছি। আশা করি ওটাকে অন্য ডেস্টিনেশনে ঘুরিয়ে দিতে পারব।
পিজি হাসির ইমোজি পাঠিয়ে লিখল, সেটা হলে তো খুব ভালো হবে লাভরভ।

নইলে আমাকে ডার্টি বম্ব পাঠিয়ে ওটা ধ্বংস করতে হতো। কিন্তু তাতে আমার লোকেশন এক্সপোজ হয়ে যাওয়ার ভয় ছিল।

লাভরভ রিপ্লাই দিল, চিন্তা কোরো না পিজি। ইউকে থেকে স্টিফেন, জার্মানি থেকে উইলহেলম আর প্যারিস থেকে মিশেল চেষ্টা করছে। আমিও জয়েন করেছি। ইট উইল বি আ ফান।

পিজি ধন্যবাদ জানিয়ে ভিকি আর রাহেলাকে বলল, ২০০৭ সালে ফিনল্যান্ডের কিছু কম্পিউটার সায়েন্টিস্ট এই ভিএসএস নিয়ে কাজ শুরু করেছিল। ভিওডি তাদের একজনকে হ্যাক করে সোর্স কোডের কার্নেলটা হাতিয়ে নেয়। ও জিনিয়াস, তাই ওদের আগেই কাজটা শেষ করে নিজেকে অরিজিনাল ক্রিয়েটর হিসেবে দাবি করে। ও বড় কর্পোরেশনকে টোপ দেওয়ার জন্য ডার্ক ওয়েবে ক্যাম্পেন শুরু করেছিল।

রাহেলা জিজ্ঞেস করল, তারপর?

পিজি বলল, ফিনল্যান্ডের বিজ্ঞানীরা আইফ্যাক (IFAK) গ্রুপের সঙ্গে যোগাযোগ করে। এই গ্রুপে কিছু টপ গ্রে হ্যাট এথিক্যাল হ্যাকার আছে, যারা চারটে শব্দে বিশ্বাস করে—আইডেন্টিটি-ফাইন্ড-অ্যাননিমাস-কিল। ওরা সবাই মিলে ভিওডি-র মেইন মেশিন খুঁজে বের করে সফটওয়্যারটা নষ্ট করে দেয়।

রাহেলা বলল, প্লিজ কিছু মনে কোরো না, কিন্তু তাহলে এতদিন পর ওই একই সফটওয়্যার আবার ফিরে এল কোত্থেকে?

পিজি রাহেলার দিকে তাকাল। সাদা সুতির শাড়িতে রাহেলাকে অপূর্ব লাগছে। পিজি হাসল, তুমিও কিছু মনে কোরো না। তোমাকে দারুন লাগছে রাহেলা। তুমি যেটা পরেছো, সেটা আমার মায়ের শাড়ি। মায়ের খুব প্রিয় রঙ ছিল সাদা। রাহেলা এই কমপ্লিমেন্টে একটু লজ্জা পেলেও তা যাতে বোঝা না যায়, সেজন্য মুখ নামিয়ে নিল। তারপর মুখ তুলে পিজির দিকে তাকিয়ে বলল, থ্যাঙ্ক ইউ।

পিজি ফের ওর সাবজেক্টে ফিরে গেল। বলল, বোঝাই যাচ্ছে খুনী হ্যাকার তার একটা কপি পেয়ে গেছে। কীভাবে পেল সেটা একমাত্র ভিওডি-ই বলতে পারবে। আমি ওর সঙ্গে কন্টাক্ট করব। যদিও সফটওয়্যারটা নষ্ট করে দেওয়ায় ও আমার ওপর খুব একটা খুশি ছিল না। কিন্তু ও আমাকে খুবই শ্রদ্ধা করে। ইন ফ্যাক্ট এই রেসপেক্টটা মিউচুয়াল। ও খুব বড় হ্যাকার। ওর সঙ্গে পাল্লা দেওয়ার মত লোক এই পৃথিবীতে খুব কমই আছে। সেজন্যই ওর কাছ থেকে কিছু চুরি করার ব্যাপারটা আমার ঠিক বিশ্বাস হচ্ছে না।

ভিকি গম্ভীর গলায় বলল, এই সাউথ ইন্ডিয়ান হ্যাকারের সব অ্যাক্টিভিটি চিরকালের জন্য বন্ধ করে দিতে হবে। একটা ইনফরমেশন খুব ইম্পর্ট্যান্ট—আমরা জেনে গেছি ও সাউথ ইন্ডিয়ার লোক।

পিজি মাথা নাড়ল, এক্স্যাক্টলি। ভিএসএস অন করায় ওর প্রাইমারি লোকেশন এক্সপোজড হয়ে গেছে। এখন আমাদের এক্স্যাক্ট অ্যাড্রেসটা বার করতে হবে। তবে তার আগে ওই ভিএসএস-কে তাড়াতে হবে। দেখি লাভরভ কী বলে।
পিজি কিছু একটা টাইপ করল। সঙ্গে সঙ্গে রিপ্লাই এল।
লাভরভ লিখেছে, আমরা সার্চটা ডাইভার্ট করে দিয়েছি।
পিজি লিখল, দ্যাটস গ্রেট, লাভরভ।
লাভরভ লিখল, হ্যাঁ, মিশেল একটা কুইক কোড লিখেছে যেটা তোমার ভয়েস প্যাটার্নের সঙ্গে হুবহু মিলে যায়। এখন ভিএসএস ওটার পেছনে দৌড়োচ্ছে। তারপর মিশেল ওটা আমাকে পাস করবে, আমি উইলহেলমকে। আমরা একটা ইনফাইনাইট লুপ তৈরি করব যাতে ওটা আর কোনোদিন অরিজিনেটরের কাছে ফিরে না যায়।
- পারফেক্ট সলিউশন, লাভরভ। ব্রাভো। পিজি ছাত্রকে ধন্যবাদ দিল।
পিজি ভিকিকে বলল, নেক্সট টাইম আমি আর্টিফিশিয়াল ইন্টেলিজেন্স দিয়ে আমার ভয়েস চেঞ্জ করে নেব। ভয়েসটাও অ্যাননিমাস হওয়া দরকার। আগে ভাবিনি।
ভিকি স্বস্তির হাসি হাসল। রাহেলা লক্ষ্য করল, ভিকি সচরাচর হাসে না।
পিজি বলল, এই ক্র্যাকারটা ডেঞ্জারাস। আমি শিওর ও কোনো ইন্টারন্যাশনাল র‍্যাকেটের সাহায্য পেয়েছে। নইলে ও ভিএসএস পাবে কী করে? আমাদের সেটাই এখন খুঁজে বের করতে হবে।
হঠাৎ ভিকির মোবাইল বেজে উঠল। রাকেশ।
ভিকি বলল, রাকেশ ফোন করছে।
পিজি বলল, ওকে একটা সিক্রেট মেসেজ দে। কোথাও মিট করতে বল।
ভিকি ফোন ধরে বলল, রাকেশ, বিশপের গল্পটা পড়ে নে।
রাকেশ বলল, ওকে।
বলার সঙ্গে সঙ্গেই ও লাইন কেটে দিল।
পিজি রাহেলাকে বুঝিয়ে বলল, যেহেতু রাকেশের লাইন সেফ নয়, কেউ হয়তো আড়ি পাতছে, তাই ভিকি ওকে একটা ক্রিপ্টিক মেসেজ দিল। একটা নির্দিষ্ট জায়গায় নির্দিষ্ট সময়ে দেখা করতে বলল। ওদের এখন অফগ্রিডে যাওয়া প্রয়োজন।
রাহেলা বলল, আমি কি ভিকির সঙ্গে যেতে পারি? হয়তো কোনো সাহায্য করতে পারব।
পিজি হাসল, না রাহেলা। এবার নয়। আমরা সিচুয়েশনটা এখনও জানি না। যদি কিছু হয়, ভিকি একা ওটা ভালো হ্যান্ডেল করতে পারবে। তুমি বরং এখানে

এই বুড়ো মানুষটার সঙ্গেই থাকো। একটু বোর হবে হয়তো।
রাহেলা হেসে মাথা নাড়ল। আসলে সে-ও পিজির সঙ্গে একান্তে কিছু সময় কাটাতে চাইছিল।
এই রহস্যময় মানুষটাকে কি তার কিছু বলার আছে? সে স্বস্তির নিঃশ্বাস ফেলল। কিন্তু ওর অবাক হওয়ার তখনও বাকি ছিল।
ভিকি বেরিয়ে যেতেই পিজি ওর দিকে তাকিয়ে হাসল, আমি জানি ভিকির সঙ্গে তুমি আসলে যেতে চাওনি। সেজন্যই তোমার কথা শুনেই ভিকি যাতে বারণ করে সেটা নিশ্চিত করার জন্য আগ বাড়িয়ে কথাটা বলেছো। অ্যাম আই কারেক্ট? আমার লজিক কি ঠিক দিকে এগচ্ছে? তবে ভিকিকে ওপর থেকে যেমন মনে হয়, ও কিন্তু তেমন নয়। ওর ভেতরটা খুবই নরম। ফলে ,,,
রাহেলা দীর্ঘশ্বাস ফেলে বলল, তুমি যা বললে, তা আমি জানি। ভিকিকে আমার মোটেও খারাপ লাগে না। আসলে এই কম্পিউটারের জগতটা ছেড়ে অন্য কোথাও যেতে ইচ্ছে করছে না। কখনও তো এমন পরিবেশ পাইনি। তুমি আমাকে শেখাবে? তোমার কি সময় হবে? আই ডাউট।
পিজি হেসে উত্তরটা এড়িয়ে গেল, তুমি তো মাত্র তেইশ পেরিয়েছো। জানোই তো, শেখার কোনও বয়স নেই। এখন এআই (AI) এর যুগ। আর যতদিন চাইবে, এখানে থাকতে পারবে। আমি তো দশমাস এই দেশেই থাকি না। তোমার মাস্টার হবে একটি আট বছরের বাচ্চা। সে আমারই স্টুডেন্ট। তোমাকে অনলাইনেই গাইড করে দেবে।
রাহেলার সুন্দর দুটি ভুরু বাঁকিয়ে জিজ্ঞেস করল, এটা কি কোনও নতুন রহস্য?
পিজি হো হো করে হেসে উঠল, আরে না, না। সত্যি বলছি। বাচ্চাটার নাম হ্যাকারু। কখনও কিন্তু ভুলেও যেন ওর আসল নাম বা জেন্ডার জানতে চেয়ো না। এখনও পর্যন্ত কেউ জানে না ও ছেলে না মেয়ে, নাকি থার্ড জেন্ডার।
রাহেলা ঝর্নার জলের মত হাসল, তোমাদের যত দেখছি অবাক হচ্ছি। এটুকু জানতে পারি কি, মাস্টারমশাই কোন দেশে থাকে?
পিজি ফের হেসে উঠল, এই আমাদের কাছে পিঠেই। খোদ কলকাত্তাইয়া।

চ্যাপ্টার থার্টি টু

সোমবার, বিকেল ৪.২৫, ইয়েলাগিরি

ডু অর ডাই।

ইয়েলাগিরির গোপন আস্তানায় বসে ক্র্যাকার বুঝতে পারছিল কলকাতার পরিস্থিতি হাতের বাইরে চলে যাচ্ছে।

এখনই কিছু একটা সিদ্ধান্ত নিতে হবে। ওই বুড়ো হ্যাকারটাকে খুঁজে বের করা দরকার।

স্যামির হাতে আর কোনও উপায় ছিল না বলেই সে 'ভয়েস স্যাম্পলিং সার্চ' ব্যবহার করতে বাধ্য হয়েছে।

বহুকাল আগে, যখন সে ছাত্র ছিল, তখন এই সফটওয়্যারটা সে ব্ল্যাক হ্যাট উইজার্ড 'ভ্যালি অফ ডেথ' বা ভিওডি-র কাছ থেকে চুরি করেছিল।

তখন স্যামি অনেক ছোট। অনাথ আশ্রমে বড় হওয়া স্যামির জীবনের গল্প শুনে ভিওডি-র মায়া হয়েছিল। তাছাড়া ছাত্র হিসেবে স্যামি ছিল তুখোড়। কঠিন জিনিসগুলো চটপট শিখে নিত। ভিওডি তাকে বিশ্বাস করেছিল।

কিন্তু স্যামির ভেতরে অপরাধী সত্তাটা যাবে কোথায়? তা তো স্রেফ ঘুমিয়ে ছিল, সেটা আর ভিওডি জানবে কী করে? ফলে স্যামির মতলব ও টের পায়নি। বিশ্বাস করে কিছুটা অ্যাকসেস ছেড়ে দিয়েছিল স্যামিকে।

এই বিশ্বাসের সুযোগ নিয়েই স্যামি - ভয়েস স্যাম্পলিং সার্চ - চুরি করে।

সফটওয়্যারটা হস্তগত করার পর স্যামি ধীরে ধীরে নিজেকে সরিয়ে নেয়।

স্যামির ধারণা ছিল একদিন সে কারনেল কোডটা এমনভাবে বদলে দেবে যে কেউ আর চিনতে পারবে না মূল সফটওয়্যারকে।

কিন্তু সেই সময় বা সুযোগ সে পায়নি। তাছাড়া ভিওডি-র মতো সেই জাদুকরী দক্ষতাও তার ছিল না। তাই সে ওটা ব্যবহার না করে ফেলে স্রেফ ফেলে রেখেছিল।

দীর্ঘদিন পর, আজ কিছুটা মরিয়া হয়ে স্যামি ওটা ব্যবহার করল। ওই বুড়ো, টেঁকুর-তোলা হ্যাকারটাকে যেমন করেই হোক খুঁজে বের করতেই হবে। লোকটা সব জায়গায় গিয়ে ওকে কাঠি করছে।

কলকাতায়, মুম্বাইয়ে। শেষ পর্যন্ত এখানে না চলে আসে। এই মামলার অন্যতম সাক্ষী, মেয়েটাকেও ও নিজের কাছে রেখে দিয়েছে। নিশ্চয়ই মজা লুটছে, হারামজাদা বুড়ো।

স্যামির এখন একটাই লক্ষ্য, ওই বুড়োটার লোকেশন জানা।

কিন্তু স্যামি যেটা জানত না তা হলো দুই উইজার্ড—ভিওডি আর পিজি-র মধ্যে এক পুরোনো দ্বৈরথ এবং পারস্পরিক শ্রদ্ধাবোধের সম্পর্ক রয়েছে, যার ইতিহাস অনেক পুরোন।

ভিওডি জানে পিজি একজন জিনিয়াস। পিজিও ভিওডি-র দক্ষতার কদর করে। শুধু তাদের পথ ছিল আলাদা।

শুরুতে স্যামি ভয়েস স্যাম্পলিং সার্চ ব্যবহার করতে ভয় পাচ্ছিল। কারণ এর ফলে এটা ভিওডি-র নজরে পড়ে যেতে পারে। কিন্তু তার হাতে আর কোনও উপায় নেই। স্যামিকে এই প্রথম একটু চিন্তিত দেখায়। এই ভ্যালি অফ ডেথ নামটা এমনি এমনি হয়নি। লোকটা খুবই খতরনাক।

- আমার ছেলের কী হয়েছে? এত চিন্তা কীসের? একজন মানুষ ঘরে ঢুকলেন। লম্বা সাদা দাড়ি, সাদা আলখাল্লা, মুখে প্রশান্ত হাসি। লোকটির উপস্থিতিতে স্যামির গিকি ঘরে একটা সাধুসুলভ পরিবেশ তৈরি হলো মুহূর্তের জন্য।

স্যামি উঠে দাঁড়িয়ে পায়ে হাত দিয়ে প্রণাম করল। সে এই মানুষটির ভক্ত, শিষ্য। জ্যাকি সেনও তাই। গুরুজি সচরাচর এই ওয়্যারহাউসে আসেন না। কিন্তু উনি খবর পেয়েছেন, তাঁর যাবতীয় ডিজিটাল কুকর্মের ডান হাত স্যামি গাড্ডায় পড়েছে।

স্যামি তাঁকে বসতে অনুরোধ করল।

গুরুজি সবিনয়ে প্রত্যাখ্যান করে হাসিমুখে বললেন, চিন্তা কোরো না বাবা। তোমাকে খুব চিন্তিত মনে হচ্ছে। কী হয়েছে? আমাকে বলো, দেখি আমি কী করতে পারি।

স্যামি জানত গুরুজি সব খবর রাখেন। সে কলকাতার পরিস্থিতি সংক্ষেপে জানাল। সম্প্রতি জ্যাকি সেন গুরুজির বিরাগভাজন হয়েছে।

গুরুজি স্যামিকে নির্দেশ দিয়েছিলেন জ্যাকির ওপর প্রতিশোধ নিতে।

গুরুজি জ্যাকিকে দশ মিলিয়ন ডলার দিতে বলেছিলেন। জ্যাকির কাছে তা আর এমন কী বেশি টাকা?

গুরুজি কলকাতার কাছে নতুন একটা আশ্রম বানাতে চান। বাংলায় তার অনেক ভক্ত।

জ্যাকি সরাসরি না করেনি, কিন্তু টালবাহানা করে বুঝিয়ে দিচ্ছিল যে সে টাকা দিতে নারাজ।

তাই স্যামি গ্রাসকে দিয়ে ওই ব্ল্যাকমেলিং প্লটটা ফেঁদেছিল। দুই বোনকে দিয়ে স্পাই ক্যামেরা প্ল্যান্ট করা, পরে সেই ভিডিও জ্যাকির বিরুদ্ধেই ব্যবহার করা। সব ঠিকঠাকই এগোচ্ছিল, কিন্তু এক বুড়ো হ্যাকার এসে সব ভেস্তে দিল।

সে শুধু মেয়েটাকে বাঁচালই না, আবার নিজের মতো তাকে 'অ্যাননিমাস' করে লুকিয়েও ফেলল।

স্যামি হ্যাকিং কমিউনিটিতে ওই বুড়োর খোঁজ নিয়েছে। যা তথ্য পেয়েছে তাতে তার হতাশা আরও বেড়েছে বই কমেনি।
হ্যাকিং কমিউনিটি তাকে হ্যাকিংয়ের দেবতা বা 'গড' হিসেবে মানে। কেউ তার আসল পরিচয় জানে না। সবাই সন্দেহ করে সে ছদ্মবেশে থাকে। এক রহস্যময় পুরুষ।
স্যামি মাথা নিচু করে গুরুজিকে বলল, আমার কোডে কিছু একটা ভুল হয়েছে বাবা।
- আশা করি ওরা কিছু সন্দেহ করেনি? 'শ্রী'-র গলায় কোনো উদ্বেগ নেই।
- না। তা এখনও করেনি। তবু স্যামি গলার স্বরে উদ্বেগ লুকোতে পারে না। সে তো আগে কখনও এমন পরিস্থিতিতে পড়েনি।
এটা তার কাছে লজ্জাজনক। পরাজয়। শ্রী তার মধ্যে যে দৈবশক্তি সঞ্চার করেছিলেন, এটা তার অপমান।
আগে কোনো ভুল হলে সে নিজেকে কঠিন শাস্তি দিত। কিন্তু এবার সেই প্রায়শ্চিত্ত করার সময়টুকুও নেই।
সে বলল, আমি খুব লজ্জিত বাবা। আই অ্যাম সো সরি। রাগে সে নিজের আঙুলগুলো কেটে ফেলতে চেয়েছিল। এই আঙুলগুলো তাকে ধোঁকা দিয়েছে।
শ্রী তাকে বুকের কাছে টেনে নিলেন। স্যামি অনুভব করল তার শক্তি ফিরে আসছে। শ্রীর একটা হাত ধীরে ধীরে নিচে নেমে গেল।
তিনি স্যামির খণ্ডকোষে হাত দিয়েই বুঝলেন, কিছু একটা গণ্ডগোল পাকিয়েছে।
সেটি ধরে নাড়াচাড়া করতে করতে ফিসফিস করে বললেন, সব আবার আগের মতো হয়ে যাবে বাবা। তুমি আবার জিতবে। ডোন্ট ওরি।
এই স্পর্শে স্যামি ঠিক উত্তেজিত হলো না, কিন্তু এক সর্বশক্তিমান সত্তার কাছে সমর্পণের অনুভূতি তাকে আচ্ছন্ন করল।
সে বিড়বিড় করে বলল, আমি আবার জিতব।
- হ্যাঁ, অবশ্যই তুমি জিতবে। দিক পরিবর্তন করো। যদি টার্গেটকে না পাও, তার সবচেয়ে কাছের মানুষটাকে ধরো। টার্গেট নিজেই তোমার কাছে আত্মসমর্পণ করবে।
এই অ্যাডভাইস যেন ম্যাজিক!

সাদা দাড়িওয়ালা মানুষটা এমন একটা কথা বললেন যা স্যামি আগে ভাবেনি। ইনফরমেশন গ্যাদারিং বা রিকনেসান্স-এর বেসিক নিয়ম—টার্গেটকে না পেলে তার কাছের কিছু খোঁজো।
শ্রী সব জানেন, স্যামি ভাবল। ভক্তি তার আরও বাড়ল। ভয়েস স্যাম্পলিং সার্চ শুরু করার আগে সে তো হ্যাকারের পুলিশ বন্ধু রাকেশ চৌধুরীকে টার্গেট করতে পারত!
তার অ্যাড্রেস তো স্যামির কাছে আছেই!
আমি একটা গাধা! স্যামি নিজেকে ধিক্কার দিল। মুম্বাইয়ে সে তো এটাই করেছিল। এসিপি উদিত কাশ্যপ এখন তো তাদের পে-রোলে।

কুড়ি বছর আগে স্যামি প্রথম গুরুজিকে দেখেছিল। তখন তার বয়স মাত্র বারো।
গুরুজি তার মাকে বলেছিলেন, একদিন তোমার ছেলে বিশ্ব জয় করবে।
মা তাকে আশ্রমে রেখে চলে যান। সেখানে আরও অনেক ছেলেমেয়ের সঙ্গে সে বড় হয়েছে।
ছোট থেকেই স্যামি কম্পিউটারে ছিল জাদুকর। গুরুজি সেটা লক্ষ্য করে তাকে নিজের এক শিষ্যের ইঞ্জিনিয়ারিং কলেজে ভর্তি করিয়ে দেন।
স্যামির জীবন পাল্টে যায়। সে হয়ে ওঠে গুরুজির ক্রাইম সিন্ডিকেটের 'ডিজিটাল হ্যান্ড'।
শ্রী হঠাৎ তাকে অর্ধ-উত্থিত অবস্থায় ছেড়ে দিয়ে বললেন, যাও, টার্গেটকে খুঁজে বের করো। নাম কী?
স্যামি ঘোরের মধ্যে বলল, রাকেশ চৌধুরী। পুলিশ অফিসার।
- অ্যাড্রেস আছে?
স্যামি ঝড়ের গতিতে টাইপ করল। মনিটরে সব ডিটেল ভেসে উঠল: রাকেশ চৌধুরী। অ্যাসিস্ট্যান্ট পুলিশ কমিশনার। ক্যালকাটা পুলিশ। অ্যাড্রেস: ৫৬/৫৪ বো ব্যারাক, কলকাতা।
শ্রী হাসলেন, আমি তোমার ক্ষমতা জানি বাবা। তিনি আবার স্যামির প্যান্টের ভেতর হাত ঢুকিয়ে দিলেন।
মন্ত্র পড়তে লাগলেন। দুর্বল মানুষের শরীরে শক্তি ফিরিয়ে আনার এটাই তাঁর পদ্ধতি।
মেয়েদের জন্য তাঁর পদ্ধতি অবশ্য আলাদা।
তিনি জোরপূর্বক তাদের ভেতরে প্রবেশ করে 'শক্তি' সঞ্চার করেন।
আগে থাকতে ব্যবস্থা নিলেও আশ্রমে অনেক অনাথ মেয়ে এভাবেই প্রেগন্যান্ট

হয়ে পড়ে এই 'পদ্ধতি'র ফলে।
তাই গুরুজি আশ্রমে একটা 'প্রেগন্যান্সি ম্যানেজার' পোস্ট তৈরি করেছেন। ম্যানেজার মেয়েদের আগে থাকতেই পিল খাইয়ে তৈরি করে রাখে, তার পরেও কাজ না হলে গোপনে গর্ভপাত করায়।
তারপর সে মেয়েদের ভয় ভাঙানোর আছিলায় নিজের ছিলে ছেঁড়া ধনুকটা ব্যবহার করতে ভোলে না।
কারণ গুজব আছে, শেষ স্টেপে মেয়েগুলোকে আরব দেশে পাচার করে দেওয়া হয়।
এসব বিষয়ে কে নাক গলাবে? কেউ নাক গলানোর সাহস পায় না। গুরুজি প্রভাবশালী ব্যক্তি। ভারতে তাঁর লক্ষ লক্ষ ভক্ত। স্ট্রং ভোট-ব্যাঙ্ক। মন্ত্রী-সান্ত্রীরা নিয়মিত তাঁর আশীর্বাদ নিতে আসে।
তিনি তাদের মাথায় বাঁ-হাত রাখেন আর কানে ভুলভাল সংস্কৃতে মন্ত্র পড়েন। অবশ্য তাদের প্যান্টে হাত ঢোকান না। কারণ তিনি এই অসাংবিধানিক কাজের পরিণতি জানেন।
স্যামি গুরুজির এই অদ্ভুত আচরণ নিয়ে ভাবছিল না। ছোটবেলা থেকেই সে এই মানুষটাকে প্রশ্ন করেনি। তার কাছে এটা 'গড-টাচ'।
সে আমৃত্যু এটাই বিশ্বাস করবে। একদিকে গুরুজির স্পর্শ তাকে শক্তি দিচ্ছিল, অন্যদিকে তার মনের কোণে ভয় দানা বাঁধছিল।
ভয়েস স্যাম্পলিং সার্চ ব্যবহার করায় ভিওডি যদি জেনে যায়? এতদিন ভিওডি তাকে সন্দেহ করেনি। এবার হয়তো জেনে যাবে। গুরুজির আদর সত্ত্বেও স্যামির গণ্ডকোষ তখন খণ্ড খণ্ড হয়ে তার গলার কাছে উঠে এসেছে।
গুরুজির ম্যাজিক টাচ তার উদ্বেগ কমাতে পারছে কই?

চ্যাপ্টার থার্টি থ্রি

সোমবার, বিকেল ৫.১৫, কলকাতা

বিক্রম যে সিগন্যাল দিয়েছে, তার মানে একটাই। ফোনে আর কথা বলা যাবে না। মুখোমুখি দেখা হওয়া দরকার। খুব তাড়াতাড়ি।
ফলে এসিপি রাকেশ চৌধুরী অফিস থেকে বেরোনোর জন্য তাড়াহুড়ো করছিল।
ঠিক তখনই ইন্টারকম বেজে উঠল। একটা খসখসে গলা ভেসে এল, স্যার, খুব আরজেন্ট। আমি কি একটু আসতে পারি? ডক্টর অ্যামি সেন।

লোকটা সবসময় নিজেকে 'ডক্টর' বলে পরিচয় দেয়। ভীষণ ইরিটেটিং পার্সোনালিটি।

মাস ছয়েক আগে লোকটা সাইবার ক্রাইম সেলে জয়েন করেছে। কম্পিউটার সায়েন্টিস্ট। পিএইচডি করেছে বিদেশি কোন একটা ইউনিভার্সিটি থেকে। কিন্তু ওর উপস্থিতি শুধু রাকেশ নয়, ওর বস মতিলাল মিস্ত্রিও পছন্দ করে না।

রাকেশ তো তবু মুখের ওপর কিছু বলতে পারে না। মতিলালের ওসব বালাই নেই। একদিন সরাসরি অ্যামিকে বলেই দিয়েছিল, এই যে ভাই, না বলে কয়ে এভাবে দুমদাম কেবিনে ঢুকে আসবে না। দরজায় নক করে তবে ঢুকবে। কি, মনে থাকবে তো?

এখানে অ্যামি পুলিশের পেনিট্রেশন টেস্টার আর ফরেনসিক এক্সপার্ট হিসেবে কাজ করে।

কিন্তু রাকেশ খেয়াল করেছে, কোনও না কোনও অজুহাতে রাকেশের কেবিনে আসবেই। এটা নাকি তার ডিউটি—সব অফিসারের কম্পিউটার চেক করা এবং নিশ্চিত করা যে কোনো মেশিনে ম্যালওয়্যার নেই।

এমনিতেই কলকাতায় এতগুলো খুনোখুনি হয়ে যাওয়ার পর মতিলালের মেজাজ সপ্তমে উঠে আছে, তার ওপর অ্যামি সেন এত ঝোলাচ্ছে যে মতিলাল রাকেশকে বলেই রেখেছে, এই টার্মের পরেই মালটাকে বিদায় করতে হবে। কোনও কম্মের নয়। দেখি এ ব্যাপারে পিজির সঙ্গে পরামর্শ করা দরকার।

অ্যামিকে ঢুকতে দেখে রাকেশ বিরক্ত মুখে জিজ্ঞেস করল, কী হয়েছে?

রাকেশের রুক্ষ গলায় বন্ধুত্বের লেশমাত্র নেই। থাকার কথাও নয়।

অ্যামি হন্তদন্ত হয়ে ঘরে ঢুকে বলল, স্যার, টিম থেকে এইমাত্র একটা মেসেজ পেলাম। একটা সন্দেহজনক মেইল আমাদের নেটওয়ার্কে ঘুরছে। ওতে ম্যালওয়্যার আছে। আপনার কম্পিউটারটা একবার চেক করা দরকার স্যার।

সে রাকেশের মুখের দিকে তাকাল। সেখানে বিরক্তি ছাড়া আর কিছু নেই।

রাকেশের ইচ্ছে হল বলে, তুমি আর দেখে কী বা..টা ছিঁড়বে বাবা?

মতিলাল হলে ঠিক এটাই বলত। কিন্তু রাকেশের কোথায় যেন সংস্কারে বাঁধে। বাবা, মা দুজনেই ছিলেন ইউনিভার্সিটির প্রোফসর। ঘরে কোনওদিন - শালা - শব্দটাও কারও মুখে শোনেনি রাকেশ।

অ্যামি একটু থতমত খেয়ে বলল, আপনি কি বেরিয়ে যাচ্ছেন স্যার?

রাকেশ সংক্ষেপে উত্তর দিলেন, হ্যাঁ।

- আপনি কি ফিরবেন স্যার? মানে... আমি কি ওয়েট করব?

- না ওয়েট করার কী আছে? সেজন্য তোমার বসে থাকার দরকার নেই। চেক করে নিয়ে তুমি চলে যেও।

- আপনি কি আবার ফিরবেন স্যার? ঢোঁক গিলে জিজ্ঞেস করল অ্যামি।
রাকেশ এবার একটু চড়া গলায় বলল, সেটা জেনে তুমি কী করবে? বললাম তো, তোমার কাজ হলে চলে যাবে।
অ্যামি যখন কথা বলে, কখনও চোখের দিকে তাকিয়ে কথা বলে না। এটা প্রথম খেয়াল করেছিল মতিলাল, রাকেশকে বলেছিল, মালটা কখনও মুখের দিকে তাকায় না, খেয়াল করেছো? সবসময় যেন কিছু একটা লুকোচ্ছে। স্কাউন্ড্রেল একটা।
সব ব্যাপারে অ্যামির এই নাক গলানো স্বভাব একদম পছন্দ নয় রাকেশের। অ্যামিকে কম্পিউটার ছেড়ে রাকেশ ঘর থেকে বেরিয়ে গেল। সামনে এখন অনেক কাজ।
রাকেশের কম্পিউটারে কিছুক্ষণ খুটখাট করে অ্যামি নিজের কিউবিকলে ফিরে এল।
আসার পর ওর প্রথম কাজ হল একটা নম্বরে ফোন করা।
কিছুক্ষণ রিং হওয়ার পর ওপাশ থেকে একটা মাতাল গলা ভেসে এল, ইয়েস স্যার।
- এসিপি এইমাত্র বেরোল। ওকে ফলো করো। আমাকে এক্স্যাক্ট লোকেশন জানাও। কারণ ওর সঙ্গে মোবাইল থাকলেও তা সুইচড অফ।
মাতাল গলাটা একটু থমকাল, আপনার কি মাথা খারাপ স্যার?
অ্যামি রেগে জিজ্ঞেস করল, কেন? মাথা খারাপ হতে যাবে কেন?
আমি এসিপি সাহেবের পেছনে টিকটিকিগিরি করব? জানেন ধরা পড়লে কী হবে? আমার পুলিশের চাকরিটা পার্মানেন্টলি যাবে।
অ্যামি হিসহিসিয়ে বলল, সময় নষ্ট কোরো না কৃষ্ণ চাঁদ। এখনই অ্যাকাউন্টে পাঁচ হাজার চাও কি না বলো?
কৃষ্ণ চাঁদের গলায় এবার একটু দাপট ফিরে এল, আগের পেমেন্টটাই তো পাইনি। আগে ওই মালটা ছাড়ুন।
- ঠিক আছে, আমি দশ হাজার ট্রান্সফার করছি।
- তাহলে আগে ব্যাঙ্কের মেসেজটা ঢুকতে দিন, তারপর বেরবো। কৃষ্ণ চাঁদ নাছোড়বান্দা।
- আরে দশ-পনেরো মিনিট লাগবে। তুমি ঠিকই পেয়ে যাবে। এখনই যাও।
কৃষ্ণ চাঁদ বলল, ঠিক আছে, চোখ রাঙাবেন না। যাচ্ছি।
ফোন রেখে অ্যামি চোরের মতো এদিক-ওদিক তাকাল।
কনফার্ম হয়ে নিল কেউ তাকে দেখছে কি না। এখন ঘরে কেউ থাকে না। একটা শিফট সবে শেষ হয়েছে।

মনিটরে একটা মিনিমাইজ করা উইন্ডো খুলল সে।
চলতে শুরু করল পর্নোগ্রাফিক ভিডিওটা।
লালচুলো একটা মেয়ে আইসক্রিম চুষছে।
অ্যামি পায়ের ওপর পা তুলে বসল, আবার নামাল।
পুরুষমানুষদের এই এক শাস্তি, ইঙ্গিতেই তিনি শক্ত হয়ে যান। কোনও ওয়ার্নিং দেন না পর্যন্ত।
পা ওঠাচ্ছে, নামাচ্ছে, এদিক বাঁকছে, ওদিক বাঁকছে, একবার উঠেও দাঁড়াতে হল।
কোনো পজিশনেই অ্যামি ঠিক শান্তি পাচ্ছে না।

চ্যাপ্টার থার্টি ফোর

সোমবার, বিকেল ৫.৪০, কলকাতা

কোনও ঝুঁকি নেওয়ার প্রশ্ন নেই।
ফলে রাকেশ সবদিক দেখে, আটঘাঁট বেঁধে কাজে নামল।
ভিকি একটা বিশেষ ফ্রেজ ব্যবহার করেছে—'রিড দ্য স্টোরি অফ বিশপ'।
এটা একটা সিগন্যাল। এর মানে খুব পরিষ্কার—বিন্দুমাত্র ঝুঁকি নিবি না, সন্ধে ছ'টার সময় সেই গোপন ডেরায় চলে আয়, যেটা শুধু তুই জানিস।
একমাত্র ভিকি আর রাকেশ এই জায়গাটা এবং এক্স্যাক্ট টাইমিংটা জানে।
এই মেসেজটার আরও গভীর অর্থ আছে। কেউ রাকেশকে ফলো করছে। তার ফোনে আড়ি পাতা হয়েছে এবং সব কথোপকথন শোনা হয়েছে। তার জীবনও বিপন্ন।
রাকেশ বুঝতে পারছিল না, হঠাৎ ভিকি কেন এই বিশেষ কোডটা ব্যবহার করল!
ওরা এটা তখনই ব্যবহার করে যখন বড় কোনো বিপদ ঘনিয়ে আসে। তাহলে কি রিসেন্ট কলকাতা কিলিংয়ের নেপথ্যে বড় কোনও চক্রান্ত কাজ করছে?
রাকেশ নিজের ঘর থেকে বেরিয়ে লিফটে করে দোতলায় নামল।
সেখানকার টয়লেটে গিয়ে সবার আগে পুলিশ ইউনিফর্ম ছাড়ল, দ্রুত পরে নিল সিভিল ড্রেস।
আরও পনেরো মিনিট রাকেশ সেখান অপেক্ষা করল।
পরিস্থিতির গুরুত্ব বুঝে রাকেশ অফিসিয়াল গাড়ি ব্যবহার না করার সিদ্ধান্ত নিয়েছে।

মেথরদের যাতায়াতের জন্য যে পেছনের সিঁড়ি আছে, সেটা ব্যবহার করার কথা রাকেশ আগেই ভেবে রেখেছে।
ওটা দিয়ে সোজা ব্যাকইয়ার্ডে নামা যায়। সেখানে বাজেয়াপ্ত করা গাড়ি আর কিছু রায়ট ভ্যান দাঁড়িয়ে আছে।
সাত ফুট উঁচু পাঁচিল দিয়ে জায়গাটা ঘেরা।
ছোট গেটটা খুলে পেছনের রাস্তায় বেরিয়ে এল রাকেশ। ইস, পিজির মত যদি বুড়ো সাজা যেত, তাহলে তো চিন্তাই ছিল না।
একটা হাতটানা রিকশা ডাকল রাকেশ।
- এজরা স্ট্রিট চলো। রাকেশের মাথায় তখন ঝড়ের গতিতে চিন্তা চলছে।
ইনসাইডার কে হতে পারে?
অ্যামি? ফোন ট্যাপ করাটা ওর পক্ষেই সবথেকে সহজ কাজ।
একমাত্র সাইবার সেলের লোকেদের পক্ষেই সেই সফটওয়্যার অ্যাকসেস করা সম্ভব।
এটা ঠিকই যে মালটাকে কেউ পছন্দ করে না, বড্ড বিরক্তিকর, কেমন যেন ঘিঘিনে মত। কিন্তু কাউকে অপছন্দ করা মানেই যে সে অপরাধী, এমনটা ভাবা ঠিক নয়।
রাকেশ আবার পেছনে তাকাল। সন্দেহজনক কিছু চোখে পড়ল না।
- ভাই, রিকশাটা একটু থামাবে? রাকেশ এক মুহূর্ত দাঁড়িয়ে পরিস্থিতি পর্যবেক্ষণ করতে চাইল।
নেমে দুটো কোল্ড ড্রিঙ্কস কিনল।
একটা রিকশাওলাকে দিল, অন্যটায় নিজে চুমুক দিল।
কলকাতার এই দিকটা একটু অন্যরকম। এখানে চীনাদের প্রভাব আছে। বহু শতাব্দী আগে ওরা এখানে এসে ব্যবসা শুরু করেছিল। ট্যানারির চামড়ার গন্ধে বাতাসটা ভারী।
এটা একটা ভালো লক্ষণ যে বৃষ্টিটা থেমে গেছে, নইলে এই গন্ধে টেকা দায় হতো।
আবার শুরু হল যাত্রা।
রাকেশ বেশ কয়েকবার মোড় নিল এবং প্রতিবারই পেছনে তাকিয়ে দেখে নিল কেউ ফলো করছে কি না।
ডবল চেক করে নেওয়াটা সবসময়ই জরুরি।
রিকশা থেকে নেমে চালককে ভালো বকশিশ দিল রাকেশ।
লোকটা এত টাকা আশা করেনি, তাই দুহাত তুলে আশীর্বাদ করতে করতে চলে গেল।

রাকেশ হাইড লেন ধরে হাঁটতে শুরু করল। এখানকার পরিবেশটা আরও থমথমে। এখানে চীনাদের ভিড় নেই। তবে রাস্তা শুনশান। সেটা অবশ্য এই ওয়েদারের জন্যও কিছুটা বটে।

রাকেশ একটা পুরোনো দরজায় ঠিক তিনবার টোকা দিল।

দরজা খুলে গেল।

দরজা খুলল ভিকি।

- হ্যালো, ক্যাপ্টেন। রাকেশ হাসল।

ভিকি হেসে তাকে স্বাগত জানাল, আয়, কোনও অসুবিধা হয়নি তো?

প্যাসেজটা আধা-অন্ধকার। সামনেই একটা কাঠের সিঁড়ি। ভিকি ঘুরে দাঁড়িয়ে হাসল, সাবধানে ওঠ রাকেশ।

সিঁড়িটা শুধু পুরোনোই নয়, কোনো রেলিং বা হ্যান্ডরেলও নেই। রাকেশ হাসল, আমি যখনই এখানে আসি, ভাবি এই নড়বড়ে কাঠের সিঁড়িটা বোধহয় কোনোদিন পাল্টানো হবে না। এটা তো শুরু থেকেই এমন, তাই না?

ভিকি বলল, ঠিক বলেছিস। যতদিন এটা আমাদের ভার সইতে পারবে, ততদিন থাকবে।

ওরা পাশের দরজা দিয়ে হলঘরে ঢুকল। বিশাল ঘরটা দেখলে মনে হয় কোনো পুরোনো রাজবাড়ি বা দুর্গের অংশ। মাথার ওপর একটা জমকালো পুরোনো ঝাড়বাতি ঝুলছে। ভিকি সুইচ অন করল। আলোটা শুধু টেবিলের ওপর পড়ল।

ঘরের বাকি অংশ অন্ধকারেই রইল। ভিকি বলল, বোস। আগে চায়ের ব্যবস্থা করি।

রাকেশ জিজ্ঞেস করলেন, কী হয়েছে রে ভিকি, এত জরুরি তলব কেন?

রাকেশের গলায় উদ্বেগ, কিন্তু একই সঙ্গে সে সতর্ক। বিপদ যে কিছু একটা ঘটেছে তা ঠিকই আঁচ করতে পারছে।

চ্যাপ্টার থার্টি ফাইভ

সোমবার, দুপুর ২.১১, একরো, স্টকহোম

পৃথিবীর কেউ তার আসল পরিচয় জানে না।

মাঝবয়সী মানুষটার ছিপছিপে গড়ন।

আমেরিকার ন্যাশনাল সিকিউরিটি এজেন্সি (NSA) জলের মতো টাকা খরচ করতে রাজি, শুধু যদি একে একবার হাতের নাগালে পাওয়া যায়।

মাথার ধূসর চুল পাতলা হয়ে এসেছে ঠিকই, কিন্তু তাকে বয়সের তুলনায়

অনেক তরুণ দেখায়। গ্যারেজের কাছে গাড়িটা থামিয়ে সে ইঞ্জিন বন্ধ করল। আগস্ট মাস। একরো-তে এখন আবহাওয়া চমৎকার। লেক ম্যালারেনের বুকে জেগে থাকা দ্বীপপুঞ্জ এই একরো। স্টকহোম কাউন্টির মধ্যেই পড়ে। আশেপাশে হাতেগোনা কয়েকটা ফার্মহাউস। সব প্রাইভেট প্রপার্টি। খুব বেশি দূরে নয় ইউনেস্কো ওয়ার্ল্ড হেরিটেজ সাইট—ভাইকিং যুগের বসতি 'বিরকা' এবং 'ড্রটনিংহোম প্যালেস'।

মানুষটা চোখ কুঁচকে তাকাল আকাশের দিকে। ঝলমলে রোদ, পাখিরা গান গাইছে।

মেঘমুক্ত আকাশ তার মন ভালো করে দেয়। টুরিস্টরা আসতে শুরু করেছে। লেকের জলে রঙিন বোটগুলো ভাসছে। একরোর সমতল ল্যান্ডস্কেপ সাইকেল রাইডারদের জন্য আদর্শ।

সে একটা নির্জন ফার্মহাউসের সামনে গাড়ি থামাল। সামনে বড় বাগান। রান্নাঘরে ঢুকে প্রথমে কফি বানাল সে। তরপর কফি-মগ হাতে সে একটা বড় ঘরে ঢুকল।

ঘরটা অনেকটা কলকাতার পিজির কম্পিউটার রুমের মতোই। মাঝখানে তিনটে বিশাল মনিটর। সঙ্গে কিবোর্ড। টেবিলে ছড়িয়ে আছে কিছু চেনা ডিভাইস—ফটোকপিয়ার, স্ক্যানার, পিডিএ।

কিন্তু তার মাঝে এমন কিছু অদ্ভুতদর্শন যন্ত্র আছে যা সাধারণ মানুষের অচেনা। এর কয়েকটা সে নিজেই বানিয়েছে। হার্ডওয়্যার নিয়ে নাড়াচাড়া করতে তার সবথেকে ভালো লাগে। লোকটার স্লোগান হল, স্টে লো। অর্থাৎ হার্ডওয়্যারের কাছাকাছি থাকো।

মেশিন বুট করতেই ইনবক্সে একটা মেসেজ ফ্ল্যাশ করল। কেউ একজন অপেক্ষা করছে। মেসেজটা পড়ে সে কিছুটা বিভ্রান্ত বোধ করল।

ও ঠিক দেখছে তো?

নিজের চোখকেই বিশ্বাস করতে পারল না প্রথমে।

অবশেষে তার রুক্ষ মুখটা নরম হয়ে এল। সে কিবোর্ড টেনে নিয়ে ঝড়ের গতিতে টাইপ করল, ওহ, ইটস ইউ, পিজি। আমি নিজের চোখকে বিশ্বাস করতে পারছি না।

ওপাশ থেকে উত্তর এল সঙ্গে সঙ্গে, হ্যাঁ, ভিওডি (VOD), আমি। একটা প্রশ্নের উত্তর খুঁজছি।

- ফিল ফ্রি টু আস্ক মি, পিজি। আমার দরজা তোমার জন্য সবসময় খোলা। ভিওডি উত্তর দিল।

পিজি লিখল, আমি জানি ভিওডি। আমার মনে তোমার জন্য একটা স্পেশাল জায়গা আছে। আমি একটা জিনিস জানতে চাই।
- কী?
পিজি লিখল, আমি জানতাম ভিএসএস (VSS) তোমার জীবনের একটা ক্লোজড চ্যাপ্টার।
- ভিএসএস? ভয়েস স্যাম্পলিং সার্চ?
- এক্স্যাক্টলি।
- তোমার অনুমান সঠিক, পিজি। আমার কাছে আর সোর্স কোড নেই। ওটা সত্যিই একটা ক্লোজড চ্যাপ্টার।
- হ্যাঁ, এতদিন আমার বিশ্বাস ছিল যে ওটা আমি নষ্ট করে ফেলেছি। বিশেষ করে তুমিও সেটা মেনে নিয়েছিলে।
- হ্যাঁ, দ্যাটস পারফেক্ট, পিজি। তোমার অনুমান সঠিক। দ্যাট সফটওয়্যার হ্যাজ বিন ডেস্ট্রয়েড।
- কিন্তু ওটা এখনও এক্সিস্ট করছে।
- হোয়াট? নো ওয়ে। হতেই পারে না। আর ইউ জোকিং, পিজি? তুমি কি মজা করছ?
- আমি মজা করছি না, ভিওডি। ওটা ইন্ডিয়াতে আছে। পার্টিকুলারলি সাউথ ইন্ডিয়াতে। কেউ ওটা ব্যবহার করে রিসেন্টলি আমার ভয়েস সার্চ করেছে।
- তোমার ভয়েস সার্চ করার জন্য? দ্যাট সাউন্ডস ক্রেজি। কিন্তু কেন করবে?
পিজি ব্যাখ্যা করল, এ আসলে একটা কিলার ক্র্যাকার এবং ব্ল্যাকমেলার। বেসিক্যালি সোশ্যাল ইঞ্জিনিয়ার, মানুষকে ঠকিয়ে টাকা আদায় করে। ও আমাকে লোকেট করতে চায়, কারণটা তুমি জানো। আমাকে মেরে ফেলার জন্য। কিন্তু আমি এটাই বিশ্বাস করতে পারছি না যে তুমি তোমার সবচেয়ে দামী সৃষ্টিটা একজন খুনী সোশ্যাল ইঞ্জিনিয়ারের হাতে তুলে দেবে।
ভ্যালি অফ ডেথ বা ভিওডি কিছুক্ষণ চুপ করে রইল। তারপর লিখল, না, আমি ওকে দিইনি। ও আমার কাছ থেকে ওটা চুরি করেছিল। এখন আমার একটা ছেলের কথা মনে পড়ছে। অনেকদিন আগে, ও আমার ডিসাইপল বা শিষ্য ছিল। পরে সে উধাও হয়ে যায়, আর কোনো যোগাযোগ রাখেনি। ও-ই চুরি করেছে। দ্যাট ফিলদি বাস্টার্ড!
ভিওডি একটু থামল, তারপর আবার টাইপ করল, সেই সময় ওর বেস ছিল তাম্বারামের কাছে। জায়গাটার নাম আমার এখনও মনে আছে। আমি ওকে খুঁজে বের করবই।
- ওটা আমার ওপর ছেড়ে দাও ভিওডি। আমি ওকে খুঁজে বের করব, পুলিশের

হাতে তুলে দেব। ও এখানে অনেকগুলো খুনের সঙ্গে জড়িত।
ভ্যালি অফ ডেথের সুরটা কঠিন হল, তোমার দামী সময় একটা ছিঁচকে চোরের পেছনে নষ্ট কোরো না পিজি। ওটা আমার ওপর ছাড়ো। ও আমার প্রপার্টি চুরি করেছে। এর জন্য আল্টিমেট পেনাল্টি ওর প্রাপ্য। ওকে আমিই শাস্তি দেব।
ভিওডি রেগে গেছে। তার টাইপিংয়ের শব্দচয়নে সেটা স্পষ্ট, ব্ল্যাক হ্যাট কমিউনিটিতে আমরা অনেক ইললিগ্যাল কাজ করি, ইটস ওকে। কিন্তু আমরা কখনো ফেলো হ্যাকারের প্রপার্টি চুরি করি না। ওটা ক্ষমার অযোগ্য অপরাধ। আমি ওই বাস্টার্ডকে উচিত শিক্ষা দেব। লিভ ইট টু মি।
- ঠিক আছে, লেট ইট গো, ভিওডি। বলো তুমি কী করছ আজকাল?
- সেরকম কিছু না। সেই ইনস্পিরেশনটা আর পাই না। তাছাড়া তুমি তো জানো এনএসএ-র লোক আমার পেছনে পড়ে আছে।
- হ্যাঁ জানি। এনিওয়ে, তোমার জার্নি থামিও না। তুমিই এই বিশ্বের সেরা হ্যাকার। উই স্টিল এক্সপেক্ট এ লট ফ্রম ইউ।
- নো ওয়ে, পিজি। তুমি সেরা। আমি সবসময় সেটা বিশ্বাস করি। তুমি শুধু সেরাই নও, তুমি হলে সেই 'পারফেক্ট জেন্টলম্যান' যে টাকার লোভে কখনও আমার অ্যাড্রেস এনএসএ-কে লিক করেনি। তোমার জায়গায় অন্য কেউ হলে এক মিলিয়ন ডলারের জন্য হাসিমুখেই সেটা করত। আই অ্যাম গ্রেটফুল।
- জীবনে টাকাটাই সব নয়, ভিওডি। পিজি লেখার সঙ্গে কয়েকটা ইমোজি পাঠাল ভিওডিকে।
ভিওডি লিখল, আমি জানি। আর সেইজন্যই, তোমার শত্রু মানে আমার শত্রু। ওই বাস্টার্ড শুধু আমার রক্ত-ঘাম-কান্না চুরি করেনি, ও তোমাকে মারতে চায়। আমি ওকে ছাড়ব না।
- ভিওডি, তুমি রেগে যাচ্ছ।
- হ্যাঁ, পিজি। রেগে যাচ্ছি। কিন্তু এই রাগের নেপথ্যে যথেষ্ট কারণ আছে। একজন ছাত্র সেজে আমার সিস্টেমে ঢুকে সেটাকে ব্যবহার করে আমারই জিনিস চুরি করে সেটা আবার তোমাকে মারার কাজে লাগাচ্ছে? ও জানে না ওর জন্য কী ওয়েট করছে। লিভ ইট টু মি পিজি।

চ্যাপ্টার থার্টি সিক্স

সোমবার, বিকেল ৫.৫৫, কলকাতা

রাকেশকে চিন্তিত দেখাচ্ছে। তার ফর্সা মুখটা রাগে লাল।
উদ্বেগ যখন রাগে বদলে যায়, কিছুক্ষণের জন্য মানুষ যুক্তিবোধ হারিয়ে ফেলে।
সে হলের মধ্যে পায়চারি করতে করতে ভিকির দিকে ফিরল, আমার মোবাইল কেউ ট্যাপ করেছে? তাও আমার অফিসে বসে?
কিছুক্ষণ চুপ করে থাকার পর রাকেশ মাথা নাড়ল, এটা কী করে হয়? আমাদের একটা সাইবার সেল আছে, আর তাদেরই তো কাজ এসব দেখাশোনা করা! আর তাদের নাকের ডগাতেই এসব চলছে? ওদের মধ্যে কেউ এই চক্রের মধ্যে নেই তো?
ভিকি শান্ত গলায় বলল, সেটা আমরা ঠিক খুঁজে বের করব, ডোন্ট ওরি রাকেশ। তবে আমি একটা জিনিস জানতে চাই।
- বল।
- গতকাল জ্যাকি সেন তোকে ফোন করেছিল, তাই না?
হ্যাঁ।
- ও পিজির নম্বর চেয়েছিল?
- কারেক্ট।
ভিকি বলল, পুরো ঝামেলার শুরু কিন্তু ওই পয়েন্ট থেকেই।
- কীভাবে? রাকেশ অবাক হয়ে জানতে চাইল।
বিক্রম বলল, কেউ জ্যাকিকে ব্ল্যাকমেল করতে চেয়েছিল। তারা জ্যাকি আর পিজির কনভারসেশন শুনেছে। তারপর তারা পিজিকে ট্র্যাক করার চেষ্টা করেছে, কিন্তু পারেনি। তাই তারা তখন তোর মোবাইল ট্যাপ করেছে। কলকাতা পুলিশের ভেতর থেকেই কেউ একই কারণে পিজিকে ফলো করার চেষ্টা করেছিল। তারা পিজির লোকেশন জানতে চেয়েছিল।
রাকেশ বলল, তার মানে কলকাতা পুলিশের কারও সঙ্গে ওই খুনি হ্যাকারের যোগাযোগ আছে? সে ওর হয়ে কাজ করছে?
- এক্স্যাক্টলি। এখন তোকে খুব সাবধানে থাকতে হবে রাকেশ। ওরা তোর মোবাইল ট্যাপ করেছে। তাই পিজি একটা সাজেস্ট করেছে। শুনতে অসম্ভব মনে হতে পারে, কিন্তু এটাই এখন একমাত্র সলিউশন।
রাকেশ জিজ্ঞেস করল, কী?

- তুই তোর মোবাইলটা অফিসে ফেলে এসেছিস। ওটা এখন অফিসে আছে, তাই তুই এখানে সেফ। মনে রাখবি, যেই মুহূর্তে তুই তোর মোবাইল অপারেট করবি, ওরা তোর লোকেশন ট্র্যাক করে ফেলবে।
- কিন্তু ভিকি, এটা অসম্ভব। একজন এসিপি আউট অফ টাচ থাকতে পারে না।
- আমি জানি। তুই কমিশনারকে বল তোর মোবাইল কাজ করছে না, খারাপ হয়ে গেছে। ওকে? এই মোবাইলটা নে আর নম্বরটা নোট করে রাখ। পিজি এটা তোর জন্য পাঠিয়েছে। এটা আনট্রেসেবল। কমিশনারকে এই নম্বরটা দিয়ে বল এটা তোর টেম্পোরারি নম্বর। কিছুদিনের জন্য তো কাজ চলে যাবে, তাই না? আমি আরও একটা হ্যান্ডসেটও নিয়ে এসেছি, মতিলালের জন্য। তুই শুধু এটা তোর বসের হাতে দিয়ে বলবি, আমি পরে মতির সঙ্গে কথা বলে নেব। ঠিক আছে? এখন কটা দিন একটু সাবধানে পা ফেলতে হবে, তবে বেশিদিন লাগবে না। আমরা মালটাকে খুঁজে বের করে ফেলব।

রাকেশ মোবাইলটা হাতে নিল, হ্যাঁ, কিছুদিন এভাবে চলে যাবে। কিন্তু আর কতদিন এভাবে চলবে? পিজি কী বলছে?
ভিকি বলল, ম্যাক্সিমাম আর একদিন। পিজি আর ওর হ্যাকার বন্ধুরা ডিটারমাইন্ড ওই খুনিকে খুঁজে বের করার জন্য। চব্বিশ ঘণ্টার মধ্যে ওরা ওকে খুঁজে পাবে। তুইও জানতে পারবি তোর অফিসে ওই খুনির এজেন্ট কে।
ভিকি পকেট থেকে একটা পেন-ড্রাইভ বের করে দেখাল। বলল, আমরা এখন তোর অফিসে যাব। আমি তোর কম্পিউটারে এই পেন-ড্রাইভটা লাগাব, আর আমরা পিজিকে কল করব। এটা পিজিকে ট্রেস-রুট কমপ্লিট করতে সাহায্য করবে।
রাকেশ মাথা নাড়ল, বুঝলাম।

চ্যাপ্টার থার্টি সেভেন

সোমবার, সন্ধে ৬.১৫, কলকাতা

পিজির আরেকটা কানেকশন দরকার।
তাহলেই তার ট্রেস-রুট কমপ্লিট হবে। মনিটরে অনেকগুলো বিন্দু একটা নির্দিষ্ট গন্তব্যের দিকে এগিয়ে চলেছে।
পিজি চাইলে পুরো ব্যাপারটা ভ্যালি অফ ডেথের ওপর ছেড়ে দিতে পারত। ভিওডি তাকে সাহায্য করতে পারলে খুশিই হতো।
সে ওই খুনি হ্যাকারের ট্রেস-রুট বের করে পিজিকে পাঠিয়ে দিত। কিন্তু পিজি

ভিওডি-র সাহায্য নিতে চায় না।
এমন নয় যে সে ভিওডি-কে অপছন্দ করে; বরং উল্টোটা, সে ভিওডি-র দক্ষতার গুণমুগ্ধ।
কিন্তু এই খুনি হ্যাকারকে খুঁজে বের করার ব্যাপারে পিজি নিজেই চ্যালেঞ্জটা জিততে চায়।
ভিওডি পৌঁছনোর আগেই সে লক্ষ্যে পৌঁছতে চায়।
কিন্তু তার আগে একটা কাজ বাকি রয়েছে। পুলিশের হেডকোয়ার্টারে হ্যাকারের হয়ে কে কাজ করছে, তা জানা দরকার।
ইটস এন এক্সাইটিং চ্যালেঞ্জ। রাকেশের কম্পিউটারের সঙ্গে নিজের মেশিন কানেক্ট করার সময় পিজি বিড়বিড় করল। রাহেলা পাশে বসে নিঃশব্দে সব দেখছে।
হঠাৎ পিজির মোবাইল বেজে উঠল।
বিক্রম।
- হ্যাঁ, ভিকি।
বিক্রম বলল, আমি ওর কম্পিউটারে পেন-ড্রাইভ লাগিয়ে দিয়েছি।
- হ্যাঁ, আমি সিগন্যাল পাচ্ছি। তুই ওখানে কিছুক্ষণ থাক। রাকেশকে বল আজ রাতের জন্য অন্য কোথাও থাকতে।
- বলেছি। ও আজ আমার ওখানেই থাকবে।
পিজি ঝড়ের গতিতে টাইপ করছে। কিবোর্ডের ওপর তার আঙুলগুলো যেন নাচছে। রাহেলা দেখল মনিটরে অজস্র প্যাটার্ন আর সংখ্যা ভেসে উঠছে, আবার মিলিয়ে যাচ্ছে।
পিজি পাসওয়ার্ড টাইপ করল। সিস্টেম ক্রেডেনশিয়াল চেক করছে। বরাবরের মতো প্রথম প্রশ্নটা ভেসে উঠল।
পারফেক্ট। মিস্টার ডো (Doe), আপনি কী জানতে চান? পিজি টাইপ করল: 'জ্ঞানের কোনো সীমা নেই, তাই এর পেছনে ছোটা অর্থহীন।'
গুড। আপনি কী সবচেয়ে বেশি পছন্দ করেন?
পিজি উত্তর দিল।
আপনাকে কে আঘাত করেছিল?
সঠিক উত্তরটা টাইপ করল পিজি।
মেসিনে ভেসে উঠল, পারফেক্ট। আপনি এখন 'টেম্পল অফ ডুম'-এ প্রবেশ করছেন। মনে রাখবেন, যদি বেরোনোর পথ না জানা থাকে, তবে আপনি চিরকালের জন্য স্মৃতিশক্তি হারাবেন। নিজের অতীত মনে করতে পারবেন না! ইটস নো জোক।

সব ক্রেডেনশিয়াল চেক করার পর মেশিনটা সাধারণত কয়েক সেকেন্ড সময় নেয় নিজেকে অর্গানাইজ করার জন্য।

কিন্তু এবার মেশিনটা অদ্ভুত আচরণ করল। একদম স্থির হয়ে রইল।

সেকেন্ডের ভগ্নাংশের মধ্যে পিজি বুঝে গেল কী হতে চলেছে। সে দ্রুত কয়েকটা শব্দ টাইপ করল এবং সঙ্গে সঙ্গে মেশিনের ফার্স্ট লেয়ার এনক্রিপ্ট হয়ে গেল।

বিপদটা আগে আঁচ করতে না পারার জন্য পিজি নিজেকে গালমন্দ করল। তার আগেই বোঝা উচিত ছিল। ক্র্যাকার 'স্টেলথ মোড'-এ ঘাপটি মেরে অপেক্ষা করছিল। পিজি মেশিন বুট করলেই সে পিজির সঙ্গে সিস্টেমে ঢুকে পড়ত।

পিজি ফার্স্ট লেয়ার এনক্রিপ্ট করে একটা 'লজিক বম্ব' (Logic Bomb) পাঠাল।

সাধারণ কম্পিউটারের পক্ষে এই এনক্রিপশন ভাঙতে তিন বছর লাগবে। কিন্তু প্যারালাল প্রসেসিংযুক্ত সুপার-কম্পিউটার কয়েক মিনিটে এটা ভেঙে ফেলতে পারে।

লজিক বম্বও হয়তো খুব একটা কাজে আসবে না। একজন ভালো প্রোগ্রামার কয়েক ঘণ্টার মধ্যে ওটা সলভ করে ফেলবে। যদি তার কাছে রেডার প্রোগ্রাম থাকে, তবে সে সহজেই পালিয়ে যাবে।

পিজি আর কোনো ঝুঁকি নিল না।

সে একটা 'ডার্টি বম্ব' (Dirty Bomb) পাঠাল। পৃথিবীর কোনো মেশিন এই বোমার হাত থেকে রেহাই পাবে না। এটা সোজা গিয়ে ক্র্যাকারের মেশিনের হার্ডওয়্যারের ওপর গিয়ে পড়বে। শর্ট সার্কিট করে পুরো নেটওয়ার্ক ছারখার করে দেবে।

পাশাপাশি পিজি একটা কোড লিখতে ব্যস্ত হয়ে পড়ল যা ক্র্যাকারের মেশিনের সমস্ত ট্রেস-রুট রেকর্ড করবে।

খুনি হ্যাকারের সমস্ত রেকর্ড উদ্ধার করতে আর বেশি সময় লাগার কথা নয়। ভ্যালি অফ ডেথ ওই একই গন্তব্যে পৌঁছনোর আগেই পিজিকে কাজটা শেষ করতে হবে। একটা ছেলেমানুষি উত্তেজনা তাকে পেয়ে বসল।

কাজ শেষ করে সে রাহেলার দিকে ঘুরে হাসল, আমার কাজ শেষ। এবার বলো তুমি কী বলতে চাইছিলে।

রাহেলা চোখের কোণ থেকে এক ফোঁটা জল মুছল। হেসে বলল, আমি জাস্ট বলতে চাইছিলাম, থ্যাঙ্ক ইউ।

- দ্যাটস অল? শুধুই ধন্যবাদ?

রাহেলা মাথা নাড়ল, না।

- তাহলে?

- বাকিটা বলার মতো সাহস আপাতত নেই।

- আমি তো ভেবেছিলাম তুমি সহজে ভয় পাও না। তুমি তো সাহসী মেয়ে।

- ব্যাপারটা ভয়ের নয়। অন্য কিছু।

পিজি রাহেলার দিকে তাকিয়ে হাসল।

রাহেলাও হাসল। সেই হাসিতে অনেক না-বলা কথা মিশে রইল।

চ্যাপ্টার থার্টি এইট

সোমবার, সন্ধে ৬.২৫, ইয়েলাগিরি

চেন্নাইয়ের আশেপাশে সমানে বৃষ্টি হচ্ছে। কখনও টিপটিপ, কখনও তার তেজ বাড়ছে।

বাইরের পাহাড়ে, জঙ্গলে নেমে এসেছে আধো অন্ধকার।

কিলার-ক্র্যাকার ছটা মনিটরের সামনে ধৈর্য ধরে বসে আছে। কয়েক মিনিট আগে কলকাতা থেকে মেসেজ এসেছে। খবরটা ভালো নয়।

সবকিছু তার প্ল্যানের বিরুদ্ধে যাচ্ছে। কলকাতার ওই বুড়ো হাবড়া হ্যাকারটা কিছু একটা সন্দেহ করেছে।

ক্র্যাকার নিজেকে অসহায় মনে করল।

অ্যামি সেন একটু আগেই ফোন করেছিল। ও জানতে চাইছে কী হচ্ছে। এমনটা তো আগে কখনো হয়নি।

অ্যামি তাকে যে খবরটা দিল তা মোটেও সুবিধের নয়।

এসিপি রাকেশ চৌধুরীর ঘরে একজন লোক ঢুকেছে। দেখতে এক্স-আর্মি মনে হয়।

অ্যামি দেখতে গিয়েছিল কী হচ্ছে, কিন্তু রাকেশ নাকি তাকে প্রায় ঘাড় ধাক্কা দিয়ে ঘর থেকে বের করে দিয়েছে।

অ্যামি যে এখন প্যানিক করছে তার বিন্দু বিসর্গ খুনি হ্যাকার কিচ্ছু জানে না। জানতে চায়ও না।

সে মোবাইলটার সুইচ অফ করে দিল। অ্যামি এখন নিজের হ্যাপা নিজেই সামলাক। স্যামির কিছু করার নেই। সে এখন অধীর আগ্রহে অপেক্ষা করছে কখন কলকাতার বুড়ো হ্যাকারটা তার পাতা ফাঁদে পা দেবে।

সে দূর থেকে প্রতিটি মুভমেন্ট নজর করছে। একের পর এক। মনিটরে আলোগুলো দপ দপ করছে, নানা মেসেজ ভেসে উঠছে। তার ইগল আই

সবকিছু স্ক্যান করছে।
সে এখন সেন্ট্রাল মনিটরের ওপর ফোকাস করে আছে। এখান থেকেই সে ওই রহস্যময় বুড়ো হ্যাকারের হদিস পাবে।
ইতিমধ্যে সে একটা জরুরি বিষয় বুঝে গেছে। কলকাতার এই হ্যাকার কোনো চুনোপুঁটি নয়। সে একটা উইজার্ড। জাদুকর।
নিজের প্রতিটি পদক্ষেপ সে এমনভাবে গুলিয়ে দিচ্ছে যে কেউ তার ট্রেস-রুট খুঁজে পাবে না।
সে কি পুলিশ কম্পিউটার নেটওয়ার্কে ঢোকার চেষ্টা করছে? যদি করে, তবে ধরা পড়বেই। রেড হ্যান্ডেড।
স্যামি চেয়ারে একটু নড়েচড়ে বসল। তার আঙুলগুলো কাঁপছে উত্তেজনায়। প্রতিটা সেকেন্ড এখন দামী।
উল্টোদিকের লোকটা, সম্ভবত কলকাতায় বসে, ঝড়ের গতিতে টাইপ করছে। পাগলের মতো। কিলার-ক্র্যাকার জানে সময় নষ্ট করার জো নেই। এখনই পেনিট্রেট করতে হবে।
ওহ, স্যাক্রেড শিট!
উল্টোদিকের লোকটা হঠাৎ কেন থেমে গেল? এখন প্রতিটি সেকেন্ড দামী। বুড়োটা কি কিছু সন্দেহ করেছে?
হ্যাঁ, করেছে। ওহ, ডবল চিকেন'স শিট! লোকটা একটা লজিক বম্ব পাঠিয়েছে। ঠিক আছে, স্যামি ওটা কাউন্টার করতে পারবে। তার রেডার প্রোগ্রাম যেকোনো ইনকামিং মিসাইল ডিটেক্ট করতে পারে। এই লজিক বম্বটা একটা ছোটখাটো প্র্যাঙ্ক ছাড়া আর কিছু নয়।
কিন্তু একি! পিওর শিট!
স্যামি যেই লোকটার সিস্টেমে ঢুকতে যাবে, অমনি এনক্রিপশন শুরু হয়ে গেল। লোকটা কাজ জানে। স্যালুট ম্যান! মনে মনে সে তার অচেনা শত্রুর প্রশংসা করল।
জীবনে প্রথমবার স্যামি নিজেকে সম্পূর্ণ অসহায় মনে করল। কী হচ্ছে এসব? এক মুহূর্তের মধ্যে সে চেয়ার ছেড়ে ছিটকে উঠল। পাগলের মতো ছুটল সিঁড়ির দিকে। সার্ভার রুম। এখনই মেইন সুইচ অফ করতে হবে।
কিন্তু সিঁড়ির মাঝপথে থাকতে থাকতেই সে শব্দটা শুনতে পেল—যেন বজ্রপাত বা বিশাল কোনো জলপ্রপাতের গর্জন।
সার্ভার রুম থেকে বেরিয়ে এল কালো ধোঁয়া।
কলকাতার লোকটা কি 'ডার্টি বম্ব' পাঠিয়েছিল?
স্যামি এটার কথা শুনেছে, কিন্তু বিশ্বাস করেনি যে কেউ সত্যিই এটা বানাতে

পারে। কলকাতার হ্যাকার শুধু ওটা বানায়নি, আজ ব্যবহারও করল।
ইলেকট্রিক্যাল ফিউশন। বোমাটা শুধু বজ্রপাতের মতো শব্দই করল না, তার পুরো হার্ডওয়্যার সিস্টেম জ্বালিয়ে পুড়িয়ে ছারখার করে দিল। লাইটনিং স্ট্রাইক!
মোটা, কুৎসিত দর্শন ক্র্যাকারটা এবার বাচ্চার মতো কাঁদতে শুরু করল।
চিৎকার করে গালি দিতে শুরু করল, বাস্টার্ড! আমি তোকে নিজে হাতে খুন করব। তুই যেই হস না কেন। তোকে আমি ঠিক খুঁজে বের করব, আর তোর সঙ্গে যারা জড়িত তাদের সবাইকে শেষ করে দেব।
সে হাঁটু গেড়ে বসে পড়ল। এই ধ্বংসলীলা সে আর নিজের চোখে দেখতে পারছে না।
কলকাতার ওই হারামজাদা হ্যাকারটার জন্য শেষ মুহূর্তে শুধু তার সব প্ল্যানই ভেস্তে যায়নি, ধ্বংস হয়ে গেছে তার লোকাল নেটওয়ার্ক। অনেক যত্ন নিয়ে এটা স্যামি তৈরি করেছিল।
সে এটা আশা করেনি, প্রস্তুতও ছিল না। হ্যাকার তার পুরো সিস্টেম উড়িয়ে দিয়েছে। ওটা আর কোনওদিন কাজ করবে না। স্যামিকে আবার শূন্য থেকে সব শুরু করতে হবে।
কিন্তু তার আগে, এক্ষুনি এই জায়গা ছাড়তে হবে। পুলিশ যেকোনও সময় রেইড করতে পারে।
ওরা একইসঙ্গে তার অ্যাড্রেসও পেয়ে গেছে। এখন যাওয়ার মতো একটাই জায়গা আছে। গুরুজির আশ্রম। হারমিটেজ।
ওখানে লুকিয়ে থাকা যাবে কিছুদিন। পুলিশ ওখানে ঢোকার সাহস পাবে না।
স্যামির সম্বল এখন শুধু ল্যাপটপটা। ওটা সাবধানে রাখতে হবে। ওরা হয়তো এখন তার 'কি-স্ট্রোক' খুঁজবে।
জায়গাটা ছাড়ার ঠিক আগে তার আরেকটা জরুরি কথা মনে পড়ল।

চ্যাপ্টার থার্টি নাইন

সোমবার, দুপুর ২.৪১, একরো, স্টকহোম

মানুষটা কম রহস্যময় নয়। একইসঙ্গে সে চুপ করে বসে থাকার পাত্রও নয়।
তার ভেতরের শয়তানটা জেগে উঠেছে। মনস্টারের মতো।
পিজির সঙ্গে চ্যাট করে সব জানতে পারার পর রাগে তার মাথার ঠিক নেই।
সে বিশ্বাসই করতে পারছিল না যে ওই পুঁচকে ছেলেটা—যে একসময় শেখার অদম্য খিদে নিয়ে তার কাছে এসেছিল—সে-ই তার সবচেয়ে দামী সম্পদ চুরি

করবে!
ভয়েস স্যাম্পলিং সার্চ। ভিএসএস।
- বাস্টার্ড, আমি তোকে চিরকালের মতো চুপ করিয়ে দেব। সাইলেন্ট অ্যাজ দ্য ডেড।
রাগে টাইপ করতে করতে সে ফিসফিস করে বলল।
ভ্যালি অফ ডেথ তার স্পেশালি ডিজাইনড ককপিট থেকে উঠে দাঁড়াল।
সে মানুষ খুন করা ঘৃণা করে। আজ পর্যন্ত তার কন্টাক্টদের দিয়ে কখনো এই নোংরা কাজ করায়নি।
- অ্যানিমেল কিলিং আমার পছন্দ নয়। কোনো ইন্টেলিজেন্ট মানুষের পক্ষে এটা সবচেয়ে জঘন্য কাজ। কিন্তু এই চোরটার মৃত্যুই প্রাপ্য, কারণ নইলে ও অনেকের আরও ক্ষতি করে চলবে। এটা থামানো দরকার। চিরতরে। সে বিড়বিড় করল।
টাইপ করতে করতে সে নিজের সঙ্গেই কথা বলে চলেছে, ওই বাস্টার্ড ভিএসএস ব্যবহার করে আমার ভয়েস ট্র্যাক করতে পারত। তারপর এনএসএ-কে আমার হাইড-আউট জানিয়ে দিত। ন্যাশনাল সিকিউরিটি এজেন্সি গত দশ বছর ধরে আমাকে হন্যে হয়ে খুঁজছে।
সে উঠে অন্য ঘরে যাওয়ার সময় ভাবল, আমাকে ধরার জন্য ওরা জলের মতো টাকা খরচ করতে রাজি। আর এই ছোকরা, এর তো কোনও মরালিটি নেই। সোশ্যাল ইঞ্জিনিয়ারিং করে ব্ল্যাকমেল করে, মানুষের টাকা মারে। একজন সত্যিকারের হ্যাকার এসব কাজ ঘৃণা করে। এটা ওই সাইকোপ্যাথের পক্ষে বোঝা সম্ভব নয়।
অন্য একটা ঘরে গিয়ে সে একটা সিন্দুক খুলল। ভেতর থেকে বের করল একটা স্মার্টফোন।
দ্য আনট্রেসেবল ফোন! সেটার দিকে তাকিয়ে সে হাসল। তিনমাস ধরে খেটে সে এটা বানিয়েছে। অজস্রবার টেস্ট করেছে। এনএসএ-র ভয়ে এর পেটেন্ট বিক্রি করতে পারেনি ঠিকই, কিন্তু ডার্ক ওয়েবে এটা হট কেকের মতো বিক্রি হয়েছে।
পেমেন্ট এসেছে বিটকয়েনে। এই ফোন থেকে করা কল কেউ ট্রেস করতে পারে না। মেইন কম্পিউটারের সঙ্গে প্লাগ করে এটাকে আরও সিকিউরড করেছে সে। তার একটাই ভয়। আমেরিকার এনএসএ। ওরা বড়ই রুথলেস। একবার ওর সন্ধান পেলে হয় ওকে লোক পাঠিয়ে মারবে, অথবা তুলে নিয়ে চলে যাবে। তার পরের ভবিষ্যৎ অজানা।
এই কারণেই সে পিজিকে এত পছন্দ করে। পিজির জন্য তার মনে একটা সফট কর্নার আছে। পিজি কখনো এনএসএ-র কাছে তার অ্যাড্রেস ফাঁস করেনি।

পিজির জায়গায় অন্য কেউ হলে এক মিলিয়ন ডলারের জন্য হাসিমুখেই সেটা করত।

পিজির ওই লিজেন্ডারি ট্র্যাকিং পাওয়ারকে সে সম্মান করে।

মনিটরের ওপরের ডানদিকের কোণায় ল্যাটিচিউড আর লঙ্গিচিউড ভেসে উঠল। রিসিপিয়েন্ট এখন করাচি, পাকিস্তানে।

জন ওখানে কী করছে? ভিওডি অবাক হলো।

লাইন কানেক্ট হতেই ওপাশ থেকে উত্তর এল, হাই ভিওডি। কেমন আছ?

- আমি ভালো। তুমি করাচিতে কী করছ?

- অন্য একটা বিজনেস নিয়ে এসেছি।

- তোমার তো একটাই বিজনেস জন। মানুষ মারা।

- না, আমি আর নিজে ওসব করি না। এখন আমার ছেলেরা সব সামলায়।

- ওকে জন। আমি তোমার সব ক্রিপ্টো কারেন্সি কনভার্ট করে দেব।

- সত্যি ভিওডি? আমি ঠিক শুনছি তো?

- হ্যাঁ।

- ভেরি গুড। এর জন্য আমাকে কত দিতে হবে?

ভিওডি বলল, এক পয়সাও না। নট আ সিঙ্গেল সেন্ট। বিনিময়ে আমার একটা কাজ করে দিতে পারবে?

- অবশ্যই, আনন্দের সঙ্গে করে দেব ভিওডি। ওই ক্রিপ্টো কারেন্সি আমাকে মিলিয়নেয়ার বানিয়ে দেবে। প্লিজ তুমি কিছু কমিশন রেখো। তোমার কাজ আমি এমনিই করে দিতাম।

- না, আমার টাকা চাই না। আমি চাই একটা মানুষ পুরোপুরি চুপ হয়ে যাক। সাইলেন্ট অ্যাজ দ্য ডেড।

জন তার মাতৃভাষা ফ্রেঞ্চে জিজ্ঞেস করল, টার্মিনেট?

- উই (Oui)। হ্যাঁ।

- ডিটেলস পাঠাও।

- লোকটা ইন্ডিয়াতে আছে। আমি এইমাত্র তোমার কারেন্সি কনভার্ট করে দিয়েছি। তুমি এবার তোমার সুইস ব্যাঙ্ক অ্যাকাউন্ট থেকে ওটা এক্সচেঞ্জ করে নিতে পারো।

- ওকে ভিওডি, ডোন্ট ওরি। ডিটেলস পাঠাও যত তাড়াতাড়ি সম্ভব। আমার কিছু এজেন্ট এখন যোধপুর, রাজস্থানে অ্যাকটিভ। অ্যারেঞ্জ করতে বড়জোর এক-দুদিন সময় লাগবে।

ভিওডি বলল, আমি ডবল শিওর হতে চাই। আমি কোনো ইনোসেন্ট লোককে মারতে চাই না। অতীতে ও হয়তো সোশ্যাল ইঞ্জিনিয়ারিং স্কিল ব্যবহার করে

নিজের আইডেন্টিটি পাল্টেছে। আগে আমাকে ওর ট্রু আইডেন্টিটি আর লোকেশন চেক করতে দাও।

লাইনটা কেটে গেল।
চারপাশটা একটি মৃতদেহের মতো নিস্তব্ধ হয়ে রইল।

চ্যাপ্টার ফর্টি

সোমবার, সন্ধে ৭.৪১, কলকাতা

- ওর নাম স্যামি আয়েঙ্গার, পিজি ঘোষণা করল।
ঘরে এখন একটা পিন পড়লেও শোনা যাবে। জানলার কাচের বাইরে অন্ধকার। বোঝা যাচ্ছে না ঘ্যানঘ্যানে বৃষ্টিটা থেমেছে কী না।
পিজির ঠিক পেছনেই দাঁড়িয়ে রয়েছে বিক্রম ও রাহেলা।
একটু থেমে পিজি যোগ করল, যদিও এখনই শেষ কথা বলার সময় আসেনি। তবে ডার্ক ওয়েবে ও এই নামেই কাজ করে। সবাই ওকে স্যামি নামেই চেনে।
ওরা সবাই মনিটরের দিকে তাকিয়ে ছিল। এত টেনশন আর ঝামেলার পর অবশেষে একটা ক্ষীণ আশার আলো দেখা যাচ্ছে।
এটা গুগল ম্যাপ নয়। পিজির নিজস্ব ম্যাপ। সেখানে অনেকগুলো রঙিন বিন্দু।
পিজি একটা নির্দিষ্ট পয়েন্ট দেখিয়ে বলল, এটা ছিল ওর বেস। ছিল বলছি, কারণ ঠিক এই লোকেশনে ওর একটা ওয়্যারহাউস আছে। আমার ডার্টি বম্ব এখানেই হিট করেছে, আর তারপরই লাইন ডিসকানেক্ট হয়ে গেছে। ফলে ও নিশ্চিতভাবেই এই জায়গা ছেড়ে মুভ করতে বাধ্য হবে।
- কোথায় যেতে পারে ও? বিক্রম জিজ্ঞেস করল।
পিজি বলল, সেটা এখন বের করতে হবে। তবে সুবিধে হল, আমরা এখন থেকে ওকে ট্রেস করার আরেকটা সুযোগ পাব। আমার বন্ধু লাভরভ আর অন্যরা ভিএসএস-কে রিভার্স ইঞ্জিনিয়ার করার চেষ্টা করছে। খুনি আমার ভয়েস লোকেট করার জন্য ওটা ব্যবহার করেছিল। এখন ওটাই ওর ভয়েস লোকেট করবে।
পিজি বলে চলল, আমরা এখন ওর অ্যাড্রেস জানি। ওর সম্পর্কে সব ডিটেলস আমাদের হাতে। এখন আমরা একটাই কাজ করতে পারি—পুরো ব্যাপারটা পুলিশকে জানানো।
পিজি বিক্রমের দিকে তাকাল। রাহেলা চুপ করে বসে পিজির কাজ দেখছিল।

সে একটা বিষয়ে খুশি—অবশেষে পুলিশ ওই খুনিকে অ্যারেস্ট করবে।
বিক্রম কাঁধ ঝাঁকিয়ে, ভূরু কুঁচকে বলল, পুলিশ?
আইডিয়াটা তার পছন্দ নয়। তার গলার স্বরেই সেটা স্পষ্ট। বিক্রম পিজিকে বলল, তুই আমাকে গাইড করলে আমি আজ রাতের ফ্লাইটেই রওনা হয়ে যেতে চাই। এইসব মালকে নিজের হাতে ওষুধ দিতে না পারলে ঠিক মজাটা আসে না।
পিজি হাসল, এই সুযোগ তুই পরেও পাবি। আমরা ওর বেস ধ্বংস করে দিয়েছি ঠিকই, কিন্তু এতক্ষণে ও ওখান থেকে সটকে পড়েছে। আমাদের হাতে বেশি সময় নেই। ও হয়তো ভুয়ো পরিচয়পত্র ব্যবহার করে দেশ ছেড়েও পালানোর চেষ্টা করতে পারে। মুম্বাই পুলিশের কাছে ওর বিরুদ্ধে যথেষ্ট প্রমাণ আছে। তাছাড়া সারিকা মেয়েটা ওকে দেখেছে। ও স্যামিকে আইডেন্টিফাই করতে পারবে। ফলে পুলিশ ওকে তুলতে পারবে খুব সহজে। আর এটা করার পক্ষে আদর্শ ক্যান্ডিডেট হচ্ছে মুম্বই পুলিশের উদিত কাশ্যপ।
ভিকি বলল, কিন্তু পিজি, একটা কথা ভাব। উদিত ওই খুনির কাছ থেকে টাকা খায়। ও কি আদৌ নড়বে?
- এবার ওকে নড়তেই হবে। সেই ব্যবস্থা আমি করছি, পিজি আশ্বস্ত করল।
ভিকি বলল, আরেকটা পয়েন্ট ইম্পর্ট্যান্ট। স্যামি যদি ওর গুরুর আশ্রমে গিয়ে লুকোয়, তাহলে পুলিশের পক্ষে সেখানে ঢোকা খুব মুশকিল হবে।
পিজি বলল, জানি। কিন্তু এই মুহূর্তে আমাদের হাতে আর কোনো অপশন নেই। রাকেশ এদিক থেকে মুভ করতে পারে, কিন্তু তাতে দু-তিনদিন সময় লাগবে। চেন্নাইয়ে স্যামির বিরুদ্ধে মার্ডার চার্জ আছে। উদিত এখন অ্যারেস্ট ওয়ারেন্ট ইস্যু করার পজিশনে আছে। ও আজ রাতেই চেন্নাই গিয়ে ওকে অ্যারেস্ট করতে পারে।
- ও কি সেটা করবে? ভিকির গলায় সন্দেহ।
পিজি হাসল, ও করবে। ডোন্ট ওরি।
পিজি উদিতের নম্বরে ডায়াল করল। উদিত কাশ্যপ তখন বাড়িতে বসে সন্ধের কফিতে চুমুক দিচ্ছিল। সে পিজির গলা চিনতে পারল না। সকালে ভিকি ছদ্মবেশে পিজির হয়ে তার সঙ্গে দেখা করে এসেছিল।
উদিত ওর পরিচয় পেয়ে খুব উত্তেজিত হয়ে বলল, ওহ, আপনি! সকালে কোথায় উধাও হয়ে গেলেন। তারপর আর কোনও পাত্তা নেই?
পিজি ঠান্ডা গলায় বলল, আসলে আমি তোর কল ট্রেস করতে ব্যস্ত ছিলাম।
- কী? উদিত সোফা ছেড়ে লাফিয়ে উঠল। বুড়োটার এত বড় অডাসিটি ওকে তুই-তোকারি করছে?

পিজি বলল, উত্তেজিত হোস না। ফালতু প্রেসার বাড়বে। এমনিতেই তুই প্রেসার কুকারের মধ্যে রয়েছিস। আমি তোর লাস্ট চব্বিশ ঘণ্টার মধ্যে সব কলের ডিটেলস ট্রেস করেছি। তুই কাল রাতে খুনির সঙ্গে কথা বলেছিস এবং তার কাছ থেকে টাকা নিয়েছিস। আমার কাছে সব প্রমাণ আছে। খুনি তোর স্ত্রীর অ্যাকাউন্টে টাকা ডিপোজিট করেছে। কি অস্বীকার করতে পারবি?
উদিত কিছুক্ষণ চুপ করে রইল। তারপর চেঁচিয়ে উঠল, আপনি কি আমাকে ব্ল্যাকমেল করছেন?
পিজি শান্তভাবে বলল, ঠিক তাই। তবে বলেছি না, চেঁচাস না। রাগ শরীরের পক্ষে ভালো নয়। আমি তোর ব্যাঙ্ক ডিটেলস সমেত সব কল রেকর্ড কমিশনারের কাছে পাঠাচ্ছি। আর একটা ফরোয়ার্ড করছি মুম্বই হোম ডিপার্টমেন্টের কাছে। তুই টাকাটা পেয়েছিস একটা সুইস ব্যাঙ্ক থেকে, যেখানে খুনির অ্যাকাউন্ট আছে।
সে এটুকু বলে লাইন কেটে দিল।
বিক্রম হাসল, ও এক্ষুনি কল ব্যাক করবে তোকে।
কয়েক সেকেন্ডের মধ্যেই পিজির মোবাইল বেজে উঠল।
উদিত।
সে নিচু গলায় জিজ্ঞেস করল, আপনি কী চান আমার কাছে?
পিজি বলল, বাঃ, এই তো, লাইনে আয়। ওই খুনীকে তোকে দিয়েই অ্যারেস্ট করাব। নামটা নোট কর—স্যামি আয়েঙ্গার। আমি ওর ডিটেলস পাঠাচ্ছি। সব এয়ারপোর্ট ব্লক কর। মুভ ইয়োর ফ্যাট অ্যাস, ইডিয়েট!
আজ রাতের ফ্লাইটেই তোকে টিম নিয়ে চেন্নাই যেতে হবে। আমি তোকে খালি হাতে ফিরতে দেখতে চাই না। তাহলে পাছায় এমন একটা লাথি মারব যে সোজা গিয়ে সমুদ্রে পড়বি, হারামজাদা, পুলিশের কলঙ্ক।
পিজি একটু থামল, তারপর গলা নামিয়ে বলল, তুই যে একটা খুনী ক্রিমিনালের কাছ থেকে টাকা নিয়ে তাকে শেল্টার দিয়েছিস, তোকে ফাঁসানোর জন্য এটুকুই যথেষ্ট। মন দিয়ে শোন, আমি সব ডিটেলস পাঠাচ্ছি, কয়েক মিনিটের মধ্যে পেয়ে যাবি। মনে রাখবি, আমি তোর প্রতিটি পদক্ষেপ নজরে রাখছি। যদি কয়েক সেকেন্ডের মধ্যে তোর ওই মোটা পাছাটা না তুলিস, তাহলে আমি পুরো কল লগ কমিশনার এবং হোম মিনিস্ট্রিকে পাঠিয়ে দেব। তখন বুঝবি পেছনে কিছু ঢুকলে কেমন লাগে।
একটু থেমে পিজি বলল, ওহ, মিডিয়ার কথা তো ভুলেই গিয়েছিলাম। খুনির সঙ্গে তোর কথোপকথন আর ইললিগ্যাল ব্যাঙ্ক ট্রানজাকশনের সমস্ত কপি ওরাও পাবে।

গতকাল থেকে এই প্রথম রাহেলা বিক্রমকে হাসতে দেখল।
এরপর পিজি জ্যাকির নম্বরে ডায়াল করল।
- পিজি বলছি, কেমন আছিস রে হারামজাদা?
জ্যাকি এখন সব অপমান হজম করতে রাজি। তাই গলায় খুব কষ্ট করে বিনয় এনে বলল, মিস্টার পিজি, আমার আপনার সাহায্য দরকার। প্লিজ, হেল্প করুন। আপনি যা টাকা চাইবেন দেব।
- কেন কে আবার তোর পেছন মারল?
- প্লিজ, ওই মেয়েটাকে ট্র্যাক করুন। আমি জানি, একমাত্র আপনিই সেটা পারবেন।
পিজি হাসল, আমি তো ওকে অলরেডি ট্র্যাক করেছি। ও আমার পাশেই বসে আছে। তুই কি ওর সঙ্গে কথা বলতে চাস? ফালতু খিস্তি খেতে চাইলে কথা বলতেই পারিস।
- কী? জ্যাকি সেনের গলার স্বর ঝুলে পড়ল।
- হ্যাঁ, ও এখানে আমার কাছেই রয়েছে। আর সেই ভিডিওটাও রয়েছে যেখানে তোর মিসাইল কিছুতেই লঞ্চ হচ্ছিল না। যাকগে, এসব ফালতু কথা থাক। কাজের কথায় আসি। তুই আমাদের কত টাকা দিবি বলতো? নইলে তো ওটা একটু পরেই মিডিয়ার কাছে চলে যাবে।
জ্যাকি কাঁদো কাঁদো গলায় বলল, আপনি আমাকে ব্ল্যাকমেল করছেন?
- এক্স্যাক্টলি। তোর মতো হারামীকে ব্ল্যাকমেল করব না তো কি ভাল লোকেদের করব? এই অকেশনের জন্য শব্দটা তুই একদম পারফেক্ট চুজ করেছিস। তবে আমি এটাকে ব্ল্যাকমেলিং বলতে চাই না। কেন, সেটা পরে এক্সপ্লেন করছি।
জ্যাকি কিছুক্ষণ চুপ করে রইল। অফারটা হজম করতে সময় নিল।
পিজি যোগ করল, বোনাস হিসেবে আমি তোকে অরিজিনাল ব্ল্যাকমেলারের সব ডিটেলস দেব। এবার বল, কতটা পে করতে রাজি তুই?
জ্যাকি বলল, কত?
পিজি বলল, দ্যাখ, ডিলটা একটু কমপ্লিকেটেড। মন দিয়ে শোন। আমি প্রথমে রাহেলাকে বাঁচাতে চাই। আমি খুব বেশি চাইছি না। আমি জানি তোর কত টাকা বিদেশে আছে। পলিটিক্যাল ইনফ্লুয়েন্স খাটিয়ে ব্যবসার নামে তুই কীভাবে সরকারের টাকা লুঠ করেছিস, তাও জানি। আমি বড় কোনও অ্যামাউন্ট চাইছি না। আমি একটা মান্থলি অ্যালাউন্সের কথা ভাবছি। তবে এখনও ডিসাইড করিনি। পরে জানাব। মানসিকভাবে তৈরি থাক, কারণ তোর পেছন ভালই ফাটবে এবার।

- কীভাবে পে করতে হবে? মর্মাহত জ্যাকির গলা গম্ভীর শোনাল।
- তোকে আগে ক্রিপ্টো কারেন্সি কিনতে হবে, তারপর সেটা একটা ফরেন ব্যাঙ্কে পাঠাতে হবে। ডিটেলস পরে দেব। কিন্তু তার আগে সাবধান করে দিচ্ছি—যদি আমি জানতে পারি তোর লোক এতসব কিছুর পরেও রাহেলাকে খুঁজছে বা তার কোনও ক্ষতি করার প্ল্যান করছে, তাহলে এই 'ভদ্রলোকের চুক্তি' সেখানেই শেষ। মিডিয়ায় আমার অনেক ভালো বন্ধু আছে। ভিডিওটা সারা বিশ্বে ছড়িয়ে যাবে। আর বিশ্বাস কর, বার্থডে সুটে বা ওই উলঙ্গ অবস্থায় তোকে দেখতে খুবই করুণ লাগছিল।
পিজি কয়েক সেকেন্ড থামল, তারপর যোগ করল, এটা ব্ল্যাকমেলিং নয়। তুই আমাকে 'প্রোটেকশন মানি' দিবি, আর আমি তোর একটা সিক্রেট প্রোটেক্ট করব। আমি জানি সুইস ব্যাঙ্কেও তোর অনেক লকার আছে, আর সেই সিক্রেট সামলোত তুই তো ওদেরও টাকা দিস। ধরে নে, এমনই আর একটা লকার তুই ভাড়া করলি।
ফোন কেটে দিল পিজি। অবশেষে সে কিলার-ক্র্যাকারকে ট্র্যাক করতে পেরেছে। পিজি মাথার পেছনে দুহাত রেখে, চেয়ারে হেলিয়ে দিল শরীরটা।

চ্যাপ্টার ফর্টি ওয়ান

সোমবার, সন্ধে ৭.৫৫, কলকাতা

গাড়ির ঠিক পাশেই দৌড়চ্ছিল লোকটা।
ড্রাইভারের পাশে বসা রাকেশর বডিগার্ডই তাকে প্রথম দেখতে পেল।
গাড়িটা পার্ক স্ট্রিট জংশনের কাছে আসতেই লোকটা যেন মাটি ফুঁড়ে উদয় হলো। মাঝবয়সী, বেশ বড়সড় ভুঁড়ি। সেই ভুঁড়ি নিয়ে দৌড়তে বেশ কষ্ট হচ্ছিল তার।
জানলায় টোকা দিয়ে সে রাকেশের দৃষ্টি আকর্ষণ করার চেষ্টা করছে।
দৌড়তে দৌড়তেই কিছু একটা বলছে। রাকেশ ড্রাইভারকে গাড়ি থামাতে বলল।
কৃষ্ণ চাঁদ। রাকেশ এই কনস্টেবলটিকে বহু বছর ধরে চেনে।
কৃষ্ণ চাঁদ একজন 'ট্রিগার হ্যাপি' পুলিশ। ক্রিমিনালদের সঙ্গে ডিল করার সময় খুবই রুথলেস এবং রিসোর্সফুল। কিন্তু তার বিরুদ্ধে ভুরি ভুরি অভিযোগ। সে একজন আদর্শ পুলিশ হতে পারত, কিন্তু তার 'ট্র্যাক রেকর্ড' খুব একটা সুবিধের নয়। ঘুষ খাওয়ার দায়ে এর আগে দুবার তাকে সাসপেন্ড করা হয়েছে।
- স্যার, আমি আপনাকে কিছু বলতে চাই। কৃষ্ণ চাঁদের গলা কাঁপছে। সে

হাঁপাচ্ছে। দম যেন ফুরিয়ে এসেছে।
রাকেশ তাকে গাড়িতে উঠতে বলল, কঠিন চোখে তাকিয়ে জিজ্ঞেস করল, কী হয়েছে কৃষ্ণ?
কৃষ্ণ একবার বডিগার্ড আর ড্রাইভারের দিকে তাকাল। ইতস্তত করছে।
রাকেশ বুঝল সবার সামনে ও কথা বলতে চাইছে না।
ড্রাইভারকে রাকেশ বলল, পার্ক স্ট্রিট আর ক্যামাক স্ট্রিটের মোড়ে গাড়ি থামাতে।
আজকের মত বাইরেই তাড়াতাড়ি ডিনারটা সেরে নেওয়ার সিদ্ধান্ত নিল রাকেশ, সেই সঙ্গে কথাও বলা যাবে।
বডিগার্ড আর ড্রাইভারের জন্য দুটো প্যাকেট অর্ডার করে বেয়ারাকে গাড়িতে দিয়ে আসতে বলল রাকেশ।
কৃষ্ণকে জিজ্ঞেস করল সে কী খাবে।
কৃষ্ণ চাঁদ হাতজোড় করে বলল, স্যার, আমি কিছু খাব না। আপনি খান।
রাকেশ দুজনের জন্য চিকেন আর মিক্সড ভেজিটেবিল অর্ডার করে ঘুরে তাকাল কৃষ্ণ চাঁদের দিকে। জিজ্ঞেস করল, এবার বলো কৃষ্ণ, কী হয়েছে?
রাকেশ সন্দেহ করছিল ব্যাপারটা রিসেন্ট ফোন ট্যাপিং-এর সঙ্গে জড়িত। কৃষ্ণ নিশ্চয়ই গণ্ডগোলের গন্ধ পেয়েছে। ও নিজে কি জড়িত?
কৃষ্ণ বলল, স্যার, কথাটা বলতে আমার খুব খারাপ লাগছে, কিন্তু আপনার সামনে স্বীকার করতেই হবে। আমার কথা শুনে আপনি আমার ভাগ্য বিচার করবেন। আজ সন্ধেবেলায় আমার বস আমাকে বলেছিলেন আপনাকে ফলো করতে। কিন্তু আমি পারিনি স্যার। আমার বিবেক আমাকে বাধা দিল। আমি অনেক ভেবেছি, তারপর ঠিক করলাম আপনাকে সব সত্যি কথা বলে দেব।
কৃষ্ণ অবশ্য সত্যিটা বলল না। বিবেক-টিবেক কিছু নয়, আসলে সে তার বস অ্যামি সেনের ওপর বিরক্ত। সন্ধেবেলায় প্রাপ্য টাকাটা পায়নি বলে সে রেগে আগুন হয়ে আছে। অ্যামির ওপর বদলা নিতেই সে এখানে এসেছে।
রাকেশ এটা আগে থেকেই আন্দাজ করেছিল, তাই খুব একটা অবাক হলেন না।

কৃষ্ণের সঙ্গে বেশ বন্ধুত্বপূর্ণ ভাবেই কথা বলতে লাগল রাকেশ। সবটা জানা দরকার।
কৃষ্ণ বলল, স্যার, অ্যামি সেন আমাকে ইনস্ট্রাকশন দিয়েছিল আপনাকে ফলো করার। শুধু তাই নয়, ডিপার্টমেন্টের সব টপ অফিসিয়ালের ওপরই ও নজরদারি চালায়। যদিও রিসেন্ট ক্যালকাটা কিলিংয়ের ও কিন্তু মাস্টারমাইন্ড নয়।
কৃষ্ণ গড়গড় করে পুরো প্লটটা বলে গেল। কীভাবে অমি কৃষ্ণের আন্ডারওয়ার্ল্ড

সোর্স ব্যবহার করে, গুন্ডা ভাড়া করে অ্যামি তোলাবাজি চালায়, এমনকি মানুষ খুন করায় পর্যন্ত।
খেতে খেতে কথা গড়াল প্রায় এক ঘণ্টা।
কৃষ্ণ চাঁদের সব কথাই রাকেশ মোবাইলে রেকর্ড করেছে।
কৃষ্ণ চলে যাওয়ার পর ভিকিকে ফোন করার সিদ্ধান্ত নিল রাকেশ। এই সব ইনফরমেশন এখন ওদের খুব কাজে লাগবে।

ঠিক একই সময়ে, প্রায় কাকতালীয়ভাবে, পিজি তার ট্রেস-রুটের একটা পার্ট কমপ্লিট করল। অফিসের ভেতর থেকেই কেউ গত পাঁচ মাস ধরে রাকেশের কম্পিউটার হ্যাক করে রেখেছে।
পিজি ম্যালওয়্যার ডিটেক্ট করেছে। নেটওয়ার্ক স্ক্যানিংয়ের মাধ্যমে সে সোর্সে পৌঁছে গেল। অ্যামি সেনের মেশিন। ওখান থেকেই সবটা জেনারেট হয়েছে।
ভিকির মোবাইল বেজে উঠল। রাকেশ। ভিকি পিজিকে বলল, রাকেশ ফোন করছে।
পিজি বলল, ওকে বল আমরা প্রমাণ পেয়ে গেছি।
ভিকি রাকেশকে জানাল যে তার কম্পিউটার কম্প্রোমাইজড এবং অ্যামির মেশিন থেকেই নজরদারি চালানো হচ্ছে।
রাকেশও ভিকিকে জানাল সে কৃষ্ণ চাঁদের কাছ থেকে কী কী জেনেছে।
ভিকি জিজ্ঞেস করল, তুই কি আজ রাতেই অ্যামিকে অ্যারেস্ট করবি?
রাকেশ বলল, না, সেটা বড্ড তাড়াহুড়ো হয়ে যাবে। আমি বসের সঙ্গে আলোচনা করি। তোর ডিভাইসটা বসকে দিয়ে দিয়েছি, স্যার বলেছেন, রাতের দিকে তোকে ফোন করবে। আপাতত একটু লো প্রোফাইলে থাকতে চাই। আশা করি পিজি আগামীকালের মধ্যে ক্র্যাকারকে খুঁজে পাবে? হয়তো তারপর আমরা অ্যামিকে অ্যারেস্ট করতে পারব।
ভিকি বলল, পিজি একটা নাম পেয়েছে, কিন্তু ও ফাইনাল কনফার্মেশনের জন্য ওয়েট করছে। তোর বন্ধু উদিত টিম নিয়ে চেন্নাই গেছে। আশা করি ও লোকটাকে ধরতে পারবে।
রাকেশ বলল, ওহ, ইটস গুড নিউজ। গুড লাক টু পিজি।

চ্যাপ্টার ফর্টি টু

সোমবার, রাত ১১.৫৭, কলকাতা

আসল খুনি স্যামি আয়েঙ্গার নয়।

অন্য কেউ তার আইডেন্টিটি চুরি করে, সমস্ত ক্রেডেনশিয়াল ব্যবহার করে দিব্যি কাজ চালিয়ে যাচ্ছে।

আসল স্যামি আয়েঙ্গার সোশ্যাল ইঞ্জিনিয়ারিং বা র‍্যানসমওয়্যারের নামও শোনেনি কোনওদিন।

পিজি আগেই এমন কিছু একটা আন্দাজ করেছিল। ওই হ্যাকার যে একটা লেয়ারের আড়ালে কাজ করছে, সেটা বুঝতে ওর বাকি ছিল না।

ঠিক সেটাই হয়েছে। হ্যাকার স্যামি আয়েঙ্গারের পরিচয় ব্যবহার করেছে। তাই ব্ল্যাক হ্যাট কমিউনিটিতে সবাই তাকে স্যামি নামেই চেনে।

পিজিকে এখন বেশ চিন্তিত দেখাচ্ছে।

মিনিট কয়েক আগে চেন্নাই পুলিশের কাছ থেকে একটা রিপোর্ট এসেছে। তার ইনটুইশন বা ষষ্ঠ ইন্দ্রিয় ঠিকই বলেছিল। এমন কিছু একটা ঘটতে চলেছে। এটা ঠিক যে দু'বছর আগে ইয়েলাগিরির প্রপার্টিটা স্যামি আয়েঙ্গারের নামেই কেনা হয়েছিল।

উদিত চেন্নাই পুলিশের সঙ্গে যোগাযোগ করে জমির মিউটেশন রিপোর্ট বের করেছিল। কাগজপত্তরে স্যামি আয়েঙ্গারের নাম থাকলেও, মানুষটা এসবের কিছুই জানে না। তার নাম আর ঠিকানা ব্যবহার করে ইয়েলাগিরিতে ওই আস্তানা বানানো হয়েছিল।

উদিত ঠিকানায় পৌঁছেছিল। সেখানে সে আসল স্যামি আয়েঙ্গারকে খুঁজে পেল। সত্তর পার করা একজন সুপুরুষ ভদ্রলোক। রিটায়ার্ড আর্মি কর্নেল। তিনি ইয়েলাগিরির প্রপার্টি সম্পর্কে কিছুই জানেন না।

ওখানকার নামও শোনেননি। কেনার তো প্রশ্নই ওঠে না।

আন্না নগর সেকেন্ড অ্যাভিনিউতে তার সুন্দর দোতলা বাংলো।

উদিত আর চারজন জাঁদরেল পুলিশ যখন দরজায় কড়া নাড়ল, রিটায়ার্ড কর্নেল তখন গভীর ঘুমে।

তিনি ওদের কর্ডিয়ালি ভেতরে ডাকলেন, কফি অফার করলেন। নিজের নামে প্রপার্টি কেনার গল্প শুনে তিনি হতভম্ব। তার জাঁদরেল 'হ্যান্ডেলবার' গোঁফজোড়া বিস্ময়ে একবার উঠছে, একবার নামছে।

উদিত পিজিকে ফোন করল। উদিত বলল, আমি আসল মিস্টার স্যামি

আয়েঙ্গারের সামনে বসে আছি, যিনি নাকি ইয়েলাগিরির প্রপার্টি কিনেছেন। উনি বলছেন উনি এসবের কিচ্ছু জানেন না।

পিজি খসখসে গলায় বলল, আমি সন্দেহ করেছিলাম মিস্টার কাশ্যপ। খুনি ওঁর কাগজ জাল করেছে। ওঁকে ফাঁকিতে ফেলেছে।

উদিতের গলায় অসহায়তা, তাহলে এখন?

পিজি উদিতের সঙ্গে তুই-তোকারি চালিয়ে গেল, চিন্তা করিস না। আমরা ওকে ধরবই। আমরা এখন সেই মুহূর্তটার জন্য অপেক্ষা করছি যখন ও ইন্টারনেটে ঢুকবে। ওর সিস্টেম এখন অকেজো, ডিফাঙ্কট। ডার্ক ওয়ার্ল্ডের কন্টাক্টদের সঙ্গে যোগাযোগ করতে হলে ওকে ইন্টারনেটে আসতেই হবে। ইন্টারনেট প্রটোকল ছাড়া ও অচল। ইঁদুর গর্ত থেকে বেরোবেই।

উদিত বলল, আমরা তাহলে এখন হোটেলে ফিরছি, স্যার।

- শিওর। তবে ঘুমিয়ে পড়িস না। আমি তোকে ঠিক সময় জানাব।

লাইন কেটে দিল পিজি। তাকে খুব চিন্তিত দেখাচ্ছে। খুনিকে ধরার জন্য তার হাতে এখন একটাই রাস্তা খোলা।

চ্যাপ্টার ফর্টি থ্রি

মঙ্গলবার, দুপুর ২.১৫, চেন্নাই

চেন্নাইয়ে এখনও টিপটিপ বৃষ্টি হচ্ছে।

সেই বৃষ্টি মাথায় করেই শ্রী পার্থসারথি মন্দিরের কাছে অবস্থিত গুরুজির আশ্রম থেকে একটা স্যামি কালো রেইনকোটে নিজেকে ঢেকে হাঁটতে শুরু করল। মেরিনা ড্রাইভ এখান থেকে খুব বেশি দূরে নয়। ভেজা হাওয়ায় সমুদ্রের গন্ধ। কালো রেইনকোট আর সাদা ছাতার আড়ালে তাকে চেনা মুস্কিল।

সে আর এখন স্যামি আয়েঙ্গার নয়। তার ইয়েলাগিরির ওয়্যারহাউস এখন অতীত।

পিজির পাঠানো ডার্টি বম্ব পুরো হার্ডওয়্যার সিস্টেম ধ্বংস করে দিয়েছে। নিজের সমস্ত পুরোনো ট্রেস মুছে ফেলে স্যামি এখন পুরোপুরি 'অ্যাননিমাস'। একমাত্র এটাই তাকে এখন বাঁচাতে পারে। যদিও সে জানে না যে পিজি আর ভ্যালি অফ ডেথ (VOD) যৌথভাবে তার 'কি-স্ট্রোক লগিং' ম্যাচ করার চেষ্টা করছে।

অনেক বছর আগে তার মা তাকে রামালু বলে ডাকত। গুরুজিও তাকে ওই নামেই ডাকতেন।

ইয়েলাগিরির আস্তানা হারিয়ে তার মেজাজ এখন সপ্তমে। মাথাটা ফুটন্ত জলের মতো টগবগ করছে। রাগ কমছেই না।
অবশেষে গুরুজির পরামর্শই তাকে শান্ত করেছে। গুরুজি তাকে কিছুদিন গা-ঢাকা দিয়ে থাকতে বলেছেন।
তাই সে ঠিক করেছে রাতের ফ্লাইটে দেশ ছাড়বে। লুকিয়ে থাকার জন্য দুবাই-ই সেরা জায়গা।
ওখানে আন্ডারওয়ার্ল্ডের কিছু ভালো কানেকশন আছে তার। তবে দেশ ছাড়ার আগে সে তার শেষ চালটা চালতে চায়। ফাইনাল এক্সপ্লয়ট।

রেইনকোটের উঁচু কলার তার চিবুকের কুখ্যাত কাটা দাগটা ঢেকে রেখেছে। সে একটা চলতি বাসে লাফিয়ে উঠে হ্যান্ডেল ধরল। বৃষ্টিভেজা গোলাপী রঙের সরকারি বাসটা প্রায় ফাঁকা। পেছনের সিটে শুধু এক বিদেশি দম্পতি বসে নিজেদের মধ্যে গল্পে মশগুল।
ডিফেন্স রিসার্চ অ্যাকাডেমি বা ডিআরএ (DRA)-র সামনে রামালু নামল। ডিআরএ এমন একটা জায়গা যেখানে টুরিস্টরাও ভিজিট করতে আসে। তার ঠিক পেছনেই বিদেশি দম্পতিটাও নেমে পড়ল।
ঝিরঝিরে বৃষ্টিতে আকাশটা স্লেট রঙের মতো ধূসর। ভিজিবিলিটি খুব কম। যদিও রামালুর মাথায় এখন ঘুরছে কলকাতার সেই বুড়ো হ্যাকার।
তার মুখটা হিংস্র হয়ে উঠল। সে ফিসফিস করে বলল, তোকে আমি নিজের হাতে খুন করব বাস্টার্ড। আমাকে শুধু একবার এই দেশে ফিরতে দে।
সে বিড়বিড় করছিল, আমাকে সঠিক সময়ের জন্য অপেক্ষা করতে হবে। কাল রাতে তার প্রাইভেট পার্টস নিয়ে খেলার সময় গুরুজিও তাকে প্রাইভেটে একই কথা বলেছিলেন।
ডিআরএ-র একটা উইং হলো অ্যাটমিক রিসার্চ সেন্টার। সেখানে একটা সুপার-কম্পিউটার চব্বিশ ঘণ্টা ধরে সায়েন্টিফিক ডিফেন্স ডেটার প্যারালাল প্রসেসিং করে চলেছে।
দেশ ছাড়ার আগে আপাতত এটাই তার ফাইনাল এক্সপ্লয়ট। এই ডেটা বিক্রি করলে মিলিয়ন ডলার আসবে। শত্রু দেশগুলো টাকা নিয়ে তৈরি। দুবাই পৌঁছেই সে ওটা বিক্রি করবে।
ভেতরে কোনও ইন্টারনেট কানেকশন নেই।
সুপার-কম্পিউটারের প্রসেসরকে সুরক্ষিত রাখতেই এই ব্যবস্থা। স্যামি ওরফে রামালু হোমওয়ার্ক করেই এসেছে।
সে ছয় মাস আগে এখান থেকে কাজ ছেড়ে যাওয়া এক টেকনিশিয়ানের

আইডেন্টিটি সোশ্যাল ইঞ্জিনিয়ারিং করে ব্যবহার করছে।
বিশাল জায়গা জুড়ে কাজ চলছে। দু'হাজারেরও বেশি কর্মী কাজ করে এখানে।

সায়েন্টিস্ট আর টেকনিশিয়ানদের কার্ড পাঞ্চ করে মেইন বিল্ডিংয়ে ঢুকতে হয়, যেখানে টুরিস্টদের প্রবেশ নিষেধ। পাঞ্চ-কার্ড সিস্টেমে একটা 'ব্যাকডোর' ছিল। স্যামি সেটাকে কাজে লাগিয়ে ওই প্রাক্তন টেকনিশিয়ানের নামে একটা নকল কার্ড বানিয়েছে।
বিশাল হলঘরে সুপার-কম্পিউটারটা বসানো। একশোর বেশি প্যারালাল প্রসেসর। প্রায় একশো টেকনিশিয়ান দিনরাত খেটে মেইনফ্রেম সিস্টেম মেইনটেইন করে।
স্যামি গ্রাউন্ড ফ্লোরে ঢুকল যেখানে সব ডেটা পাস করার জন্য কেবল কানেক্ট করা আছে। কেবল রুমটা এত বড় যে একটা ফুটবল মাঠ ঢুকে যাবে।
স্যামি একটা নির্দিষ্ট পয়েন্টে গিয়ে একটা মেশিনের প্লাগ খুলল। অদ্ভুত দর্শন একটা যন্ত্র খুলে নিল।
ঠান্ডা বৃষ্টির সকালেও সে দরদর করে ঘামছে। উত্তেজনায় কাঁপছে। এই অদ্ভুত যন্ত্রটা গত এক সপ্তাহে এই কেবল দিয়ে পাস হওয়া সমস্ত ডেটা রেকর্ড করে রেখেছে।
আশা করি এটুকুই আপাতত যথেষ্ট হবে! সে নিচু গলায় বলল।
উত্তেজনায় তার বুক ধড়ফড় করছে, শ্বাস দ্রুত হচ্ছে। এমন এক্সপ্লয়েট এই প্রথম।
সে আগে জিনিসটা চেক করে নিতে চায়। যন্ত্রটা খুলে নিয়ে কেবল রুম থেকে সোজা তিনতলায় চলে গেল স্যামি।
সেখানে মেরামতির কাজ চলছে বলে পুরো ফ্লোরটা জনমানবহীন। সে পা টিপে টিপে একটা খালি ঘরে ঢুকল এবং ভালো করে দেখে নিল আশেপাশে কেউ নেই তো।
এই ল্যাপটপটা সে বাইরে নিয়ে যেতে পারবে না। ড্রয়ারে রেখে দিতে হবে। ছয় মাস আগে সে ডিআরএ-র এমপ্লয়ি ডেটাবেস ক্র্যাক করেছিল।
অশ্বিন রামচন্দ্রন নামে এক টেকনিশিয়ান আমেরিকায় ভালো চাকরি পেয়ে চলে যাচ্ছে—এই খবরটা পাওয়ার জন্য ক্র্যাকার অনেকদিন অপেক্ষা করেছে।
ডিআরএ-র নিয়ম অনুযায়ী, তার অ্যাকাউন্ট এতদিনে ডিঅ্যাক্টিভেট হয়ে যাওয়ার কথা। কিন্তু পুরো সিস্টেমের ক্ষেত্রে সেটা খাটেনি। তরুণ টেকনিশিয়ান অশ্বিনের সোশ্যাল নেটওয়ার্কিং অ্যাকাউন্ট হ্যাক করে স্যামি আগেই সব খবর পেয়ে গিয়েছিল। অশ্বিন চলে যাচ্ছে জেনে সে ডিআরএ-র ডেটাবেস হ্যাক করে

দেখেছে তার অ্যাকাউন্ট এখনও অ্যাক্টিভ।

বলা যেতে পারে, অশ্বিনের প্রেতাত্মা হয়ে সে মেইন গেট দিয়ে ঢুকেছে এবং কেউ কিছু সন্দেহ করার আগেই সে নিরাপদে বেরিয়েও এল।

ডিভাইসটা পকেটে নিয়ে সে গুরুজির আশ্রমে ফিরে যাওয়ার সিদ্ধান্ত নিল। অশ্বিনের ভূত অন্তত একমাস আর এদিকে আসবে না। আজ রাতের ফ্লাইটে সে দুবাই যাবে। সেখানে গিয়ে ডার্ক ওয়েবে ক্লাসিফায়েড ডেটা বিক্রি করবে।

সে লক্ষ্য করল না যে সেই বিদেশি দম্পতি একটা রেস্তোরাঁর ভেতর থেকে তার ওপর নজর রাখছে। তারা বৃষ্টির মধ্যে ছায়ার মতো দূর থেকে তাকে ফলো করছে। পিশাচের মতো।

সে রাস্তা ধরে হেঁটে ফিরতি পথের জন্য একটা লাল রঙের প্রায় ফাঁকা সরকারি বাস ধরল। সে এটাও দেখল না যে একটা পুলিশের জিপ দূর থেকে বাসটাকে ফলো করছে।

সকালে অন্য নামে এয়ার টিকিট বুক করার জন্য যখন সে প্রথম ইন্টারনেটে লগ-ইন করেছিল, তখনই সে ট্র্যাকড হয়ে গেছে। পৃথিবীর দুই প্রান্তে দুটো মেশিনে তার 'কি-স্ট্রোক প্যাটার্ন' সঙ্গে সঙ্গে ধরা পড়ে গেছে।

একটা কলকাতায়, অন্যটা স্টকহোমের একরো দ্বীপে। দুই উইজার্ড—পিজি আর ভিওডি—গত চব্বিশ ঘণ্টা ধরে এই মুহূর্তটার জন্যই অপেক্ষা করছিল তাকে ধরার জন্য।

তারা অপেক্ষা করছিল কখন সে ইন্টারনেটের গোলকধাঁধায় অন্তত একবার পা দেবে।

তারা একই টেকনিক ব্যবহার করেছে—'কি-স্ট্রোক প্যাটার্ন ডিটেকশন সফটওয়্যার'।

যদিও পিজি জানত না যে ভিওডি তার লক্ষ্য পূরণে কতটা নির্মম হতে পারে। ভিওডি কনফিডেন্ট ছিল যে পিজি যেকোনও মূল্যে খুনিকে ট্র্যাক করবেই। হাজার হোক, পিজি তো ট্র্যাকারদের মাস্টার।

সেই মুহূর্ত থেকেই বিশ্বের সেরা দুই হ্যাকার ছায়ার মতো খুনি-হ্যাকারকে অনুসরণ করে চলেছে।

চ্যাপ্টার ফর্টি ফোর

মঙ্গলবার, বিকেল ৪.০৫, চেন্নাই

অদ্ভুত রীতিনীতি। পুলিশ টিমকে আশ্রমের বাইরে অপেক্ষা করতে হচ্ছে। চূড়ান্ত অনুমতি আসবে দিল্লি থেকে।

গত কুড়ি মিনিট ধরে উদিত আর তার টিম বৃষ্টির মধ্যে দাঁড়িয়ে আছে। ঝিরঝিরে বৃষ্টি আর হাওয়ায় ঠাণ্ডা ভাবটা এখন আর মোটেও ভালো লাগছে না।

এখন গাছের তলায় দাঁড়িয়েও উদিত দরদর করে ঘামছে।

কয়েক মিনিট আগে সে মুম্বাইয়ের পুলিশ কমিশনারের সঙ্গে কথা বলেছে। কমিশনার তাকে কোনও আশ্বাস দিতে পারেননি।

স্বরাষ্ট্র মন্ত্রক বা হোম মিনিস্ট্রি থেকে পারমিশন আসার অপেক্ষায় কমিশনার নিজেও বসে আছেন।

গুরুজির আশ্রমে সার্চ চালানো সহজ কথা নয়। গুরুজি রোজ মন্ত্রীদের সঙ্গে ওঠাবসা করেন। অতীতেও তিনি এই কন্টাক্ট ব্যবহার করে নিজের বহু অপরাধ ধামাচাপা দিয়েছেন।

গুরুজির কোটি কোটি ভক্ত। এটা একটা বিশাল ভোট-ব্যাঙ্ক। ভারতের মতো দেশে এর গুরুত্ব অপরিসীম।

প্রতিদিন সন্ধেবেলার প্রার্থনায় যোগ দিতে শয়ে শয়ে ভক্ত আশ্রমে ভিড় করে। কেউ লক্ষ্য করল না যে ভক্তদের ভিড়ে মিশে এক বিদেশি দম্পতি আশ্রমে ঢুকল।

দম্পতিটি দারোয়ানকে বলল তারা গুরুজির দর্শন পেতে চায় এবং কিছু ডলার ডোনেট করতে চায়।

'ডলার' শব্দটা দারোয়ানের কানে মধু ঢেলে দিল।

সে হলুদ দাঁত বের করে হেসে সিকিউরিটি গার্ডদের গেট খোলার নির্দেশ দিল। দুই দম্পতিকে স্বাগত জানাল।

বিদেশিরা প্রায়ই এখানে আসে, মোটা ডোনেশন দেয়। তারা গুরুজিকে বিদেশের রিলিজিয়াস কনফারেন্সেও আমন্ত্রণ জানায়, যেখানে তিনি তাঁর চরিত্রের ঠিক উল্টো কথাগুলো বলেন।

মেয়েটি দেখতে পুতুলের মতো। যেন কোনো মানুষের ছোট রেপ্লিকা। উল্টোদিকে পুরুষটি লম্বা এবং সুঠাম দেহের অধিকারী। তার চোখ দুটো দুর্ভেদ্য এবং কঠিন। যেন সে যা দেখছে তা ঠিক বাস্তব নয়। ওদের চরিত্রটাও যেন ঠিক এই বাস্তবের সঙ্গে খাপ খায় না।

মেয়েটি দারোয়ানের সঙ্গে কিছুক্ষণ কথা বলল, আশ্রমের পরিবেশের প্রশংসা করল, খুব সুন্দর জায়গা। আমরা কি একটু ঘুরে দেখতে পারি?
টাকমাথা মোটা দারোয়ানটি প্রয়োজনের চেয়ে একটু বেশিই হেসে এবং ঝুঁকে বলল, শিওর ম্যাডাম। এটা তো আপনাদেরই বাড়ি। ফিল ফ্রি টু মুভ অ্যারাউন্ড।
লম্বা সুঠাম পুরুষটি চারপাশে চোখ বোলাল। বাঁ-দিকে অনাথ বাচ্চাদের জন্য স্কুল বিল্ডিং।
- ওটা কি স্কুল বিল্ডিং? লোকটা জিজ্ঞেস করল। তার গলার স্বর ভারী এবং উদাসীন।
দারোয়ান মাথা নাড়ল, ইয়েস স্যার।
মেয়েটি হাসল, সো নাইস।
তারা স্কুলের দিকে এগোল। লোকটার গলায় ইয়ারফোন ঝুলছে। সে কারও সঙ্গে কথা বলছে, যেন ডিরেকশন চাইছে। মাঠ পেরোনোর সময় লোকটা এক মুহূর্ত থামল। বাচ্চারা ফুটবল খেলছে। মেয়েটি ছবি তোলায় ব্যস্ত।
সন্ধের প্রার্থনার সময় হয়ে আসছে। ভক্তরা আশ্রমে ভিড় করছে। সবার হাতে গাঁদা ফুলের মালা। প্রার্থনাগৃহে সামনের সারিতে জায়গা পাওয়ার জন্য তারা হুড়োহুড়ি করছে। বিশৃঙ্খলা তৈরি করার ব্যাপারে এখানকার মানুষ সিদ্ধহস্ত। বিদেশি দম্পতিটি এক সেকেন্ডের জন্য তাদের এই বিভ্রান্তিকর ছোটাছুটি দেখল। তারপর নিজেদের মধ্যে একটা অর্থপূর্ণ চাউনি বিনিময় করে সিঁড়ির সামনে থামল।
লোকটা চারপাশে তাকাল। কোনো সিসিটিভি নেই।
সে মেয়েটার দিকে তাকিয়ে হাসল। মেয়েটি ফিসফিস করে বলল, ডানদিকের শেষ ঘরটা।
তিনতলার একদম শেষে, লাস্ট রুম। লোকটা ইয়ারফোনে কারও সঙ্গে কথা বলে লোকেশন কনফার্ম করল। অনেক দূর থেকে নির্দেশ আসছে।
তারা অনায়াসে সিঁড়ি বেয়ে ওপরে উঠল। লম্বা বারান্দাটা ফাঁকা। লোকটা একবার নিচে তাকাল।
খেলার মাঠে ভিড় জমেছে। একটা গুঞ্জন উঠছে, যা অনেকটা কোলাহলের মতো। নিঃশব্দে করিডর দিয়ে হেঁটে শেষ ঘরটার সামনে পৌঁছল দুজন।
মেয়েটি আলতো করে দরজায় টোকা দিল। চিবুকে গভীর কাটা দাগওয়ালা একটা মোটাসোটা যুবক দরজা খুলল।
অবাক হয়ে তাকাল ছেলেটি। মেয়েটি ভুবনভোলানো হাসি হেসে হাস্কি গলায় বলল, আমরা ভিজিটর, ঘুরে দেখছি। আমার খুব জল তেষ্টা পেয়েছে, একটু জল কি পাওয়া যাবে ...

যুবকটি দরজার আড়ালে থাকা লম্বা লোকটাকে দেখতে পেল না। সে মেয়েটিকে ডাকল, ওহ, শিওর। প্লিজ ভেতরে আসুন।

মেয়েটি ঘরের ভেতরটা দ্রুত দেখে নিল। বিছানার ওপর শুধু একটা ল্যাপটপ।

যুবকটি যখন গ্লাসে জল ঢালার জন্য পেছন ফিরল, লম্বা বিদেশিটি নিঃশব্দে ঘরে ঢুকল।

বিদ্যুৎগতিতে সে পৌঁছে গেল স্যামির কাছে। এক হাতে তার মুখ চেপে ধরল, আর অন্য হাতে ঘাড়ের কাছে একটা ছোট সিরিঞ্জ পুশ করল।

মেয়েটি আলতো করে দরজা বন্ধ করে দিল।

স্যামি নিজেকে ছাড়ানোর জন্য আপ্রাণ চেষ্টা করলেও সেই সুঠাম চেহারার বিদেশির সঙ্গে গায়ের জোরে পেরে উঠল না।

কয়েক সেকেন্ড ধস্তাধস্তি করার চেষ্টা করল, কিন্তু বিদেশিটি তাকে এক হাতেই শক্ত করে ধরে রাখল।

তারপর তারা শরীরটাকে একটা হ্যাঁচকা টানে বিছানায় শুইয়ে দিল। দেখে মনে হতে পারে স্যামি ঘুমোচ্ছে।

কিন্তু সে ততক্ষণে মৃত। লম্বা লোকটা তার গলার কাছে হাত রেখে পালস চেক করল। তারপর মেয়েটির দিকে তাকিয়ে উদাসীন ভঙ্গিতে মাথা নাড়ল। একটা দীর্ঘশ্বাস ফেলল, শূন্যে ক্রস চিহ্ন আঁকল।

মেয়েটি ল্যাপটপটা শাট ডাউন করে নিজের ব্যাকপ্যাকে ভরল। চিবুকে গভীর কাটা দাগওয়ালা স্যামি এখন গভীর ঘুমে আচ্ছন্ন। সে এখন 'সাইলেন্ট অ্যাজ দ্যা ডেড'।

দম্পতিটি ঘর থেকে বেরিয়ে এল এবং ক্যাজুয়ালি নিজেদের মধ্যে গল্প করতে করতে সিঁড়ি দিয়ে নিচে নেমে মিশে গেল ভিড়ের মধ্যে।

চ্যাপ্টার ফর্টি ফাইভ

মঙ্গলবার, বিকেল ৪.২২, কলকাতা, চেন্নাই

সবুজ আলোটা ব্লিঙ্ক করা বন্ধ হতেই পিজির ভুরু কুঁচকে গেল।

প্রথমে ব্যাপারটা খেয়াল করেনি পিজি।

রাহেলাই স্ক্রিনে ব্যাপারটা লক্ষ্য করে পিজির দৃষ্টি আকর্ষণ করে।

রবিবার সকাল থেকে একনাগাড়ে চলছে এসব। পিজিকে ঘুমোতে দেয়নি এই কেসটা। সে এখন বিধ্বস্ত। এক্সহস্টেড।

কি-স্ট্রোক লগিংয়ের মাধ্যমে স্যামিকে ট্র্যাক করে পিজি তার ল্যাপটপ হ্যাক

করেছিল। সে স্যামির সব অ্যাক্টিভিটি দেখছিল। পিজি জানে ও ক্লাসিফায়েড ডেটা চুরি করেছে, যা ন্যাশনাল সিকিউরিটির জন্য অত্যন্ত ভ্যালুয়েবল। সবুজ আলো জ্বলার মানে ছিল স্যামি অ্যাক্টিভ আছে। এখন সে আর নেই।
উদিত আর তার বিশাল পুলিশ বাহিনী তখনও আশ্রমের বাইরে দাঁড়িয়ে। পিজি উদিতকে ফোন করে সিচুয়েশনটা জানাল, ওর গলায় ক্লান্তির সুর স্পষ্ট, তুই যদি এখনই মুভ না করিস, তাহলে কিন্তু অনেক দেরি হয়ে যাবে।
উদিতের গলায় অসহায়তা, আমি কী করব স্যার? পারমিশন ছাড়া আমি আশ্রমে ঢুকতে পারি না। আমি এখনও অর্ডারের অপেক্ষায় আছি।
পিজি বলল, স্যামি ওর ল্যাপটপ সুইচ অফ করে দিয়েছে। ভেতরে কী হচ্ছে আমি আর দেখতে পাচ্ছি না। এরপর ওকে ট্রেস করা খুব ডিফিকাল্ট হবে।
উদিত বলল, আমার হাত-পা বাঁধা স্যার। পারমিশনটা খুব দরকার।
পিজি এবার শেষ কার্ডটা খেলল, তোর বসকে বল ও ডিফেন্সের ক্লাসিফায়েড ডেটা চুরি করেছে। ওটা সে শত্রু দেশকে বেচে দেবে। তার আগেই ওকে ধরা দরকার।

উদিত ক্লু পেয়ে গেল। সে মেসেজটা কমিশনারকে দিল। কমিশনার সেই একই তথ্য উগড়ে দিলেন সেন্ট্রাল হোম মিনিস্টারের কাছে। হোম মিনিস্টার সেটা রিপিট করলেন পিএমও বা প্রাইম মিনিস্টারস অফিসে—দেশের সম্মান বিপন্ন। অপরাধী ক্লাসিফায়েড ডেটা চুরি করেছে।
এতক্ষণে মন্ত্রীরা ন্যাশনাল সিকিউরিটির প্রশ্নে নড়েচড়ে বসলেন। কিছুক্ষণ আলোচনার পর সম্মতি এল।
মুম্বাইয়ের কমিশনার অর্ডার পেলেন এবং উদিতকে জানালেন। একই সঙ্গে ওয়ার্নিং দিলেন, গুরুজিকে ডিসটার্ব করবে না। শুধু চত্বর সার্চ করো আর কালপ্রিটকে অ্যারেস্ট করো।
উদিত পিজিকে কল করল, আমরা মুভ করছি। অবশেষে পারমিশন পেয়েছি। প্লিজ এক্স্যাক্ট লোকেশনটা বলুন।
পিজি দীর্ঘশ্বাস ফেলল, যাক, অবশেষে! ঠিক আছে, আমি ল্যাটিচিউড আর লঙ্গিচিউড ক্যালকুলেট করছি... বিল্ডিংয়ের বাঁ-দিকের শেষ প্রান্তে হওয়া উচিত।
- ওকে।
উদিত তার টিম নিয়ে ঝড়ের বেগে ভেতরে ঢুকল। দারোয়ান গুরুজির পার্সোনাল সেক্রেটারিকে ফোন করে দিল, পুলিশ ঢুকছে।
পিএ বা পার্সোনাল সেক্রেটারি মেসেজটা গুরুজিকে দিল। গুরুজি তখন

ঈশ্বরলাভের জন্য চরিত্র গঠন এবং ব্রহ্মচর্য পালনের ওপর একটা সংক্ষিপ্ত ভাষণ দেওয়ার প্রস্তুতি নিচ্ছিলেন।

খবরটা শুনে গুরুজিকে বিচলিত মনে হলো। তিনি সেক্রেটারির কানে কানে ফিসফিস করে কিছু বললেন। বিয়ার-বেলি ভুঁড়িওয়ালা সেক্রেটারি দৌড়ে পুলিশের আগেই স্যামির ঘরে পৌঁছনোর চেষ্টা করল, কিন্তু পারল না। বিশাল ভিড় ঠেলে এগোনো অসম্ভব।

সে চিৎকার করল, ভক্তদের ধাক্কা দিল, নানা কাণ্ড করে যখন অবশেষে সে স্কুল বিল্ডিংয়ে পৌঁছল, তখন পেছনে তাকিয়ে দেখল পুলিশ টিম মাঠ পার হচ্ছে। হাঁপাতে হাঁপাতে তিনতলায় উঠল সেক্রেটারি।

দরজা ঠেলে ভেতরে ঢুকেই সে তাদের ভাষায় আর্তনাদ করে উঠল, আইইইও! পরমুহূর্তে ফোন বের করে গুরুজিকে খবরটা দিল সবার আগে।

বিছানায় পড়ে আছে স্যামি ওরফে রামালু। তার চামড়া সবুজ হয়ে গেছে। চোখ দুটো বড় বড় করে খোলা। তাকে দেখতে লাগছে এক ঘুমন্ত সবুজ দানবের মতো।

লোকটা পেছনে পায়ের শব্দ পেল। উদিত টিম নিয়ে স্পটে পৌঁছে গেছে। এমন চমৎকার দৃশ্যটা দেখে সবাই মন্ত্রমুগ্ধের মতো দাঁড়িয়ে রইল।

উদিত চেঁচিয়ে বলল, কেউ ওকে এখন ছোঁবেন না। কেউ ঘরেও ঢুকবেন না। তেজস্ক্রিয় বিষ বা রেডিওঅ্যাক্টিভ পয়জন মৃতদেহের রং ওপর থেকে নিচ পর্যন্ত বদলে দিয়েছে।

উদিত বাইরে থেকে ঘরের দরজা বন্ধ করতে গিয়ে দেখল বারান্দা দিয়ে গুরুজি উদভ্রান্তের মত ছুটে আসছে, হাওয়ায় উড়ছে সাদা চুল, দাড়ি, পেছনে ছুটছে ভক্তের দল।

চ্যাপ্টার ফর্টি সিক্স

মঙ্গলবার, দুপুর ১২.৪১, একরো, স্টকহোম

'ভ্যালি অফ ডেথ' বা ভিওডি-কে বেশ সন্তুষ্ট দেখাচ্ছে।

সে একটু আগেই খবরটা পেয়েছে। জন করাচি থেকে ফোন করেছিল।

- টার্গেট খতম, সে আর কোনোদিন গান গাইবে না।

খবরটা তাকে দারুণ স্বস্তি দিল।

যে হারামজাদা তার সবচেয়ে দামী সম্পদ চুরি করেছিল, তার চিন্তায় ভিওডি ঘুমোতে পারছিল না।

সে শান্ত হয়ে সেন্ট্রাল মনিটরের সামনে বসে দেখল একটা অ্যাক্টিভিটি শো করছে।
কেউ তার সঙ্গে কথা বলতে চায়। পিজি।

ভিওডি হাসল। সে পিজি-কে পছন্দ করে—'দ্য পারফেক্ট জেন্টলম্যান', যে সবসময় নিজের নীতি মেনে চলে।
সে নিশ্চিত ছিল পিজি-ও ওই বাস্টার্ডকে ট্র্যাক করে ফেলবে। কিন্তু পুলিশ ধরার আগেই ভিওডি চোরটাকে শেষ করে দিতে চেয়েছিল।
নিজের মিশন সফল হওয়ায় সে গভীর তৃপ্তি পেয়েছে।
সে রেটিনা স্ক্যান করে মেশিন বুট করল। টাইপ করল, ওয়েলকাম পিজি। আমি জানতাম তুমি কন্টাক্ট করবে।
পিজি লিখল, ভিওডি, ওকে মেরে ফেলাটা খুব দরকার ছিল?
ভিওডি লিখল, আমি ওটা করতে চাইনি পিজি। আমি পশুহত্যা ঘৃণা করি। কিন্তু পরিস্থিতিটা বোঝো, ও যদি আমার বিরুদ্ধে ভয়েস স্যাম্পলিং সার্চ ব্যবহার করত? এনএসএ-র লোকেরা আমার লোকেশন পাওয়ার জন্য ওকে মিলিয়ন ডলার দিত। বড্ড রিস্কি ছিল। ছেলেটা বখে গিয়েছিল, তাই ওর 'সাইলেন্ট অ্যাজ দ্য ডেড' হয়ে যাওয়াই ভালো ছিল।
- আমি বুঝতে পারছি। পিজি টাইপ করল, আমার একটা রিকোয়েস্ট আছে ভিওডি।
- বলো পিজি। আমার মনে তোমার জন্য সবসময় একটা স্পেশাল জায়গা আছে।
- প্লিজ ওর ল্যাপটপটা ফেরত দাও। আমাদের ওটা দরকার।
- ল্যাপটপ? ভিওডি চমকে গেল। এই চমকটা সে সেটা লুকোল না, লিখল, আমি তো ল্যাপটপের ব্যাপারে কিছুই জানি না পিজি। বিলিভ মি।
- আমি তোমাকে বিশ্বাস করি ভিওডি। কিন্তু বলো, ল্যাপটপটা কোথায়? ওটা তো ডেডবডির পাশেই থাকার কথা ছিল। কিন্তু পুলিশ ওটা পায়নি। খুনি নিশ্চয়ই ওটা নিয়ে গেছে।
ভিওডি এক মুহূর্ত চুপ করে রইল। সে কোনো উত্তর দিল না। জন তাকে ল্যাপটপের ব্যাপারে কিছু বলেনি। একটু পর সে লিখল, ওকে পিজি, আমি খোঁজ নিয়ে জানাচ্ছি।
- ধন্যবাদ ভিওডি। আই অ্যাম ওয়েটিং।
উইজার্ড হ্যাকার চিন্তিত হয়ে পড়ল। সে ল্যাপটপ সম্পর্কে কিছুই জানত না। জনের লোকেরা নিশ্চয়ই ওটা সরিয়েছে। সে জনকে ফোন করল। উত্তর এল,

ইয়েস, ভিওডি।
- জন, আমার একটা প্রশ্ন আছে।
- বলো ভিওডি। কী জানতে চাও?
- তোমার লোকেরা স্পট থেকে একটা ল্যাপটপ তুলেছে। আমি ভেবেছিলাম ইন্ডিয়ান পুলিশ ওটা সিজ করেছে। কিন্তু ওরা পায়নি। ওটা কোথায়?
জন বিব্রত বোধ করল, তার গলাতেই সেটা স্পষ্ট, সরি ভিওডি। আমি এটা এক্সপেক্ট করিনি। ওদের তো কিছু নেওয়ার কথা ছিল না। আমি কথা বলে জানাচ্ছি।
- প্লিজ জন। ল্যাপটপটা নিয়ে আমি কিউরিয়াস।
ভিওডি ঘর থেকে বেরিয়ে এল। সুন্দর লেক, রঙিন নৌকা, মনোরম দৃশ্য—কোনোকিছুই আজ তাকে ইম্প্রেস করতে পারছে না। তাকে চিন্তিত দেখাচ্ছে। এমন ফ্যাকড়া যে বেরোতে পারে সেটা ও কখনও আঁচ করেনি।
সে কম্পিউটার কেবিনে ফিরে এল। আজ খুব ভোরে যখন সে ক্র্যাকারকে ডিটেক্ট করেছিল, তখনই সে ওর ল্যাপটপ ক্লোন করে নিয়েছিল।
সে চুরি যাওয়া ভিএসএস বা ভয়েস স্যাম্পলিং সার্চ খুঁজেছিল। ওটা ল্যাপটপে ছিল না। আশা করা যায় পিজি ওর হোম সিস্টেমের সঙ্গে ওটাকেও ধ্বংস করে দিয়েছে। তাই সে আর ঘাঁটাঘাঁটি করেনি। কিন্তু পিজি কেন এত চিন্তিত? কী আছে ওতে?
ভিওডি রেটিনা স্ক্যান করে সিস্টেম বুট করল। ক্লোন করা ল্যাপটপটা খুলতেই ডিরেক্টরিগুলো ভেসে উঠল।
- ফাক আ ডাক! সে ফিসফিস করে বলে উঠল। সে একগাদা ক্লাসিফায়েড ডেটা কখনও আশা করেনি। উত্তেজনা লুকোতে পারল না সে। সে হাসছিল, কিন্তু বেশিক্ষণ হাসতে পারল না। কারণ একটু আগেই সে সেই মানুষটার চিন্তিত স্বর শুনেছে, যে একসময় নিজের জীবনের ঝুঁকি নিয়ে তাকে এনএসএ-র হাত থেকে বাঁচিয়েছিল।
সে লিখল, পিজি, আছ?
একটু পর উত্তর এল, হ্যাঁ, ভিওডি।
ল্যাপটপটায় প্রচুর ক্লাসিফায়েড ডেটা আছে।
- তুমি জানলে কী করে?
- আমি ক্লোন করেছিলাম।
ইমোজি পাঠিয়ে পিজি লিখল, আমিও করেছি। কিন্তু তাতে তো সমস্যার সমাধান হচ্ছে না ভিওডি।
- বুঝতে পারছি। তোমার ফিজিক্যাল ল্যাপটপটা দরকার।

- হ্যাঁ, কেউ ডার্ক ওয়েবে ওটা বেচে দেওয়ার আগেই ওটা উদ্ধার হওয়া দরকার।
- ফাইলটা তো এনক্রিপ্টেড।
- কেউ না কেউ ওটা ডিক্রিপ্ট করে ফেলবে, পিজি লিখল।
- খুব কম লোকই আছে যারা ওটা করতে পারবে পিজি।
- জানি ভিওডি। কিন্তু কেউ তো আছে!
ভিওডি লিখল, তুমি চিন্তা করো না। কেউ ডিক্রিপ্ট করার আগেই ল্যাপটপটা ট্রেস করে ফেলতে হবে। তুমি আর আমি মিলে হাত লাগালে কি আর হবে না? জনের লোকেরা ভারতেই রয়েছে এখনও।
পিজি লিখল, ল্যাপটপটা যে নিয়েছে, সে ওটাকে অফগ্রিডে রেখে দিয়েছে। সুইচ অন করে ইন্টারনেটে না লাগালে আমরা ওর নাগাল পাব না। তবে ওদের লাস্ট অ্যাক্টিভিটি দেখিয়েছে কলকাতা। আউট অফ সো মেনি প্লেসেস, হোয়াই দে হ্যাভ কাম টু ক্যালকাটা?
ভিওডি উত্তরে লিখল, হয়ত ওখানে ওদের কোনও কনট্যাক্ট রয়েছে? অর দে মাইট হ্যাভ এনি সেফ হাউস দেয়ার। এনিওয়ে, ফাইল ডিক্রিপ্ট করতে গেলে ওকে ইন্টারনেটে লাগাতেই হবে, পিজি। কারও সাহায্য নিতেই হবে, ভিওডি জানাল। সেটা করলেই উই ক্যান ট্রেস দেম।
- ঠিক আছে। তুমি একটু খেয়াল রেখো।
পিজির চ্যাটের উত্তরে ভিওডি লিখল, তোমার জন্য আমি এটুকু করব না? ডোন্ট ওয়ারি মাই ফ্রেন্ড।

এপিলোগ: দ্য ঘোস্ট ইন দ্য সিটি

বুধবার, রাত ১.১৫, কলকাতা

সিটি অফ জয় এখন ঘুমের চাদরে মোড়া। বৃষ্টি যদিও থেমেছে, রেখে গেছে একটা অস্বস্তিকর ভ্যাপসা গরম।
মাঝেমধ্যে ডেকে উঠছে রাস্তার কুকুরগুলো। তাদের ঘুম ভেঙে ওঠা চাপা স্বরে ঘেউ ঘেউ ডাক ছাড়া কানে আসছে চলে যাওয়া গাড়ির শব্দ, অনেকটা সমুদ্রের ঢেউ-এর মত তা আছড়ে পড়ছে। মিলিয়ে যাচ্ছে, ফের ফিরে আসছে।
কিন্তু হাইড লেনের পেন্টহাউসের ভেতরে তাপমাত্রা হিমাঙ্কের কাছাকাছি। এসি চলছে ফুল ব্লাস্টে। পিজি মূর্তির মতো বসে আছে। তার কনসোলে সবুজ আলোটা আবার জ্বলছে। তবে স্থিরভাবে নয়, একটা পাগলাটে ছন্দে ব্লিঙ্ক করছে।

রাহেলা ঘণ্টাখানেক আগে চলে গেছে। ভিকি তাকে নামিয়ে দিয়ে এসেছে একটা সেফ হাউসে। জ্যাকি সেনের স্ক্যান্ডালটা ঠান্ডা না হওয়া পর্যন্ত তাকে কিছুদিন আড়ালে থাকতে হবে।

পিজি এখন একা। তার সঙ্গী শুধু কুলিং ফ্যানের একটানা গুনগুন শব্দ আর একটা ডিজিটাল সিগন্যাল—যেটাকে ও মৃত ভেবেছিল।

- ইম্পসিবল! পিজি ফিসফিস করে উঠল। সে টার্মিনালটা ওপেন করল। স্ক্রিনে ম্যাক অ্যাড্রেসটা ফ্ল্যাশ করছে। কোনো ভুল নেই। এটাই সেই ল্যাপটপ। স্যামির ল্যাপটপ। যার মধ্যে ভারতের ক্লাসিফায়েড ডিফেন্স ডেটা রয়েছে।

যেটা এতক্ষণে চেন্নাইয়ে জনের লোকেদের হেফাজতে থাকার কথা। বা ভিওডি-র কাছে। কিন্তু জিও-লোকেশন চেন্নাই দেখাচ্ছে না। স্থানাঙ্ক বা কোঅর্ডিনেটস বলছে ল্যাপটপটা পিজির থেকে মাত্র দশ কিলোমিটার দূরে। ল্যাটিচিউড: ২২.৫৩৫৪° উত্তর, লঙ্গিচিউড: ৮৮.৩৯৬১° পূর্ব।

- কলকাতা? পিজি শ্বাস ফেলল। এখানে কেন?

হঠাৎ পিজির ফোন বেজে উঠল।

ভিকি।

- ওকে নামিয়ে দিয়েছি। ও সেফ আছে, ভিকি বলল।

- কিন্তু রাকেশ এইমাত্র ফোন করেছিল। একটা সিচুয়েশন তৈরি হয়েছে।

- আমি জানি, পিজির চোখ ম্যাপের ওপর নড়াচড়া করা বিন্দুটার দিকে। ল্যাপটপটার ব্যাপারেই তো?

- না, পিজি। ডবল হোমিসাইড। রয়্যাল হোটেল। রুম ৪০২।

পিজির শিরদাঁড়া দিয়ে একটা ঠান্ডা স্রোত বয়ে গেল।

- ফরেন ন্যাশনালস? বিদেশি?

- হ্যাঁ। একজন পুরুষ আর একজন মহিলা। ককেশিয়ান। রাকেশ বলল কাজটা খুব প্রফেশনাল। কোনো ধস্তাধস্তি হয়নি। জাস্ট... সাইলেন্ট।

- সাইলেন্ট অ্যাজ দ্য ডেড, পিজি বিড়বিড় করল। ভিওডি-র কথাটা মনে পড়ে গেল।

- জন অপেক্ষা করেনি।

- জন কে?

- তুই আয়, সব বলব। তবে তার আগে ভিকি, মতিলালকে তুলে নে। আমার তোদের দুজনকে এখানে চাই। এখনই। খেলাটা শেষ হয়নি রে; এটা সবে এখন নতুন যুদ্ধে পরিণত হয়েছে।

বুধবার, রাত ২.৩০, দ্য গ্র্যান্ড রয়্যাল হোটেল, কলকাতা

কলকাতা পুলিশের চিফ ডিটেকটিভ মতিলাল মিস্ত্রি ফাইভ-স্টার হোটেল দুচক্ষে দেখতে পারেন না। এখানকার বাতাসে রুম ফ্রেশনারের সঙ্গে মিশে থাকা হিপোক্রেসি বা ভণ্ডামির গন্ধ বড্ড বেশি নাকে ধাক্কা মারে।

তার চেয়ে বারুদ আর সস্তা সিগারেটের গন্ধ অনেক ভালো; অন্তত সেখানে সততা আছে।

ঠিক এই মুহূর্তে বিলাসবহুল সুইটের মাঝখানে দাঁড়িয়ে দুটো লাশের দিকে তাকিয়ে আছেন মতিলাল।

লম্বা সুঠাম চেহারার বিদেশিটা সোফায় এলিয়ে পড়ে আছে, টেবিলে আধ-খাওয়া স্কচের গ্লাস।

মেয়েটাকে দেখতে ঠিক যেন চিনামাটির পুতুল, বিছানায় শুয়ে আছে। মনে হচ্ছে ওরা যেন ঘুমিয়ে রয়েছে।

দরজায় দাঁড়িয়ে রাকেশ জিজ্ঞেস করল, সায়ানাইড?

রাকেশকে ফ্যাকাশে দেখাচ্ছে। সারাদিনের ধকল তার ওপর দিয়ে গেছে।

- তার চেয়েও ক্লিনার, মতিলাল একটা না-ধরানো সিগার চিবোতে চিবোতে বললেন।

- নিডল প্রিক। সূক্ষ্ম একটা ফুটো। প্রথমে প্যারালাইসিস, তারপর শ্বাসরোধ। তিন মিনিট সময় নেয়। কোনো শব্দ হয় না।

মতিলাল ঘরের এপাশ-ওপাশ হাঁটলেন। তিনি ফিঙ্গারপ্রিন্ট খুঁজছেন না; তিনি জানেন ওসব পাওয়া যাবে না।

তিনি খুঁজছেন যা 'নেই'।

- ব্যাগগুলো কোথায়? মতিলাল জিজ্ঞেস করলেন।

- কোন ব্যাগ?

- বিদেশিরা শুধু জামাকাপড় নিয়ে ট্র্যাভেল করে না রাকেশ। ওদের লাগেজ কোথায়? ব্যাকপ্যাক কোথায়? হোয়্যার আর দোজ ডিজিটাল গ্যাজেটস?

রাকেশ ফরেনসিক টিমকে ইশারা করল।

একজন বলল, আমরা ওয়ার্ড্রোবে জামাকাপড় পেয়েছি। কিন্তু কোনো ব্যাগ নেই। কোনো ইলেকট্রনিক্স নেই। এমনকি ফোনও নেই।

মতিলাল হাসলেন। নীরস, কঠিন হাসি।

- কেউ ঘরটা পরিষ্কার করে গেছে। কিন্তু একটা ভুল করেছে ওরা।

- কী ভুল?

- জানলাটা এক ইঞ্চি খোলা রেখে গেছে। এসি রুমে কেউ জানলা খোলা রাখে না।
মতিলাল জানলার কাছে গেলেন। নিচে বাইপাস দেখা যাচ্ছে। বললেন, এটা শুধু মার্ডার বা 'হিট' নয় রাকেশ। এটা রবারি। ডাকাতি।

বুধবার, রাত ৩.৪৫, পিজির পেন্টহাউস

ঘরের বাতাস ভারী।
ভিকি সোফার হাতলে বসে তার গ্লক পিস্তলটা পরিষ্কার করছে। চিন্তার সময় এটা ওর পুরনো অভ্যেস। যদিও ও বন্দুক পিস্তলের থেকেও অনেক বেশি নির্ভর করে ছুরির ওপর। কোনও শব্দ নেই, অথচ নির্ভরযোগ্য।
মতিলাল মিস্ত্রি পিজির উল্টোদিকে বসে স্ক্রিনগুলোর দিকে তাকিয়ে আছেন। তাঁর চোখে বিস্ময় আর সন্দেহের মিশ্রণ।
তাহলে, মতিলাল নিস্তব্ধতা ভাঙলেন, ব্যাপারটা পরিষ্কার করা যাক। চেন্নাইয়ে বসে স্যামি ওরফে রামালু ডিফেন্স সিক্রেট চুরি করে। এক বিদেশি দম্পতি তাকে খুন করে ল্যাপটপটা হাতিয়ে নেয়। তারপর তারা বসের কাছে রিপোর্ট না করে সোজা ফ্লাইটে কলকাতা চলে আসে। আর এখন, তারা মৃত, আর ল্যাপটপটা আবার গায়েব।
- কারেক্ট, পিজি ঝড়ের গতিতে টাইপ করতে করতে বলল। হয়ত এই ফরেন কাপল লোভী হয়ে পড়েছিল। ওরা বুঝতে পেরেছিল ওদের হাতে এমন কিছু একটা আছে, যা ওরা ডার্ক ওয়েবে সওদা করতে পারে। মনে হচ্ছে, ওরা কলকাতায় কোনো থার্ড পার্টির কাছে ওটা বেচতে চেয়েছিল। কলকাতা একটা ট্রানজিট পয়েন্ট।
- আর বায়ার ওদের মেরে মালটা নিয়ে পালিয়েছে, ভিকি যোগ করল।
- অথবা সেলারই ওদের খুঁজে বের করেছে, মতিলাল মত দিলেন।
- না, পিজি মাথা নাড়ল। যদি এটা জন হতো—মানে যে লোকটা ওদের হায়ার করেছিল—সে ল্যাপটপটা নিয়ে ভিওডি-কে ফেরত দিত বা ধ্বংস করে দিত। কিন্তু ল্যাপটপটা অ্যাক্টিভ আছে। দশ মিনিট আগে ওটা সুইচ অন করা হয়েছে। পিজি ম্যাপটা বড় স্ক্রিনে প্রজেক্ট করল। খিদিরপুর ডক এলাকার কাছে একটা লাল বিন্দু ব্লিঙ্ক করছে। ওটা মুভ করছে, পিজি বলল। ওরা ওটা পোর্টের দিকে নিয়ে যাচ্ছে।
- ওরা মানে কারা? মতিলাল উঠে দাঁড়ালেন।
- সেটাই আমাদের খুঁজে বের করতে হবে, পিজি চেয়ার ঘুরিয়ে ওদের দিকে

তাকাল। তার শান্ত চোখে এখন এক নতুন আগুন জ্বলছে।
ফাইলটা এনক্রিপ্টেড, কিন্তু বেশিক্ষণ থাকবে না। যদি ওই ল্যাপটপ ভারতের মাটি ছাড়ে, অথবা কেউ ওটা ডিক্রিপ্ট করে ফেলে, তাহলে দেশের ডিফেন্স গ্রিড কম্প্রোমাইজড হয়ে যাবে। আমরা নিউক্লিয়ার লঞ্চ কোড, মিসাইল ডিফেন্স লোকেশন—সব কিছুর কথাই বলছি।
ভিকি পিস্তলটা হোলস্টারে ভরল। তার মানে আমরা আর কোনো হ্যাকারের সঙ্গে লড়ছি না।
- না, পিজি উঠে দাঁড়াল। আমরা একটা ভূতের সঙ্গে লড়ছি। এমন এক ব্রোকার যে যুদ্ধ বিক্রি করে।
মতিলাল আঙুল মটকালেন। হ্যাঁ নিউক্লিয়ার কোড একটা বড় ব্যাপার ঠিকই, কিন্তু আমার শহরে দুটো খুন? তাও ফাইভ স্টার হোটেলে? ইটস অ্যান ইনসাল্ট। আমি ওই হারামজাদাকে ধরতে চাই পিজি।
পিজি তার দুই বন্ধুর দিকে তাকাল।
একজন এক্স-কমান্ডো যে তিন সেকেন্ডে তিনজন লোককে শুইয়ে দিতে পারে। আরেকজন ট্রিগার-হ্যাপি কপ যে কখনও কম্প্রোমাইজ করে না অন্যায়ের সঙ্গে।
- আমি ডিজিটাল ফুটপ্রিন্ট ট্র্যাক করতে পারি, পিজি বিক্রমকে বলল, কিন্তু আমি গুলি আটকাতে পারি না। দরজা ভাঙতে পারি না। আমার তোদের দুজনকে দরকার।
- তুই আমাদের সঙ্গেই আছিস, ভিকি বলল, তোর সাহায্য ছাড়া এই গ্যাংটাকে ট্র্যাক করা অসম্ভব।
- সিগন্যাল খুব উইক, পিজি ওয়ার্নিং দিল। ব্যাটারি লো। আমাদের হাতে বড়জোর দু'ঘণ্টা সময় আছে। তারপর ল্যাপটপটা ডেড হয়ে যাবে। আর একবার যদি ওটা নদী পার করে, তাহলে আর পাওয়া যাবে না।
মতিলাল তার সার্ভিস রিভলভার বের করে চেম্বার চেক করলেন, তাহলে আর কিসের অপেক্ষা? চল, ভূত শিকার করা যাক, বেরিয়ে পড়া যাক।
পিজি হাসল। এটা কোনো পাজল সলভ করা হ্যাকারের হাসি নয়। এটা যুদ্ধের ডাক দেওয়া কোনো সেনাপতির হাসি।

সে কনসোলে শেষ কমান্ডটা টাইপ করল: ইনিশিয়েট প্রটোকল: ট্রিনিটি (INITIATE PROTOCOL: TRINITY)

- লেটস গো, পিজি বলল, রাত এখনও অনেক বাকি। বাকি রয়েছে আরও

একটা কাজ।

বিক্রম পিজির দিকে তাকিয়ে মাথা নাড়ল। তারপর মতিলাল মিস্ত্রীর দিকে তাকিয়ে বলল, চলুন মতিবাবু, দেশের শত্রুদের নিকেশ করে আসা যাক।

মতিলাল তাঁর স্পেশাল খুকখুকে হাসিটা দিয়ে বললেন, চলো ভায়া। বেরিয়ে পড়া যাক। পিজি শুধু আমাদের গাইড করলেই হবে।

www.ingramcontent.com/pod-product-compliance
Lightning Source LLC
LaVergne TN
LVHW090405210926
848480LV00002B/453